COLLECTION FOLIO

Michel Mohrt

Les moyens du bord

Gallimard

ISBN 2-07-037374-0

Michel Mohrt est né à Morlaix (Finistère). Il a fait ses études dans un collège religieux à Brest, puis a été étudiant en droit à Rennes. Pendant la guerre de 1939-1940, il est éclaireur-skieur. Après la guerre, il voyage aux États-Unis, enseigne à Yale, à l'Université de Californie et dans plusieurs autres collèges. Depuis 1952, tout en collaborant à divers journaux, il fait partie du Comité de Lecture des éditions Gallimard et s'occupe plus particulièrement du domaine anglo-saxon.

Son œuvre comprend des essais littéraires sur Montherlant et sur le roman américain, des romans, du théâtre et un récit autobiographique, *La Maison du Père*. Il a obtenu en 1961 le Grand Prix du Roman de l'Académie Française pour *La Prison Maritime,* et en 1970 le Grand Prix de la Critique pour *L'Air du Large,* essai sur le roman étranger.

A Gaëtan Picon

« Laisse-moi encore une fois te caresser, ô mer de ma jeunesse ! »

Herman Melville,
La Vareuse Blanche.

« Qui, plus qu'un ethnologue, serait convaincu que les rites jouent dans la vie sociale et morale un rôle essentiel ? Ils donnent une forme sensible à des réalités qui, réduites à des abstractions, ne pourraient plus instruire ni émouvoir. »

Claude Levi-Strauss.

PREMIÈRE PARTIE

1

Chaque été, Guillaume Le Cormier venait passer les vacances au Vieux Moulin, sa maison de famille, dans le village de pêcheurs de Lesguivy, sur la côte Nord de la Bretagne.

Dès son lever, il se rendait sur une terrasse dominant la baie, pour juger de l'état de la mer. Par une allée bordée de pins, il descendait jusqu'à la grille d'entrée du jardin pour y chercher le courrier et les journaux. Il remontait à pas lents vers la maison en décachetant les lettres et en lisant les titres des nouvelles.

En hommage au saint qui, chaque matin, à jeun et pieds nus, parcourait plusieurs kilomètres de landes, Guillaume avait baptisé sa promenade matinale la « petite Troménie ». (La « grande Troménie », qui a lieu tous les sept ans, consistait dans le tour complet du jardin.)

Ce matin-là, l'un des premiers jours du mois de juillet 1937, Guillaume Le Cormier n'eut garde d'oublier ces rites de ses vacances. Rentré dans la maison, il s'approcha de la cheminée et tapota de l'ongle le cadran d'un baromètre en cuivre, posé sur le manteau.

— Celui-là est détraqué, dit Marie du Bilou qui achevait de disposer, sur la table, assiettes et tasses du petit déjeuner.

Guillaume le savait, mais l'habitude était la plus forte et il continuait à tapoter le baromètre, comme il avait vu son père le faire avant lui, et comme Ronan, son fils, le faisait à son tour.

— Avez-vous bien dormi, monsieur Guillaume ? dit Marie du Bilou.

— Oui, dit Guillaume distraitement en dépliant *La Dépêche de Brest*. Ou plutôt non, ajouta-t-il. Ces changements de temps me donnent des insomnies. Et ma mère ? A-t-elle passé l'une de ses nuits blanches ?

— Madame ne m'a pas encore appelée, dit Marie du Bilou.

— C'est dur de vieillir, ma bonne Marie, dit Guillaume Le Cormier d'un ton sans conviction.

Il pensait à sa mère, âgée de quatre-vingt-trois ans, non à lui, aussi l'exclamation de Marie du Bilou, bien que flatteuse, le surprit.

— Par exemple ! s'écria Marie du Bilou. Vous êtes jeune encore ! Herveline, la bonne de M. le recteur, me disait hier : « M. Guillaume ne vieillit pas. Il est toujours mince et droit comme un " I ". Et il prend toujours des bains de mer ! » Tenez, dit Marie du Bilou, en posant une assiette devant son maître, je vous ai gardé des crêpes d'hier soir. Dépêchez-vous de les manger. Il n'y en a pas pour les autres.

Marie du Bilou, qui avait été quarante ans au service des parents de Guillaume, continuait à traiter celui-ci comme le jeune homme d'autrefois. C'était une femme de soixante-quinze ans, la poitrine forte comprimée dans le corsage de velours noir de son costume local aux manches courtes et évasées qui laissaient à nu les avant-bras. Les cheveux blancs étaient rassemblés dans une coiffe ronde de Carhaix épinglée en arrière de la tête. Marie vivait à présent dans une maison de retraite tenue par des sœurs, près de Lannion, mais venait passer les étés au Vieux Moulin où son activité consistait avant tout à confectionner crêpes et fars bretons et à écouter les doléances de son ancienne maîtresse.

— Bonjour Marie, bonjour Guillaume, dit une femme grande, d'allure encore jeune, en pénétrant dans la pièce. Je vois que l'on soigne toujours mon frère. On a pour lui des attentions particulières.

— C'est sans doute qu'il les mérite, dit Guillaume, et il ajouta la phrase rituelle par laquelle, chaque matin, l'on se saluait au Vieux Moulin :

— As-tu bien dormi, Évelyne ? Et toi, ma petite Dominique, as-tu bien dormi ?

La jeune fille blonde qui suivait sa mère se pencha vers son oncle pour l'embrasser. Celui-ci la garda un moment serrée contre lui et murmura à son oreille :

— Il reste une crêpe. Elle est pour toi.

— Que dit le baromètre ? dit Évelyne en s'approchant de la cheminée.

— Les vents sont remontés au nord-est.

— Alors, il va faire froid ?

— Sec et frais. Mais c'est du beau temps.

— Cette nuit, je ne dormais pas, dit Évelyne. J'ai lu un roman policier auquel je n'ai rien compris. Je crois que je l'avais lu l'année dernière. Il faudrait, à la fin de la saison, éliminer les romans qui ont été lus pour être sûrs de ne pas les relire l'année suivante.

— Tu as pourtant une bonne mémoire, dit Guillaume.

— Pas aussi bonne que celle de Marie, qui se rappelle tous les détails des jours mémorables de la famille, n'est-ce pas, ma bonne Marie ? Quel temps faisait-il, le jour des fiançailles de Guillaume ?

— Il faisait très chaud. Je vois encore M. le recteur,

qui était venu prendre le café, arriver en soufflant en haut de l'allée. La glace avait fondu.

— Et le jour du mariage de Guillaume ?

— C'est sans intérêt, dit Guillaume Le Cormier avec une nuance d'agacement dans la voix.

Il se leva et sortit dans le jardin. Sa sœur le rejoignit.

— J'ai à te parler, commença Évelyne. Je n'ai pas voulu le faire hier, pour ne pas gâcher ton arrivée. Mais il y a des décisions à prendre. Cette propriété se désagrège. Le mur de l'ouest s'effrite. Déjà, l'an dernier, un morceau du crépi était parti. Et maintenant, c'est la maçonnerie.

Le crépi, le muretin écroulé au fond du jardin, le jardin, la peinture de la grille, les devis, la girouette, les devis, les devis...

Guillaume écoutait ce rapport avec ennui. Le mauvais état du Vieux Moulin lui était connu. Chaque été, il le constatait avec un serrement de cœur. Mais il se désintéressait d'une maison qui n'était pas la sienne et qu'il ne pouvait remanier à sa guise.

— Nous parlerons de tout cela plus tard, dit-il.

— C'est toujours plus tard, dit Évelyne. Et rien n'est jamais fait.

— Nul n'est tenu de rester dans l'indivision, ma chère Évelyne.

C'était l'argument suprême. Mais il avait été décidé, entre le frère et la sœur, de ne rien faire tant que vivrait Mme Le Cormier.

Évelyne haussa les épaules et fit demi-tour.

Guillaume s'enfonça dans le jardin. C'était un beau jardin construit sur le rocher qui affleurait en plusieurs endroits. De tous les côtés on voyait la mer, à travers les branches des pins maritimes. Au centre du jardin s'élevait un kiosque. Les murs étaient couverts de rayonnages remplis de livres aux couvertures maculées de taches d'humidité. De chaque côté d'une cheminée en pierre, des panoplies d'armes occupaient un pan de mur. Fusils de chasse ; pistolets d'arçon ; pistolets à silex montés argent ; pistolets de poche, « à l'écossaise » ; pistolets à piston, à canons tromblonnés... La panoplie avait été faite par le père de Guillaume, mort quelques années plus tôt. Un lit clos, sculpté de rosaces, d'oiseaux picorant des grappes de raisin, de croix, de cercles celtiques, occupait le fond de la pièce.

Guillaume venait de s'asseoir à la table qui lui servait de bureau et d'accomplir les rites qui préludaient à son travail, quand sa sœur reparut à la porte vitrée du kiosque.

— Autant te mettre tout de suite au courant de ce qui se passe, dit-elle. Après je n'en aurai pas le courage.

— Encore un ennui ? dit Guillaume. Il n'y a pas moyen de passer des vacances tranquilles ?

— Pour cela, il ne faudrait pas les passer en famille. C'est de Ronan, dont j'ai à te parler.

Au nom de son fils, le visage de Guillaume montra des signes de contrariété.

— Depuis son arrivée, il ne quitte pas Martine Parlieu, la fille d'Hélène. On lui trouve du charme... Elle ressemble à sa mère. Tu t'entendais bien avec sa mère, autrefois ?

Guillaume ne releva pas l'allusion. Il se mit à tripoter l'encrier, les stylos et crayons contenus dans un gobelet d'argent.

— Martine a trois ans de plus que Ronan et elle est en troisième année de médecine.

Il était inutile d'en dire davantage. Les dangers d'une liaison entre les jeunes gens étaient évidents. Ronan venait de passer sa première année de droit, sans savoir où le mèneraient des études qu'il avait entreprises à contrecœur, pour obéir à son père. L'entêtement qu'avait mis Guillaume à contrecarrer la vocation de son fils, qui voulait être peintre, avait été plus d'une fois critiqué par Évelyne, qui avait un faible pour son neveu. Comme pour souligner une fois de plus l'erreur de son frère — erreur qui ne pouvait cependant avoir eu pour conséquence la passion de Ronan pour la jeune Martine —, Évelyne déclara :

— Pourquoi ne l'as-tu pas laissé préparer les Beaux-Arts ? Tu ne pouvais imaginer pour lui rien de mieux que ce que tu as fait, toi.

— J'ai cherché à lui faire partager mes goûts. J'ai échoué. Mais je ne veux pas parler de ce sujet. J'en ai discuté assez souvent avec sa mère.

— Il est sûr qu'elle le monte contre toi. Contre nous. Eh bien ! Je t'aurai prévenu. La fille est intrigante. Elle doit chercher à se faire épouser : ce serait pour elle un mariage inespéré. Et une revanche pour sa mère !

Sur ce dernier trait, Évelyne quitta son frère en lui donnant rendez-vous pour le bain, à onze heures et demie, dans le jardin de l'hôtel d'Armor.

Sa sœur partie, Guillaume porta son regard vers la mer. Un voilier croisait au large. Guillaume saisit des jumelles posées sur la table et les braqua sur le bateau qui rentrait grand largue vers le port. Il reconnut le *Coantik*.

— Quelle idée d'avoir gardé son foc !... dit Guillaume à mi-voix. Complètement déventé...

Il reposa les jumelles sur la table et ouvrit un ouvrage de Gaborit, qu'il s'était procuré chez un revendeur de Rennes, sur *Le Meurtre de Gilles de Bretagne*.

2

Allongé dans le cockpit, les pieds nus sur le banc, Ronan barre le *Coantik* du bout des doigts. C'est un grand garçon maigre, les cheveux drus et bouclés, châtain clair avec des reflets roux, les yeux noirs enfoncés sous l'arcade sourcilière, comme ceux de son père.

Le *Coantik* est un dériveur de six mètres cinquante, demi-ponté, gréé en marconi. La grand-voile triangulaire n'a pas de pic. Le foc a son point d'amures sur un bout-dehors court et plat assez ridicule (c'est Ronan qui le proclame ridicule).

Il y a six ans, quand il a fait son apparition dans le port de Lesguivy, le *Coantik* a séduit par sa nouveauté, le profil « étudié » de sa coque, sa grande plage arrière d'où émerge le safran et une grande barre franche. Aujourd'hui, le voilier paraît démodé. L'entoilage qui recouvre une partie du pont se décolle par endroits. Le chemin de fer est rongé de vert-de-gris et coulisse mal. Ronan pousse son père à acheter un autre voilier, mais Guillaume fait la sourde oreille. Il est vrai qu'il ne va presque plus jamais en mer.

— Xavier Lenfant va demain à Carantec chercher son nouveau bateau, dit Ronan. Il veut faire les îles Anglo-Normandes et m'a demandé de l'accompagner. Si tu ne viens pas, je n'irai pas non plus.

— Je ne sais pas si Hélène me laissera partir, dit Martine Parlieu. Elle n'aime pas beaucoup Xavier Lenfant.

Ronan lève le nez vers la toilure.

— Prends la barre, dit-il. Je vais amener ce foc, il m'agace. Tâche de ne pas empanner.

A l'avant du voilier où il achève de brasser la voile, Ronan crie :

— La barre à droite ! Surveille ta bôme ! Ce que tu fais est dangereux.

Agrippée des deux mains à la barre, Martine a une moue de dépit. Le navire roule doucement d'un bord sur l'autre. La mer est grise avec des traînées vert émeraude, le ciel est gris et la côte violette. Il n'y a que la tache blanche du bateau dans cet univers gris et nacré et, sur le bateau, à deux milles de la côte, les jeunes gens, comme dans une prison.

Ronan revient vers l'arrière, glisse sous la bôme, se laisse retomber dans le cockpit. Il s'approche de la jeune fille, passe un bras autour de ses épaules, cherche à l'embrasser.

— Comment veux-tu que je barre ! s'écrie-t-elle en détournant la tête.

Elle est de taille moyenne, le visage terminé par un menton pointu, le front étroit sous les cheveux noirs dont les mèches, plaquées aux tempes, pointent vers les yeux et le front, en « coup de vent ». C'est la mode, cet été, de cette coiffure en coup de vent. Les yeux sont noirs, légèrement bombés au-dessus des cernes profonds.

Ronan s'est détourné et, couché sur la banquette, semble dormir.

— Mon père est arrivé hier, dit-il. Sais-tu ce que j'ai appris ? Après ses cours, il emmène ses étudiantes au cinéma.

— Où est le mal ? dit Martine.

— Il n'est plus tout jeune. Je me demande comment vous nous voyez, vous les femmes.

— De la même façon que vous nous voyez, vous les hommes.

— Ce n'est pas possible ! s'écrie Ronan. Je donnerais cher pour savoir comment c'est, de l'autre côté. Y parvient-on jamais ? Les hommes et les femmes ; les pères et les fils : pas moyen de se comprendre. Toujours séparés. Qu'est-ce que tu en penses ?

Mais Martine, qui se concentre sur la marche du bateau, ne semble pas avoir entendu.

— Sauf quelques moments où on peut croire..., poursuit Ronan. Hier soir, j'étais bien avec toi. Ce petit champ à la pointe est idéal. Pas de risque d'y être dérangés. Nous y retournerons. Dis-moi que tu étais bien ?

Le *Coantik* arrive en vue du port.

3

Le parc de l'hôtel d'Armor, à l'heure du bain, était le lieu de réunion des Estivants de Marque. La plupart d'entre eux possédaient des villas dans le bourg ou à proximité des plages ; quelques-uns prenaient leurs repas à l'hôtel.

Un muretin de pierres séparait le parc d'une plage de galets sur laquelle jeunes gens et jeunes filles se faisaient brunir au soleil, après le bain.

Les Estivants de Marque contemplaient les corps étendus et, au-delà de la plage, la baie sillonnée par les navires de plaisance aux voiles blanches et les barques de pêcheurs aux voiles rouges. Devant le mur se transmettaient les nouvelles du jour, les invitations à des bridges, à des goûters, à des dîners au Casino.

Guillaume Le Cormier se montrait rarement dans le parc de l'hôtel d'Armor, mais pour répondre à la demande de sa sœur et ne pas mériter, dès le début des vacances, le reproche de sauvagerie, il s'y rendit ce matin-là.

De loin, il reconnut la silhouette de Mme de Vergerennes, que ses chiens, deux fox à poil dur, entraînaient à travers le parc et qu'elle avait grand mal à tenir en laisse et à ramener vers le groupe. Celui-ci comprenait Évelyne, le commandant Rouzic, capitaine de vaisseau en retraite, et Jules Bataillard. Une troisième dame coiffée d'un grand chapeau, et que Guillaume ne put identifier, leur tenait compagnie.

Plutôt qu'une planète homogène, le groupe des Estivants de Marque était une nébuleuse en formation dont les particules évoluaient autour d'un noyau central. Des corps étrangers pouvaient s'y agglutiner ou s'en détacher. C'est ainsi que Mlle Trébabu, enveloppée dans sa cape jaune, vint se mêler un instant à la conversation. Un homme au grand nez, vêtu avec élégance d'un veston de tweed et d'un chapeau vert, et que l'on appelait Nico, traversa le groupe comme un météore. Mme de Vergerennes tournait autour du noyau central comme un satellite capricieux.

— C'est une petite révolution, dit Julcs Bataillard, reprenant la conversation là où l'arrivée de Guillaume Le Cormier l'avait interrompue, et après qu'il eut été absorbé par le groupe. Mais tiendra-t-elle ? ajouta-t-il. Une opposition se dessine. Je me demande qui va en prendre la tête ?

— Pas vous, en tout cas, dit Mme de Vergerennes. Nous ne pouvons pas compter sur vous pour...

La phrase se perdit dans le lointain sidéral où Mme de Vergerennes avait été entraînée par ses chiens.

— C'est-à-dire, déclara Jules Bataillard d'un air

malicieux et contrit, que je ne me reconnais pas le droit d'intervenir. Pas même de m'indigner... Encore que je sois attaché à toutes les coutumes du pays.

Guillaume Le Cormier ne comprit qu'un peu plus tard que la question débattue portait sur une coutume locale qui se perpétuait à l'église depuis le XIVe siècle. Jules Bataillard, qui était protestant, ne pouvait s'émouvoir de sa suppression.

A la fin de la grand-messe du dimanche, les deux hommes qui avaient accompagné les quêteuses et étaient, comme elles, désignés pour l'année entière, saisissaient des quenouilles de lin fixées au sommet de hampes enrubannées et couronnées d'un bouquet de fleurs. Ils allaient saluer deux membres de l'assistance, repérés au cours de la quête, en inclinant devant eux les quenouilles. C'était là un honneur. Celui qui en était l'objet devait faire parvenir au presbytère une obole spéciale.

La coutume n'existait plus que dans quelques paroisses bretonnes. Son origine était obscure. L'explication proposée par le recteur qui avait précédé celui qui administrait la paroisse, au moment où se déroule cette histoire, n'avait pas convaincu tout le monde. Elle était jolie pourtant et mérite d'être rapportée. Lorsque Bertrand Du Guesclin fut fait prisonnier des Anglais et enfermé à la Tour de Londres, il déclara à ses geôliers : « Il n'y a pas une fille de chez nous qui ne file le lin pour verser ma rançon. » La collecte du lin dans les églises de Bretagne aurait été faite pour payer la rançon du Connétable et la « quenouille » en était un écho lointain.

Or, Guillaume Le Cormier apprit, ce matin-là, que le nouveau recteur, qui avait été nommé un an plus tôt, venait de supprimer la quenouille. Le motif allégué était que l'on ne trouvait plus personne pour la donner.

— C'est faux ! déclara le commandant Rouzic. Je connais des hommes du pays qui n'auraient pas demandé mieux que de remplir cet office.

— Mais vous-même, Félicien, dit Mme de Vergerennes, n'auriez-vous pas pu vous proposer ?

— Vous savez très bien, dit le commandant, que je ne peux pas assister à la grand-messe tous les dimanches.

Il avait l'air furieux, le commandant.

Guillaume se rappelle la cérémonie de la quenouille, bien qu'il n'aille plus à la grand-messe depuis longtemps. Un vent de curiosité passait sur l'assistance dès que l'on voyait les porteurs de quenouilles fendre la foule. Des fidèles montaient sur le barreau de leur chaise et tordaient le cou pour voir devant qui s'était incliné l'écheveau de lin.

Mme Le Cormier recevait la quenouille deux fois dans la saison : le premier dimanche de son arrivée à Lesguivy et celui qui précédait son départ, fin octobre.

— Quels changements dans ce village, depuis quelques années ! dit Jules Bataillard. C'est à se demander si l'on va pouvoir continuer à y venir.

Jules Bataillard, qui venait de quitter une ambassade dans un pays de l'Amérique latine, et se trouvait en congé du Ministère, sauta sur le mur. A peine installé, il en descendit, ôta son panama et massa son crâne chauve d'une main dodue. Il portait un complet de flanelle grise, une cravate grise et ses chaussures montantes à semelle de caoutchouc étaient en toile grise. Trois points d'or jaune brillaient dans tout ce gris : la chaîne de montre qui barrait le ventre de l'ambassadeur, l'épingle qui retenait, sous la cravate, les pointes du col et une dent qui se reflétait sur sa lèvre inférieure. Sans doute Jules Bataillard devait-il à de nombreux séjours dans les Amériques, où il avait fait une grande partie de sa carrière, un genre « américain » accentué par le pince-nez en écaille, retenu par un cordonnet de soie noire, dont il chaussait parfois son nez.

— C'est bien vrai, s'écria Mme de Vergerennes, faisant écho au propos désabusé de l'ambassadeur. Ce n'est plus comme autrefois. Avec tous ces « congés payés » qui nous envahissent !

— Eh bien, dit Nico d'une voix fluette, ils sont très bien ces braves gens. J'ai rencontré ma concierge qui est à l'hôtel des Vagues. J'étais tout ému. Elle aussi. Il faut être de son temps, Léontine jolie.

Il pivota sur ses pieds et, avec un geste de la main, s'en alla en déclarant :

— Adieu, mes toutes belles !

— Je regrette les Anglais, dit l'ambassadeur. Ils venaient en grand nombre, il y a quelques années, rappelez-vous. Ils mettaient un cachet particulier à Lesguivy avec leurs blazers écussonnés, leurs casquettes, leurs écharpes aux couleurs de leurs collèges... Il y a eu des soirées brillantes au Casino. Je vois encore Évelyne danser le charleston avec ce garçon qui était à Oxford et portait des pantalons de flanelle évasés du bas.

— En « pattes d'éléphant », dit Évelyne.

— En pattes d'éléphant, avec une ganse noire sur le côté. Qu'est-il devenu ? Avez-vous eu de ses nouvelles ?

— Jamais, dit Évelyne, se troublant légèrement.

— Voilà ce qu'il en est des amitiés de vacances ! dit Jules Bataillard.

— Nous avons une Américaine, cette année, dit le commandant Rouzic. Une jeune femme, amie d'Hélène Pardieu.

— D'Hélène ou de sa fille ? dit la dame au chapeau. Elle est à peine plus âgée que la fille.

— Elle a été mariée, dit le commandant Rouzic. Déjà divorcée. Voilà les mœurs nouvelles !

Guillaume Le Cormier devait se rappeler plus tard que c'était par cette conversation, devant le mur de l'hôtel d'Armor, qu'il avait connu l'existence de Grace. Il s'était retenu de poser une question à son sujet : un instinct l'avait averti qu'il ne devait pas avoir l'air de s'intéresser à cette jeune femme divorcée, s'il voulait la connaître sans que le groupe entier des Estivants de Marque s'en aperçût pour en faire des gorges chaudes.

C'est à peine s'il tourna la tête dans la direction indiquée, pour apercevoir la silhouette dansante d'une femme grande, aux cheveux noirs, quand le commandant Rouzic déclara :

— La voilà qui traverse le parc.

Ce fut tout, ce matin-là. Ce fut assez pour que Guillaume Le Cormier fût certain de la reconnaître, quand il la reverrait. Il souhaita que l'occasion s'en présentât bientôt.

Leur attention un moment détournée par le passage de l'Américaine, les Estivants de Marque se resserrèrent autour de l'ambassadeur et la conversation reprit.

On établit la liste des habitués de Lesguivy qui étaient arrivés ou dont on attendait la venue imminente. Chaque nom donnait lieu à un commentaire. Le peintre Purdon, sa femme et l'amant de celle-ci — tout le monde savait depuis longtemps qu'il s'agissait d'un ménage à trois et l'on n'invitait pas le couple sans l'amant — devaient être là. Le comte de R. et la comtesse, qui n'avait aucun droit à ce titre car elle n'était que la maîtresse du comte et il y avait quelque part, dans un château de Normandie, une vraie comtesse de R. que l'on n'avait jamais vue mais dont l'existence était certaine, devaient arriver, comme chaque année depuis vingt ans — c'était ce long concubinage qui autorisait que l'on fermât les yeux sur une situation scabreuse et fît semblant de croire à un couple légitime — la veille du 14 juillet. Mrs. Wolf était à l'hôtel des Vagues, comme chaque année. Son marin avait armé son bateau, joli sloop sur lequel elle emmenait les jeunes gens de son goût.

— Ah ! dit Mme de Vergerennes, en conclusion au tour d'horizon auquel l'on venait de se livrer, on peut dire qu'on a vu de tout à Lesguivy. Des gens de tous les milieux. Toutes les conditions, tous les métiers sont représentés. Nous avons la diplomatie, la marine...

— La peinture, dit Évelyne.

— Nous avons même un chef politique, dit Jules Bataillard en portant ses regards vers l'entrée du parc.

Tout le monde se détourna pour voir un homme grand, vêtu de marin, qui se dirigeait vers une annexe de l'hôtel.

— Celui-là, on s'en passerait bien ! dit la dame au chapeau.

— C'est un fou, dit Mme de Vergerennes. Son mouvement, c'était lequel ? Comment s'appelait-il ? Il y en a tellement...

— Le « Front patriotique », dit le commandant Rouzic. Il a été dissous, comme toutes les ligues.

La conversation prit un tour politique.

On se félicita de la chute de Léon Blum, qui venait d'avoir lieu. Les finances étaient à sec. Chautemps ne pouvait pas faire pire. Il nous éviterait, en tout cas, une intervention en Espagne. Blum aurait dû s'y résigner. Les gouvernementaux venaient de lancer une offensive en direction de Brunete. Les nationalistes reculaient.

Jules Bataillard se laissa tomber du mur et, soulevant son chapeau, s'approcha des dames et baisa les mains tendues. Il s'en fut d'un pas vif, après avoir promis de se rendre, le soir même, au bridge de Mme de Vergerennes.

— Pourquoi est-il soudain si pressé ? dit Mlle Trébabu, qui venait de s'intégrer au groupe. Ce n'est pas moi qui le fais fuir ?

— C'est un opportuniste, dit le commandant Rouzic. Il était prêt à accepter de Blum un poste important, si celui-ci le lui avait offert.

— Voilà qu'il se met à regarder les femmes ! dit la dame au chapeau.

On sourit à cette remarque.

Il était une heure passée. La nébuleuse se décomposa et chacun s'en fut déjeuner.

4

— Le village est mort pendant neuf mois de l'année, dit l'abbé Flohic, recteur de Lesguivy, en sortant de la sacristie en compagnie du chanoine Kerzampar, professeur de philosophie au grand séminaire, qu'il avait invité à passer un mois de vacances au presbytère. L'été amène des estivants, continua le recteur. La plupart ont des villas. Ils débauchent les filles du pays pour en faire leurs domestiques.

L'abbé Flohic était petit et sec ; il marchait en faisant tournoyer sa soutane verdie et lustrée. Il ne portait pas de ceinture ; des mèches de cheveux noirs sortaient en tous sens de dessous son béret basque, enfoncé jusqu'aux yeux, marqué d'un halo de sueur.

Les deux prêtres traversaient le cimetière qui entourait l'église.

— Curieuse à observer, cette petite société qui se

crée ici pendant deux mois, deux mois et demi de vacances, dit l'abbé Flohic. Certaines barrières sociales sont abolies : des gens de milieux très divers se lient pour un temps, qui ne se voient pas à Paris. Cela ne tire pas à conséquence. C'est comme une parenthèse dans leurs vies. Il y a des ménages irréguliers que l'on ne soupçonne pas... Si j'avais le temps et le goût des cancans, j'aurais de quoi me distraire. Mais je ne veux pas me lier à ces gens-là. Je ne suis que trop leur obligé.

— Je serais vous, je ne les négligerais pas tout à fait, dit le chanoine, qui avait un sourire narquois sur un visage osseux, le sourire de Voltaire sur ses « os décharnés » : c'était une plaisanterie du séminaire.

— Je ne suis pas mondain.

Comme les deux prêtres franchissaient la grille du cimetière, ils virent, tournant l'angle du mur, Guillaume Le Cormier et sa sœur qui rentraient déjeuner au Vieux Moulin.

Saisissant le bord de son béret basque et le soulevant à peine, mais sans l'ôter, ce qui faisait dire à Mme Le Cormier qu'il avait « des petits oiseaux sous son béret », le recteur rendit son salut à Guillaume qui s'était incliné de loin.

— En voilà un qui ne doit pas être content de moi, dit le recteur. C'est Guillaume Le Cormier, vous le connaissez. Vieille famille du pays. Il est professeur de droit, spécialiste de l'histoire bretonne. Curieux homme, distant, attaché aux coutumes locales. Je me demande comment il va prendre la suppression de la quenouille.

— Avez-vous bien fait de la supprimer ?

— Mais je vous ai donné mes raisons, monsieur le chanoine, dit le recteur avec vivacité. La religion, ce n'est pas cela, tout de même ! Ni les « pardons », les kermesses bien-pensantes et tout ce folklore...

D'un ton radouci, il ajouta :

— Aimez-vous les palourdes, monsieur le chanoine ? Il y a des palourdes et du crabe, pour commencer. Herveline nous aura fait un poulet.

5

Les repas au Vieux Moulin étaient présidés par Mme Le Cormier, assise au bout de la table, face à son fils Guillaume, et par Marie du Bilou qui allait chercher les plats dans la cuisine et, après les avoir présentés aux convives, se tenait près de sa maîtresse, le dos appuyé à la desserte, écoutant la conversation et y intervenant à l'occasion. Il arrivait aux deux vieilles femmes de se lancer dans des entretiens particuliers, en usant du français et du breton. La surdité de Mme Le Cormier rendait difficile toute conversation générale.

Mme Le Cormier était une grande femme qui se tenait encore très droite, le cou serré dans un ruban de gros-grain blanc ou violet où elle piquait un camée, les fins cheveux blancs tirés en arrière en un chignon. Près de son assiette, la vieille dame plaçait un face-à-main d'écaille, qu'elle braquait sur chaque convive tour à tour.

— Guillaume, j'aurais besoin de ton avis, dit Mme Le Cormier dès le début du repas. Je veux faire recouvrir les fauteuils du petit salon. Ils sont d'un bel acajou. Ce velours marron ne les met pas en valeur. Je voudrais quelque chose de clair, de gai... Une bourre de soie jaune : j'ai vu, l'autre jour, cette bourre de soie chez Mlle Penguivy, c'est ce qui m'en a donné l'idée. Ce n'est pas facile de trouver une paire de bons fauteuils. Ceux-là sont très bons.

Et, changeant de sujet avec une promptitude connue de tous les convives, mais qui ne les laissait pas moins interloqués :

— De chez qui viennent les petits pois ? demanda Mme Le Cormier, tournée vers Marie du Bilou.

— De chez le recteur.

— C'est bien, dit Mme Le Cormier. Il faut acheter les légumes chez le recteur. Ils sont meilleurs que partout ailleurs.

— Ils doivent être arrosés à l'eau bénite, dit Ronan. D'où leur parfum.

La petite Dominique pouffa dans son assiette.

— Que dit Ronan ? Que dis-tu, mon garçon ?

— Des bêtises, dit Guillaume, répondant pour son fils.

— Je ne suis pas sourde, dit Mme Le Cormier. Je n'aime pas que l'on marmonne à table. C'est impoli.

Mme Le Cormier, qui avait passé sa vie chez les antiquaires et dans les ventes aux enchères de la région, fit part de la visite qu'elle avait reçue, deux jours plus tôt, de Me Coatcoz, commissaire-priseur à Saint-Yvinec, venu l'entretenir d'une vente qui devait avoir lieu au château de Kerboulic. Me Coatcoz lui avait signalé les lots intéressants, les mises à prix, et s'était mis à sa disposition pour lui faciliter des achats.

— Lomic, aimerais-tu m'accompagner à cette vente ? dit Mme Le Cormier à son fils, usant, comme elle faisait souvent, du diminutif breton de son prénom.

— Il y a déjà beaucoup de fauteuils et de meubles dans cette maison, dit Guillaume.

— Vous serez bien aise de les avoir, quand je ne serai plus, dit Mme Le Cormier. Vous n'aurez pas à attendre longtemps.

— J'irai avec toi à Kerboulic, maman, dit Évelyne. Mais la vente n'a lieu que dans un mois. — Tournée vers son frère, elle ajouta à mi-voix : Tu serais capable de succomber à la tentation; tu es bien comme maman.

— Et dire qu'il faudra quitter tout cela ! dit Ronan avec emphase, désignant, d'un geste du bras, buffet, desserte et assiettes en vieux Quimper qui ornaient les murs.

— Ronan est détaché des biens de ce monde, dit Évelyne.

— C'est-à-dire qu'il n'a pas eu le temps de s'y attacher, dit Guillaume. A son âge, je me moquais bien d'une paire de fauteuils Restauration.

— Je demanderai à Jules Bataillard de se joindre à nous, dit Mme Le Cormier. Il est connaisseur...

Mme Le Cormier se leva de table, aidée par Marie du Bilou, et se dirigea vers le salon.

— Je ne t'ai pas encore vu, dit Guillaume Le Cormier à son fils. Peux-tu venir un instant dans mon kiosque ? Si tu es libre...

Mais Ronan n'était pas libre, ayant promis à des amis de les emmener l'après-midi faire une balade en mer. Guillaume l'apprit avec soulagement, tant il redoutait une conversation sérieuse avec son fils. Il avait toujours fui les « conversations sérieuses » et les tentatives d'explications.

— Ronan va en mer tous les jours, matin et soir, dit Évelyne. Si tu attends qu'il soit libre pour lui parler, tu ne le feras jamais.

— Que lui dire ? demanda Guillaume. Ce sera sans effet. Il y a bien des choses qui m'inquiètent, chez lui. Son amitié avec Xavier Lenfant, entre autres. Je déteste les idées de celui-ci, ses grossières simplifications... Je déteste sa violence, qui cache mal une faiblesse secrète. Il va chercher à poursuivre une action clandestine. Je ne voudrais pas voir Ronan se lancer dans une aventure politique de cette nature.

Le frère et la sœur étaient arrivés devant le kiosque.

— Mon pauvre Guillaume, dit Évelyne, posant la main sur le bras de son frère, te voilà avec bien des problèmes. C'est un peu lourd pour un début de vacances... Je t'aiderai dans la mesure de mes moyens.

Guillaume eut un geste qui pouvait laisser entendre que les moyens dont il disposait lui-même n'étaient pas grands et il pénétra dans la pièce pleine d'ombre, où l'acier des armes luisait.

Il fit glisser la porte coulissante du lit clos et, montant sur le coffre qui servait de marchepied, grimpa dans la caisse de bois sculpté, pour faire une sieste.

6

Comme il venait de jeter deux lettres à la poste, en face de l'église, Guillaume Le Cormier vit une jeune femme en robe imprimée rouge, qui traversait le cimetière. A sa démarche, à la masse sombre de la chevelure rejetée en arrière de la tête, il reconnut l'Américaine aperçue dans le parc de l'hôtel d'Armor, l'amie d'Hélène Parlieu. L'idée de suivre la jeune femme et de l'aborder se présenta immédiatement à lui et la phrase qu'il prononcerait pour lier conversation : « Vous êtes, je crois, une amie d'Hélène... » ; « Madame, permettez-moi de me présenter : je suis le père de Ronan... » ; « Charmante église, n'est-ce pas ? Puis-je me permettre de vous servir de guide... ? »

commença à se former dans sa tête. Il eut un moment d'hésitation, quand il vit la jeune femme entrer dans l'église par une porte latérale. Mais il se dit qu'il serait plus facile de l'aborder dans la pénombre du sanctuaire qu'au-dehors, où il pouvait être vu. L'amour-propre et la peur du qu'en-dira-t-on avaient paralysé Guillaume Le Cormier tout au long de sa vie. Il lui semblait qu'il n'avait pu en triompher que vers la cinquantaine — c'est-à-dire trois ans plus tôt. Il entra dans le cimetière et pressa le pas.

L'étrangère se tenait au fond de l'église, devant une frégate noire à la quille rouge, dont le fin gréement se détachait sur le mur de granit. Jugeant sa proie à sa merci, Guillaume Le Cormier trouva inutile de se presser pour prendre le contact et il préféra louvoyer à travers la nef, se contentant de jeter des regards vers le bas de l'église, qui était déserte. Mais quand il vit que la jeune femme allait s'arracher à sa contemplation, il fit en hâte les quelques pas qui le séparaient d'elle. L'émotion qu'il venait d'éprouver, en craignant de rater l'abordage, lui avait malheureusement troublé l'esprit, au point de lui faire oublier l'une des phrases préparées et il resta muet, incapable d'autre chose que de sourire d'une manière qui, pensa-t-il, devait paraître niaise.

— C'est... C'est un ex-voto, dit-il. On le porte à la procession du pardon... Le pardon est la fête religieuse du village, le premier dimanche d'août.

La jeune femme remua la tête pour montrer l'intérêt qu'elle prenait à ces explications et peut-être — car son sourire était engageant — en solliciter de nouvelles.

— C'est une jolie église, n'est-ce pas ? dit Guillaume Le Cormier, retrouvant l'une des phrases préparées pour l'attaque. Avez-vous vu le retable ? Il est célèbre. Ah ! il y a, dans la chapelle latérale, du côté de l'Évangile, une statue intéressante. Je la crois ancienne. Peut-être se trouvait-elle dans le monastère à la place duquel l'église a été construite. Des moines, venus d'Irlande au VIIe siècle, l'avaient fondé. Vous savez que le peuplement de la Bretagne a été fait par des Celtes venus d'Irlande et du pays de Galles...

Guillaume parlait maintenant à voix presque haute, avec une sorte de faconde qui l'étonnait lui-même. Les choses s'étaient passées mieux qu'il n'aurait pu l'espérer.

La visite de l'église dura un quart d'heure, pendant lequel la jeune femme dit à peine quelques mots. Comme ils se dirigeaient vers la sortie, Guillaume vit le recteur apparaître à la porte de la sacristie. L'abbé contempla le couple qu'il formait avec l'étrangère, et rentra d'où il venait.

— C'est le recteur de la paroisse, dit Guillaume Le Cormier, quand il eut refermé derrière lui la lourde porte en ogive. Dieu sait ce qu'il peut penser !

— Que voulez-vous qu'il pense ? dit-elle.

— Ce petit village, où tout le monde se connaît, est fertile en commérages. Il faut éviter d'y donner prise... Ce recteur est nouveau. Il s'est déjà fait remarquer par des initiatives malheureuses, qui sont mal vues par la plupart de ses paroissiens.

— Ah ! oui, dit la jeune femme : la quenouille ! Nous avons su que le recteur l'avait supprimée. L'indignation soulevée amuse beaucoup Hélène. Je crois même qu'elle nous a déclaré : « Voilà qui va rendre furieux Guillaume Le Cormier ! »

— Elle a dit cela ! Vous savez donc qui je suis.

Elle le savait. Elle savait qu'il était le père de Ronan et un ami d'autrefois d'Hélène Parlieu. Celle-ci parlait de lui si souvent qu'elle, Grace (elle apprit à Guillaume son prénom, tandis qu'ils traversaient le cimetière où les tombes disparaissaient sous les couronnes de perles, les bouquets de fleurs et les croix en céramique vernissée), avait une grande curiosité à son égard. Elle était bien aise de l'avoir rencontré.

— Et moi, dit Guillaume Le Cormier, c'est dans l'espoir de cette rencontre que je suis sorti. Vous ne me croyez pas ? C'est pourtant vrai. (Le disant, il le crut lui-même.) Je vous ai vue ce matin et vous ai trouvée très belle. Vous êtes très belle, dit-il d'un ton de simple constatation et il enchaîna : Passez-vous de bonnes vacances ? Il y a comme une hâte à profiter du temps, des autres, en vacances : on sait qu'on va les perdre bientôt. Il faut que vous fassiez la connaissance de ce pays. C'est un beau pays.

— Je l'aime déjà, dit Grace. Et je sais que je ne peux pas avoir meilleur guide que vous pour le connaître.

Le compliment déconcerta Guillaume. Il craignit de s'être engagé trop avant.

Guillaume avait entraîné la jeune femme vers une pointe rocheuse, par des chemins encaissés bordés de chèvrefeuille. Ils arrivaient au sommet d'un promontoire d'où la vue s'étendait jusqu'à l'horizon. Le sol, souffleté par le vent du large, était couvert de bruyères et de ronces qui sortaient des creux de rochers.

— Quand j'étais enfant, dit Guillaume, je fixais l'horizon de cet endroit même et j'imaginais qu'une vague géante allait surgir, submerger le continent, la terre entière... C'est ainsi que je voyais la fin du monde... A cette époque, il n'y avait personne à Lesguivy. On y venait en voiture à cheval ; il n'y avait qu'un hôtel ; deux ou trois villas dont le Vieux Moulin. Il ne faudrait pas revenir aux lieux de son enfance et de sa jeunesse.

— Pourquoi ? Il me semble, au contraire...

— Parce que l'on passe son temps à évoquer le

passé. Ce n'est jamais bon, arrivé à un certain âge. Les choses ont changé, mais ce n'est pas la plus grande source de mélancolie, c'est, au contraire, qu'elles n'ont *pas* changé ! Ce promontoire n'a pas changé depuis que j'étais enfant ; on y a la même vue ; la crique que vous voyez en bas est la même ; ce gros rocher prêt à s'écrouler n'a pas bougé d'un pouce... sans doute depuis des siècles, depuis le VIIe siècle où un raz de marée a modifié la côte ! Votre vie vous apparaît comme un moment fugitif de l'Histoire. Elle est près de sa fin, alors qu'elle vient à peine de commencer.

Guillaume Le Cormier resta silencieux un moment, les yeux tournés vers le large.

— Ce n'est qu'à partir d'un certain moment de la vie que l'on éprouve ce que je viens de dire, continua-t-il. Il faudrait se renouveler, changer d'horizon, rajeunir sa sensibilité au contact de nouvelles expériences. Ce n'est pas dans ce lieu trop familier que cela peut m'arriver. Mais il suffit d'une rencontre pour que tout change.

— Les rochers sont les mêmes, l'horizon ne change pas...

— Non, mais vous les revoyez avec les yeux de votre jeunesse.

Grace était venue en France six mois plus tôt, tout de suite après son divorce et fort désemparée. Hélène, qu'elle avait connue au cours d'un séjour précédent, l'avait souvent reçue chez elle et invitée à Lesguivy pour l'été. Ses parents habitaient Pelham, une petite ville du Connecticut, proche de New York. Son père et son frère travaillaient à Wall Street.

Ce renseignement permit à Guillaume de situer la jeune femme dans la Société américaine : elle s'y trouvait parmi les privilégiés. Cette circonstance, sans qu'il lui attribuât une importance exagérée, avait son prix à ses yeux. Le Middle West avait ses vertus et Guillaume ne nourrissait nul ostracisme à l'égard de ses habitants mais, pensa-t-il, il trouverait plus facilement un terrain d'entente, un langage commun (le plaisir qu'il avait pris à cette première conversation en était la preuve) avec une jeune femme de la Nouvelle-Angleterre, née sans aucun doute dans une famille riche où l'on se piquait de parler le français, où peut-être (l'imagination de Guillaume, aidée par des souvenirs de comédies vues au cinéma, franchissait ici des étapes vertigineuses), il y avait des domestiques, un maître d'hôtel, un jardinier. Il imaginait sans peine la « résidence » des parents de Grace : lui-même avait été reçu dans des résidences identiques au cours d'une année passée aux États-Unis, en 1917. Réformé à la déclaration de guerre, puis membre d'une mission française envoyée en Amérique, il avait fait des conférences dans les principaux collèges et universités du pays. Depuis, il était souvent retourné en Amérique, rendre visite à ses amis. C'est dire combien il se réjouissait du heureux hasard qui avait conduit cette « fille de la Révolution américaine » (Grace protesta à cette supposition ridicule qui n'était de la part de Guillaume qu'une taquinerie), à cette extrémité de la Bretagne. Sa présence, dont il comptait bien profiter, allait transformer ses vacances, qui s'annonçaient plutôt moroses.

— Ronan ne m'a pas dit que vous aviez été en Amérique, dit Grace.

Ah ! Ronan ! Que pensait-elle de Ronan ? Sans attendre de réponse, Guillaume Le Cormier dit à la jeune femme ce qu'il avait sur le cœur. Ronan et lui ne s'entendaient plus. C'était, sans doute, inévitable. Ronan avait mal supporté l'internat dans un collège religieux où il avait été mis, quand ses parents s'étaient séparés. Ils n'étaient pas divorcés, seulement séparés. Et cela durait depuis huit ans. Bien sûr, c'était étrange, mais est-ce que tout n'était pas étrange dans un mariage, l'entente comme la mésentente ? Sa femme habitait Paris où elle était avocate. Pour en revenir à Ronan, qui était fils unique, il avait souffert de la séparation de ses parents. Il reprochait à son père de l'avoir obligé à faire son droit. D'abord, il ne l'y avait pas « obligé »... Il avait pensé que si Ronan avait une vocation irrésistible — il avait un joli talent de peintre, elle le savait peut-être ? — celle-ci se manifesterait de toute façon. Croyait-elle que Ronan fût amoureux de Martine Parlieu ?

— Il est difficile de ne pas l'être, dit Grace.

— Mais l'aime-t-elle ? Songent-ils à se marier ? Qu'en pense Hélène ? Le mieux serait que je le lui demande moi-même, dit Guillaume d'un air soucieux. Il y a longtemps que je n'ai pas vu Hélène.

— Elle aurait beaucoup de plaisir à vous revoir, dit Grace. Voulez-vous que je lui demande ?...

— Non, dit Guillaume vivement. Je dois d'abord en parler à Ronan.

L'idée d'un complot ourdi entre les deux femmes pour lui faire rencontrer Hélène (laquelle ne pouvait ignorer qu'il la fuyait : ne s'était-il pas arrangé, aux vacances de l'an passé, pour ne pas la voir ?) l'effleura et il imagina que Grace avait servi d'appât. La facilité avec laquelle il avait pu l'aborder n'était-elle pas suspecte ? Il avait été bien naïf, ou bien vaniteux, de croire qu'il devait à son charme seul le succès de cette rencontre.

— C'est vous que je veux voir et connaître, dit Guillaume. J'ai été si bien reçu dans votre pays, que je ne fais que m'acquitter d'une dette.

Ils étaient arrivés à l'entrée du village.

— Je vous quitte ici, dit Guillaume brusquement. Je vais rentrer chez moi par un autre chemin.

— Est-ce toujours par précaution ? dit Grace. Avez-vous peur d'être vu avec moi ? Votre réputation pourrait-elle en souffrir ? Je vous taquine. Ne prenez pas cet air désespéré.

Elle souriait avec beaucoup de douceur. C'était ce qui frappait dans son visage : une douceur que démentait l'éclat des yeux noirs, tendus vers les tempes. Peut-être tenait-elle cette douceur à quelques mèches de cheveux blancs, surprenantes dans un visage aussi jeune ?

— Que faites-vous, ce soir ? dit Guillaume, lui-même surpris de son audace. Retrouvons-nous... Il ajouta, très vite, comme si cette précipitation avait pu emporter l'acquiescement de la jeune femme : je serai à la pointe, vers dix heures, près du banc du Syndicat d'initiative... Je vous attendrai. Nous pourrons bavarder un peu. Au revoir.

Seul sur le sentier qui menait au Vieux Moulin, Guillaume se félicita de s'être montré entreprenant. Par son silence même, la jeune femme n'avait-elle pas donné son accord au rendez-vous ?

7

Ronan et Martine rencontrèrent Xavier Lenfant sur le môle.

Ils revenaient d'une balade en mer. Xavier prit le bout que lui lança Ronan et l'enroula autour d'une bitte d'amarrage. Il aida Martine à sauter du *Coantik* sur le môle gluant de goémons et d'écailles de poissons.

Ronan rangea le bord et rejoignit Martine et le chef du Front patriotique, qui avait troqué la chemise bleue qu'il portait dans les réunions contre un chandail de marin boutonné sur l'épaule.

— Votre père est-il arrivé ? demanda Xavier Lenfant. On ne le voit plus très souvent en mer. Fait-il toujours jouer des pièces de théâtre ?

Ronan avait été fier des œuvres de son père, mais, depuis quelque temps, un doute avait pénétré dans son esprit quant à leur valeur véritable. Toute allusion à leur sujet lui paraissait contenir une ironie et il fut soulagé quand il comprit que Xavier n'avait pas l'intention de pousser la conversation dans cette direction.

Il savait aussi que Lenfant avait demandé à son père d'entrer dans son mouvement ; d'en être, en Bretagne, le chef et le théoricien, lui dont l'*Histoire des Bretons* faisait autorité, dont l'enseignement avait marqué des générations d'étudiants : son père avait refusé.

— Lesguivy se remplit, dit Xavier Lenfant. J'ai vu M. l'ambassadeur, toujours tiré à quatre épingles. Il me regarde comme une bête curieuse, vaguement répugnante. Répugnante et dangereuse. Ah ! ces Bien-Pensants ! s'écria-t-il. Ils ne savent pas ce qui leur pend au nez, les Bien-Pensants ! S'ils croient que la Société telle qu'elle est va durer éternellement, ils se trompent. Quelle tête font-ils en voyant les « congés-payés », dites-le-moi, vous qui les voyez de près ? Il y a longtemps que les Allemands ont les congés payés, quoi ! Et la Sécurité sociale. L'erreur de nos bourgeois, c'est de ne pas comprendre qu'Hitler a fait en Allemagne une révolution sociale. Il a brisé la classe des Junkers et le grand État-Major. Dans les camps de travail, il a mélangé étudiants et ouvriers... Bon. Qu'est-ce que l'on fait ?

Interdit, Ronan ne sut quoi répondre.

— Eh bien, on va à Jersey, non ? dit Xavier Lenfant. J'ai besoin d'un coéquipier. Et vous venez avec nous, mademoiselle ? Je vous appelle Martine. Nous aurons besoin de vous. Savez-vous cuisiner ? C'est décidé. Demain, je vais chercher mon nouveau bateau. J'ai un génois taillé par Sibiril, à Paimpol, qui a une surface portante de 25 mètres carrés.

Ronan retrouvait son grand ami. Il préférait l'entendre parler de bateaux plutôt que de politique. Les jugements politiques que portait Xavier, ses condamnations, ses déclarations, Ronan avait l'impression qu'il les énonçait du bout des lèvres sans y croire vraiment, et plutôt en manière d'exorcismes. C'était une litanie pieuse dont le sens était un peu perdu. Et d'ailleurs, Xavier Lenfant n'insistait pas et délaissait vite la politique. On l'avait pourtant entendu parler pendant trois heures, au cours des réunions du Front, dont plusieurs s'étaient terminées par des bagarres et l'une — celle de Montauban — par un mort et des blessés.

Le « Front patriotique » n'a pas laissé une trace importante dans l'histoire politique des dernières années de la Troisième République. Il est toutefois mentionné dans les ouvrages qui traitent de cette époque. Un chapitre lui est consacré dans la thèse d'un professeur à l'Université de Minnesota sur « Les Mouvements fascistes en France ».

On a quelque peine aujourd'hui à comprendre la séduction que Xavier Lenfant exerça sur de nombreux jeunes hommes ; il la devait à sa personnalité plus qu'à ses idées. Un chroniqueur d'extrême gauche a écrit qu'il menait ses fidèles « en bateau », allusion aux prouesses bien connues du yachtman (Lenfant gagna dans la Manche plusieurs régates).

On ne savait pas grand-chose sur l'homme, à Lesguivy et, ce qui étonnera peut-être, on ne cherchait pas à en savoir davantage. La guerre brillante qu'il avait faite, engagé volontaire à dix-sept ans, était connue. Ses études de médecine aussi, encore que l'on ne sût pas s'il était docteur, titre qu'on ne lui donnait jamais. Il s'était présenté sans succès à la députation sous une étiquette nationaliste et avait milité dans un parti, sans que l'on pût dire lequel. Encore une fois, l'on ne cherchait pas à percer le mystère de cette activité, car Lenfant n'était connu à Lesguivy, comme dans tous les ports du Léon et du Trégor, que sous l'aspect du plaisancier, fanatique de la voile.

Aussi la surprise fut-elle grande quand la presse et la radio annoncèrent la naissance du Front. On apprit avec étonnement les réunions, les rallyes, les meetings, les défilés dans toute la France. On ne les prit pas très au sérieux, et d'autant moins que Lenfant était resté le même pour les Lesguiviens qui le connaissaient depuis toujours — depuis qu'à dix ans il était venu avec ses parents passer ses vacances dans le village. Lenfant avait le bon goût de ne pas faire de politique sur le port. L'interdiction de son mouvement allait, de toute façon, au moins provisoirement, le réduire au silence.

Quand Xavier, suivi de Martine et de Ronan, entra chez Tomasine, le bistrot du port où se réunissaient les marins, ceux-ci, accoudés au comptoir, lui rendirent son salut en bougonnant et avec une sorte d'embarras. C'est du moins ce que crut déceler Ronan.

Tomasine vint poser une bouteille de muscadet et trois verres sur le linoléum de la table où Xavier et ses invités avaient pris place.

— Ces vents de nordet ne sont pas très bons pour nous, dit Xavier Lenfant en remplissant les verres. On les aura par le travers jusqu'à Fréhel, puis on aura des vents portants. Il y a des courants entre les îles et la côte ; il faudra en tenir compte... Je partirais bien la semaine prochaine, après la grande marée.

— Il y a le pardon, dit Ronan.

— C'est vrai, dit Xavier ; il faut être là pour le pardon. Eh bien, nous partirons tout de suite après ! Et peut-être pourrons-nous aller jusqu'à Penzance, si les vents sont bons. Je vais établir les cartes.

Il faisait chaud dans la salle du bistrot. Ronan avait les joues en feu. Le muscadet, frais et sec, lui enfiévrait la tête.

Il était fier d'avoir été distingué par Xavier, d'être son ami, demain son coéquipier. Il le suivrait au bout du monde.

C'est-à-dire Jersey et Guernesey.

Il espérait que la renommée du nom de Lenfant rejaillirait sur lui, obscur petit provincial, et que Martine en serait éblouie.

— Comment le trouves-tu ? demanda Ronan à la jeune fille, quand Xavier Lenfant les eut quittés. Il prend les jeunes au sérieux. Il a réfléchi à nos problèmes ; il ne fuit pas son époque, comme tant d'autres.

— Il est différent de l'homme que j'imaginais, dit Martine.

— On ne le connaît pas. On le juge mal. Il a compris qu'il y avait un autre idéal à nous proposer que celui qu'on donne à la jeunesse anglaise, à Oxford et dans les collèges... Je les ai vus, les esthètes d'Oxford. Mon père ne jure que par les Anglais et leur idéal de « haute civilisation » : comme s'il faisait le poids en face de ce qu'on inculque aux jeunes d'Allemagne et d'Italie ! Si nous ne prenons pas quelques-unes des vertus du fascisme, comment pourrons-nous nous opposer à lui ?

Ronan s'arrêta. Il avait l'impression de répéter des phrases entendues dans la bouche de Xavier Lenfant.

— En tout cas, ajouta-t-il, Xavier a raison de dénoncer notre sujétion totale envers l'Angleterre.

— Alors, pourquoi veut-il y aller, en Angleterre ? dit Martine.

— Ça n'a rien à voir, dit Ronan.

8

Mr. et Mrs. Smallcat, arrivés à Lesguivy depuis deux jours, se rendent au Casino par le chemin de la pointe.

Mr. Smallcat, qui est plus petit que sa femme, a le corps serré dans un smoking. Son visage rouge, barré d'une moustache jaune aux pointes effilées et cosmétiquées, sort d'un col dur à coins cassés. Un panama, enfoncé droit sur le nez, complète son habillement.

Mrs. Smallcat est toute de blanc vêtue, coiffée d'un chapeau de mousseline blanche entouré d'un voile blanc, les épaules couvertes d'une écharpe blanche et son visage, plâtré de poudre de riz, est du même blanc crayeux. Il n'y a, dans tout cette blancheur, que la tache rouge des lèvres petites et rondes, comme une cerise au sommet d'une glace garnie de crème chantilly.

Mr. et Mrs. Smallcat, qui viennent depuis la fin de la guerre à Lesguivy où ils louent chaque année la même petite maison blanche d'un premier maître de la Marine en retraite, rencontrent Guillaume Le Cormier sur le chemin de la pointe.

Après un échange cérémonieux et cependant chaleureux de saluts, le couple Smallcat et Guillaume Le

Cormier restent les uns devant les autres, dans le vent qui souffle du large et s'engouffre dans l'écharpe de Mrs. Smallcat comme dans un clinfoc.

— ... Et les chats ? dit Guillaume, avec un rire nerveux.

— Oh ! ils vont bien, dit Mrs. Smallcat.

— Ils vont très bien, dit Mr. Smallcat. Nous avons vendu un superbe persan bleu à Mussolini. Il nous a envoyé sa photographie, dans son bureau de la place de Venise, avec son chat.

— *Really !* dit Guillaume Le Cormier.

— Et il a écrit une dédicace charmante, dit Mrs. Smallcat.

— C'est une attention délicate, dit Guillaume.

Il y a un silence.

Puis Guillaume, comme frappé d'une inspiration subite, déclare, volubile :

— Nous avons un chat extraordinaire au Vieux Moulin. C'est une chatte... Nous l'avons nommée Fridu : cela veut dire « nez noir », en breton. Savez-vous qu'elle descend à la plage, à La Palud, et va pêcher des poissons dans les mares ! Et elle emmène ses petits chats avec elle, pour leur apprendre à pêcher. N'est-ce pas merveilleux ?

— C'est merveilleux, dit Mr. Smallcat. Je veux voir cela de mes yeux.

— Très tôt le matin, vous pourriez la surprendre.

Mr. Smallcat reste au garde-à-vous. Un mouchoir sort de la manche gauche de son smoking. Il n'y a pas longtemps que Guillaume a appris qu'il possède un élevage de chats dans le Kent, célèbre dans le monde entier.

— Espérons que nous aurons un bel été, dit Guillaume.

— Espérons-le, dit Mrs. Smallcat avec un soupir où il y a de l'inquiétude et de l'ennui.

— Cette guerre d'Espagne est angoissante, dit Mr. Smallcat. Et tant de jeunes gens remarquables de chez nous qui vont s'y battre !

— Mon neveu, qui était à Cambridge, est à Barcelone, dit Mrs. Smallcat. Il y a beaucoup de garçons de Cambridge à Barcelone, partis pour se battre contre les rebelles... Mais je pense que nous n'allons pas intervenir.

— Il ne faut pas intervenir, dit Mr. Smallcat.

— C'est aussi ce que je pense, dit Guillaume.

Sur ces paroles, qui résument la situation internationale préoccupante en ce mois de juillet 1937, le couple Smallcat et Guillaume se séparent.

9

— Guillaume, as-tu vu les nouvelles ? s'écria Mme Le Cormier. Ils ont pris Brunete.

— Je te préviens que maman est très excitée par cette attaque républicaine, dit Évelyne à mi-voix, s'adressant à son frère.

— Eh bien, Guillaume, tu ne dis rien ? dit la vieille dame. C'est très important. Madrid est dégagée. Le bataillon britannique s'est magnifiquement battu. Les républicains ont creusé une poche de douze kilomètres dans les lignes nationalistes.

— Je n'arrive pas à comprendre l'acharnement que met maman à suivre ces combats, auxquels elle ne peut rien comprendre, entre gens qui ne lui sont rien, dans un pays qu'elle ne connaît pas, dit Guillaume à mi-voix, parlant à sa sœur.

— C'est plus amusant que le feuilleton, dit Ronan.

— Marie, ton far est délicieux, ce soir, dit Évelyne d'une voix forte.

— Je le préfère avec des pruneaux, dit Mme Le Cormier.

— Dame, je n'en avais pas ! dit Marie du Bilou d'un ton sec.

Elle saisit le plat où restait un morceau du gâteau et l'emporta à la cuisine.

— Marie est de mauvaise humeur, dit Ronan.

— Nous nous sommes disputées, dit Mme Le Cormier. Elle est furieuse de cette victoire des Républicains. Ce sont les Sœurs de Lannion qui lui ont monté la tête. Elle croit tout ce qu'elles lui racontent : les massacres de prêtres et de religieuses, etc. Il y a eu des atrocités des deux côtés.

— Mais enfin, dit Ronan d'un ton excédé, tu n'es pas très logique, Mam. Franco défend la religion, les traditions, tout ce qu'on vénère dans cette maison.

— Je suis pour la Catalogne libre, dit la vieille dame. La Catalogne doit être libre, comme la Bretagne devrait l'être. N'est-ce pas, Guillaume ?

— C'est absurde ! dit Ronan. Aucun gouvernement espagnol ne peut laisser l'Espagne se démembrer. L'avenir est aux grands empires !

— Je t'en prie, dit Guillaume à son fils. Cessons cette discussion. Et laisse ta grand-mère à ses rêveries.

— Ce sont des paradoxes, dit Ronan en se levant de table. Décidément, je ne comprends rien à cette famille.

Marie du Bilou entrant dans la pièce fit diversion.

— M. Bataillard est là, dit-elle avec son sans-gêne

habituel. Il est venu chercher Évelyne pour faire le bridge.

A peine Jules Bataillard fut-il assis au salon face à la vieille dame que celle-ci l'entreprit sur la guerre civile espagnole.

Guillaume jeta un regard désespéré à sa sœur. Il connaissait l'éloquence de l'ambassadeur et l'étendue de ses connaissances historiques ; il pensa qu'ils n'éviteraient pas une conférence sur le sujet.

Jules Bataillard s'évadait dans l'Histoire pour n'avoir pas à prendre parti sur la conjoncture présente. Ses spéculations historiques lui donnaient un plaisir tel que son visage rayonnait d'une joie peu en rapport avec les horreurs qu'il évoquait. Il avait l'air de se réjouir du malheur des peuples et des catastrophes qu'il leur prédisait.

— L'Espagne n'est pas au bout de son drame, dit-il d'un ton de jubilation. Et d'ailleurs, y a-t-il *une* Espagne ? On disait autrefois *les* Espagnes. La centralisation a été tardive. Toute différente de ce qu'elle a été chez nous.

— Pour notre malheur ! dit Mme Le Cormier.

— La guerre civile est à l'état endémique dans ce pays. Les Alphonsistes, c'est-à-dire les libéraux, se sont battus contre les Carlistes, au cours de deux guerres sanglantes. Le fait nouveau, c'est l'intervention étrangère. Mais — et un sourire s'épanouit sur le visage de l'ambassadeur — est-ce si nouveau ? Non, pas si nouveau ! Après tout, l'intervention étrangère est un fait constant en Europe, dans tous les pays qui ont été en proie à une guerre civile. En Allemagne, pendant la guerre de Trente Ans. Chez nous pendant les guerres de Religion. Il y avait un parti espagnol et un parti anglais... Ce que nous vivons, c'est une guerre de religion européenne. La guerre d'Espagne n'en est que le prélude. « Nous allons voir des choses — et le contentement de l'ambassadeur éclata avec une force accrue — auprès desquelles les passées n'étaient que verdures et pastourelles... » « Verdures et pastourelles » : c'est le cardinal de Retz qui dit cela et il s'y connaissait en guerres civiles... « Verdures et pastourelles », répéta Jules Bataillard d'un ton guilleret.

Guillaume sourit poliment, montrant qu'il appréciait le sel de la citation.

— Il n'y a que les Anglais, continua l'ambassadeur, qui ont eu la chance de se battre entre eux, seuls.

— Mais, dit Mme Le Cormier, les Italiens, les Allemands interviennent en Espagne. Nous ne pouvons pas...

— Ce sont des volontaires, chère madame. Des volontaires... Le principe de la non-intervention est sauf. On ne saurait trop louer Léon Blum de son refus d'intervenir. J'ai eu l'occasion de lui dire ce que je pensais de cette guerre atroce et j'ai eu le plaisir de voir que nous étions du même avis. L'homme est fin. Trop fin, peut-être...

— Ah ! ne me parlez pas de Blum ! s'écria Mme Le Cormier. Il n'a fait que des bêtises.

— Cher ami, dit Évelyne, je m'excuse d'interrompre cette conversation, mais nous allons être en retard au bridge de Léontine.

— C'est juste, c'est juste ! dit Jules Bataillard.

Il s'éclipsa, après avoir baisé la main tavelée que Mme Le Cormier lui tendait.

— Que penses-tu de tout cela, Lomic ? dit la vieille dame, quand elle fut seule avec son fils.

— Que tout cela est très confus, maman, dit Guillaume.

10

Guillaume Le Cormier se dirige vers la pointe qui se prolonge par un îlot rocheux. A mesure qu'il se rapproche du banc scellé au sol, face au panorama, son cœur bat plus fort.

C'est la troisième fois, en huit jours, qu'il retrouve Grace, à dix heures du soir — la nuit n'est pas tout à fait tombée — d'une façon presque clandestine.

Cette clandestinité lui plaît. Il y voit des promesses pour l'avenir et elle flatte son goût du secret.

Guillaume éprouve le même émoi qu'il y a trente ans, dans les mêmes lieux, lors de ses premiers rendez-vous amoureux.

Les pieds nus dans des espadrilles, le torse moulé dans un chandail blanc de laine écrue qu'il a acheté à Pâques, à Londres, il jouit d'une aisance de mouvements qu'il ne connaît qu'en vacances.

Il fume une Craven « A » et marche lentement sur le sentier des douaniers, d'un pas qui veut être celui de la flânerie, mais que dément le tumulte de son âme.

Le banc est vide. Elle n'est pas venue. Ou bien elle est partie.

Guillaume dépasse le banc, mais la pensée qu'un autre promeneur pourrait s'y installer, compromettant ainsi la rencontre, le fait revenir sur ses pas et, au moment même où il se retourne, il voit une forme claire qui avance vers lui et il reconnaît Grace.

La nuit est maintenant tombée. On voit les feux des phares qui balisent la côte s'allumer à l'horizon : les trois pinceaux alternés du Triagoz, le feu vert de la rivière de Lannion, le feu rouge et blanc de Plouvarneiz.

D'un commun accord, ils ont pris le chemin d'un terre-plein couvert d'une herbe rase, comme une petite terrasse bâtie sur le rocher. Guillaume marche devant ; il a saisi la main de Grace, pour la guider.

— C'est ici que vous emmeniez vos conquêtes ? dit Grace.

Ils se sont assis sur l'herbe et regardent les feux dans la nuit.

— Je m'étonne toujours que vous préfériez ma compagnie à celle des amis de Ronan, dit Guillaume. Il y en a de très bien parmi eux. Cet Anglais, Chris, a beaucoup de charme.

— Beaucoup, dit Grace. Je le vois très souvent. En fait, plus souvent que vous.

Guillaume regrette sa remarque. La réponse de la jeune femme lui est pénible. Il l'a bien cherchée !

— Je vous l'ai dit, continue Grace. J'aime être avec vous ; j'aime votre tour d'esprit, votre culture ; je ne m'ennuie jamais avec vous... Voulez-vous encore d'autres compliments ?

Tout en parlant, Grace a cueilli une touffe de menthe sauvage ; elle la broie entre ses doigts, porte ceux-ci à ses narines et respire l'odeur poivrée de la plante. Elle tend les doigts vers le visage de Guillaume qui prend la main, la guide vers ses narines. Il garde dans sa main la main de la jeune femme et celle-ci la lui laisse. Il la repose sur le sol.

— Je comprends pourquoi Hélène vous admire tant, dit Grace. Vous avez une vie magnifique, pleine de travaux, de réussites.

— Quelles réussites ? dit Guillaume. Mon mariage n'a certainement pas été une réussite. Je n'ai pas non plus réussi avec Ronan...

— Mais vos travaux ?

— Des travaux d'historien que n'importe qui aurait pu faire, en y mettant le prix : je veux dire patience et volonté. Ce n'est pas cela que j'aurais voulu faire.

— Vos pièces de théâtre ?

— Aucune n'a eu un franc succès. Et d'ailleurs, il n'y a de succès qu'à Paris. Il est vrai que je n'ai rien fait pour l'obtenir, ce succès... Pourtant, oui, ce sont ces cinq pièces, ces quelques livres qui témoigneront pour moi. Si ma vie signifie quelque chose, si elle peut être sauvée, c'est par ces œuvres. Par quoi est-on sauvé, si ce n'est par ses œuvres ? Et aussi par ceux que nous avons aimés. C'est eux qui témoigneront pour nous.

Guillaume se tait ; il s'allonge sur l'herbe, se tourne vers Grace. Va-t-il l'embrasser ? Il n'ose pas. Il craint de commettre une erreur ; de compromettre ses chances. Et n'y a-t-il pas danger à se lancer dans une aventure avec cette femme si jeune ?

— On fait un livre comme on fait l'amour, dit Guillaume. Il y faut de la patience, de l'habileté...

— Quoi encore ? De la décision ?

L'invite, si c'en est une, glace Guillaume Le Cormier. Elle se moque de lui. Il serait bien naïf de tomber dans le piège.

Il cherche la main de la jeune femme, qui se retourne dans sa main, froide et glissante comme un poisson surpris.

Dans le creux d'une dune, à cinq cents mètres au-dessous du terre-plein où Guillaume Le Cormier et Grace Jenkins sont étendus, main dans la main, Ronan et Martine sont engagés dans une lutte où ils semblent avoir alternativement le dessus.

La lutte tire à sa fin. Les combattants sont épuisés.

Martine reboutonne sa blouse, tire sur sa jupe en toile à voile. Sous ses paumes, Ronan sent des coquilles de perce-oreilles. Son coude s'est piqué à un plant de chardon.

La Grande Ourse, pareille à sept clous d'or... Le tac-tac-tac poussif d'une barque de pêcheur qui prend le large. Odeur de varech de la nuit de juillet.

Martine, par ses caresses, a calmé l'ardeur de Ronan. Il n'a pu se maîtriser, il n'a pas cherché à le faire ; il s'en veut de cette faiblesse, de cette lâcheté. Ce n'est pas ce qu'il souhaite, pas ainsi que les choses doivent se passer ; il a honte.

Mais comment s'y prendre ? Et comment réagirait-elle ? Il se dit : c'est ce qu'elle attend.

Elle ne l'aide pas. Elle le regarde d'un air attentif, mais ne l'aide pas.

Il a peur. D'être malhabile. D'être ridicule. Il a le sentiment d'un échec. Et s'il ne se décide pas, il redoute que, lassée d'attendre, elle se détourne de lui pour prendre un vrai amant. Ne lui a-t-elle pas dit : « Je ne pourrai plus attendre longtemps... »

Elle voulait dire : pour se marier, elles ne pensent toutes qu'à cela !

Il est jaloux à l'avance de celui qui va venir et qui la rendra femme.

(Elle l'est peut-être déjà ? Mais alors, c'est une garce qui joue celles qui veulent être prises de force... ?)

Ah ! les curés, le péché, l'impureté, la chair, la femme instrument du péché, être douze fois impur (il ne sait pas même très bien ce que cela veut dire), la souillure, la confession, le plaisir solitaire, la pénitence, enfin quoi, toute sa jeunesse !

Il regarde les sept clous d'or.

Il est ridicule. Tout est ridicule. Les discussions au Vieux Moulin sont ridicules. Sa famille est ridicule.

— Mon grand-père était président d'une ligue, ou association, ou société, je ne sais pas bien, de défense des intérêts bretons, de la culture, de la langue bretonnes... Tu vois ce que je veux dire ? (Il continue une explication commencée avant la lutte sournoise et folle.) Ma grand-mère reste fidèle aux idées de son mari. Si tu pouvais l'entendre ! Elle déraille complètement, la pauvre femme... Mon père est bien revenu de tout cela, mais enfin, il a été marqué, dans sa jeunesse, par toutes ces histoires folkloriques... C'est pourquoi, je pense, il est devenu historien de la Bretagne... La Bretagne lui a fourni un alibi. C'est par fidélité, soi-disant, qu'il a voulu rester à Rennes et a refusé Paris : en fait, Paris lui faisait peur. Ma mère a très bien compris cela et elle l'a quitté... Enfin, je ne sais pas qui a quitté l'autre...

— Tu es sévère pour ton père, dit Martine.

— Tu penses que je n'ai aucun droit de l'être ; qu'il a réalisé des choses et que moi, je n'ai rien fait ? Mais je n'en ai pas eu le temps ! Il faut que je me remette à peindre. Je n'ai pas encore ouvert ma boîte... Il faut que je m'y mette.

Ce n'est pas elle qui l'encouragera. Elle ne croit pas à sa vocation, pas plus que son père n'y croit. Mais quelles preuves leur faut-il, à eux tous !

Des preuves, des preuves !

— Aide-moi, Martine. Je sais que je devrais être différent. Je ne me plais pas... J'en veux aux autres de ne pas deviner ma valeur. Un jour...

— Viens, dit-elle. Il est tard. Je dois rentrer.

Ils se sont levés. Il la prend dans ses bras, enfouit son visage dans le cou de la jeune fille. Celle-ci met la main sur la tête du garçon et caresse ses cheveux drus.

11

— Il fallait faire l'impasse, chère amie, dit Jules Bataillard.

Il a l'air furieux, que c'en est gênant.

— Cher ami, prenez un sandwich au beurre d'anchois, dit Mme de Vergerennes. Vous les aimez.

Mme Schwartz contemple les levées de cartes alignées devant elle, l'air navré.

— Évelyne, faites les comptes, dit l'ambassadeur en mordant dans la pâte brune du sandwich. Il n'y a pas eu de jeu, ce soir. Pas de beaux contrats.

— Je comptais sur Guillaume, dit Mme de Vergerennes, s'adressant à Évelyne. Autrefois, il venait à nos bridges.

— Guillaume a mieux à faire que de passer la soirée avec nous, dit Mlle Andrée Vidal qui fume des gauloises bleues qu'elle garde au coin des lèvres.

— Qu'il est encore séduisant ! dit Mme de Vergerennes. Vraiment, l'un des hommes les plus séduisants que je connaisse.

— Et Ronan, dit Jules Bataillard, quel superbe garçon !

— Tel père, tel fils ! dit Andrée Vidal.

Elle écrase son mégot dans un cendrier et saisit une nouvelle cigarette dans le paquet. Elle bat le briquet amadou puis souffle sur la mèche jaune qui se love comme une chenille un peu répugnante au creux de sa paume. Elle allume la cigarette et, d'un geste sec, tire sur la mèche dont le bout incandescent disparaît dans le fermoir d'acier.

C'est une femme grande, les cheveux coupés « à la

pâtre » qui auréolent un visage sévère où deux sourcils noirs très fournis abritent des yeux verts. Elle ne sourit jamais. Elle parle avec une voix de gorge.

— Je vais libérer mes chiens, dit Mme de Vergerennes, se dirigeant vers la cuisine.

On entend des jappements.

— Je déteste ces cabots, dit l'ambassadeur à voix haute.

— Greta, Poppée ! crie Mme de Vergerennes en essayant de retenir ses chiens. Ils sont insupportables... ! Allons, soyez sages, soyez gentils.

Elle lève un regard mouillé vers ses invités, comme pour quêter un compliment.

Poppée se précipite pour renifler l'entrejambe de l'ambassadeur. Celui-ci pousse un cri d'effroi et se lève.

On caresse les chiens à la ronde.

L'intrusion des chiens précipite le départ de l'ambassadeur et d'Évelyne.

— Pourquoi Antoinette Vidal n'était-elle pas là, ce soir, dit Jules Bataillard en raccompagnant Évelyne au Vieux Moulin. Est-ce qu'Andrée l'a punie ? Elle a été privée de sortie ?

— Jules ! dit Évelyne d'un ton de réprimande. Antoinette est souffrante ; Andrée nous l'a dit en arrivant.

— Andrée a de plus en plus l'air d'un homme, dit Jules Bataillard. Elle ne porte plus que des pantalons. Je déteste les femmes en pantalons... Elles vivent ici toute l'année, à ce qu'on m'a dit ? Ces villages retirés au bout du monde sont des refuges pour ceux qui ont quelque chose à cacher.

— Oh ! elles ne cachent rien ! dit Évelyne.

— Est-ce qu'elles font de la poterie ? Elles en font toutes. Dans les chalets perdus, dans les Alpes ; dans les villages au bord de la mer, elles font de la poterie.

— Antoinette fait de la peinture.

— C'est la même chose. Si l'on cherchait bien, on apprendrait sur les gens qui viennent ici d'étranges choses. Il y a peut-être parmi nous un repris de justice... Quoi ! Vous riez : avouez que ce Piche-Botin, qui joue au bridge comme au poker, est inquiétant. D'où sort-il ? On m'a assuré qu'il dirigeait une chaîne de bordels : excusez le mot, il n'y en a pas d'autre...

— L'atmosphère de cette soirée a dû le changer de celle de ses établissements.

— Vous voyez Léontine, Andrée et la mère Schwartz en petites robes légères, à demi nues, dit l'ambassadeur, s'esclaffant. On devrait suggérer à Piche-Botin de les embaucher.

— Jules ! dit Évelyne en riant.

— Léontine devrait se montrer un peu plus sélective dans ses invitations, poursuit l'ambassadeur. On ne peut pas fréquenter ces gens-là.

— Bah ! dit Évelyne, nous sommes en vacances ! Et puis, êtes-vous si sûr de ce que vous avancez ? Que sait-on des gens ? Ce qu'ils racontent les uns sur les autres, autant dire rien. C'est curieux, ce goût des secrets que vous avez.

— C'est mon métier qui veut cela, dit l'ambassadeur.

Ayant quitté Évelyne à la grille du Vieux Moulin, Jules Bataillard rentre à son hôtel en traversant la place du port. Il voit deux hommes sortir de chez Tomasine et, à la vive lumière qui vient du débit par la porte ouverte, il reconnaît Xavier Lenfant et un jeune pêcheur, Marcel Helgoat.

L'ambassadeur marque le pas, de façon à rester derrière les deux hommes. Au milieu de la place, ils se séparent. Xavier Lenfant monte dans sa grosse voiture. Le jeune pêcheur s'engage dans une ruelle qui grimpe vers les dernières maisons du village.

Jules Bataillard lui emboîte le pas. Il n'a nulle intention de l'aborder. Son plaisir est de le suivre, de le perdre au détour d'une venelle, de le voir réapparaître, d'admirer l'éclat de ses cheveux blonds bouclés sur la nuque, à la lumière d'un lampadaire.

Il entend le moteur de la Chrysler de Xavier Lenfant, dont le bruit s'éloigne.

La nuit est sans un souffle de vent.

DEUXIÈME PARTIE

1

Des voiliers sillonnent la baie en tous sens. Il souffle un faible vent de nordet et les bateaux avancent à peine. Les voiles blanches se reflètent dans une eau d'un bleu violet où les courants mettent des traînées émeraude. La côte s'estompe derrière une brume de chaleur. Deux voiliers, bord à bord, filent au plus près.

Debout sur la terrasse du Vieux Moulin, Guillaume Le Cormier a repéré le *Coantik*. Il braque les jumelles sur le bateau, cherche à reconnaître les passagers. Grace lui a dit, la veille au soir, que Ronan l'emmenait en mer ce matin.

Seules les têtes émergent du cockpit et Guillaume ne parvient pas à identifier la jeune femme.

Guillaume s'est trompé sur Grace, sur son milieu, son genre de vie. Il n'y a pas de « résidence » sous les arbres ; pas de maître d'hôtel ; pas de collège chic : le cinéma vous joue de ces tours.

Grace a posé comme modèle pour des magazines de mode : cette révélation a mis en branle l'imagination de Guillaume. Il s'est mis à voir dans les attitudes de la jeune femme, dans ses gestes infiniment gracieux, sa façon de ployer le cou, les regards obliques qu'elle lui jette, des poses ou des ébauches de poses sophistiquées, comme celles dont il s'enchantait dans les magazines féminins qu'achetait Élise. Même, il croit avoir vu dans *Harper's Bazaar* un portrait de Grace. Ensemble, ils ont cherché dans quel numéro, de quelle année, et dans quelle robe il a pu la contempler. Mais cette recherche n'a donné jusqu'à présent aucun résultat.

Avec délices, il a feuilleté le dossier de ses photographies que Grace a emporté dans ses bagages. Elles sont presque toutes de son ex-mari, photographe de son état, et qui l'a lancée.

Vue ainsi sous tous les éclairages, dans toutes les attitudes, à demi nue dans des robes du soir, des maillots de bain, Grace a paru soudain plus accessible, presque facile. Ces jeunes femmes offertes à l'admiration et la convoitise des hommes ne sont-elles pas les « cocottes » de notre temps ?

Ce cliché, qui a remplacé celui de la jeune patricienne de Nouvelle-Angleterre, n'a pas mieux résisté que le premier à l'épreuve du temps. Guillaume s'est vite aperçu que Grace n'est en rien la demi-mondaine qu'il s'est vaguement imaginée, sablant le champagne au Delmonico avec des hommes d'affaires, fiers d'être vus en compagnie d'une femme admirée de l'Amérique entière. Elle travaillait dur dans les studios, faisait la cuisine pour son mari, et le soir, si elle n'était pas trop fatiguée, suivait dcs cours de langue et de littérature à Columbia. Elle regrette de ne pas avoir fait d'études et passait ses week-ends à lire.

(Guillaume se demande si ce n'est pas son titre de professeur qui a impressionné Grace et lui a donné envie de le connaître.)

Hier soir — il y a maintenant onze jours qu'il a fait sa connaissance — Guillaume a embrassé Grace. Il n'a pas embrassé une femme de cette façon depuis sa jeunesse. Est-ce croyable ? C'était, il y a trente ans, la même ardeur. Et c'était, après l'avoir quittée, vers une heure du matin, cette même douleur dans les reins du désir inassouvi, qu'il était tout étonné de reconnaître. Elle n'a pas entièrement disparu ce matin.

Il faut l'enlever d'ici. La décider à fuir avec lui quelque part, dans un hôtel de la côte, plus loin peut-être. Ici, rien ne peut arriver. Il est paralysé. Par la famille, par les Estivants de Marque, par le village, par son passé. Un rapt : il faut qu'elle y consente. Mais pourra-t-elle se rendre libre ?

Il sent le regard d'Hélène Parlieu posé sur eux.

C'est ce qu'il veut : vivre avec Grace quelques jours, la voir s'endormir à son côté, assister à son réveil. Il n'a jamais tenu dans ses bras une femme aussi grande, aussi belle. Quand il entoure son corps et qu'il sent sur son cou, sur ses reins, la main de Grace, il a l'impression de lutter à armes égales avec une partenaire à sa taille.

Il revoit, dans le livre d'Histoire sainte de son enfance, une planche représentant le combat de Jacob avec l'ange. L'ange est un beau jeune homme de la taille de Jacob et on le voit qui touche de la main la cuisse de son adversaire, qui sera vaincu. Elle aussi, hier, grand ange au front d'airain, elle a touché sa cuisse, son sexe, et il lui répétait, la bouche collée à l'oreille : « Tu me plais, tu me plais... Comme tu me plais. »

Elle est silencieuse, comme un ange doit l'être.

Est-ce lui, Guillaume Le Cormier, en robe rouge et épitoge, toque galonnée en tête, quand il pénètre, précédé de l'appariteur, dans la cage aux fauves : « Mesdemoiselles, messieurs... Les institutions carolingiennes ont ceci de remarquable... », qui était hier soir sur les dunes ? N'est-ce pas plutôt le garçon de dix-huit ans qui venait sur cette pointe avec la fille de l'hôtelière, Marie, morte aujourd'hui ?

Ce que veut l'homme, ce n'est pas être immortel, c'est être jeune.

Qui a dit cela ?

2

Par la fenêtre de sa chambre, l'abbé Flohic voit les petits bateaux sur la baie, à travers les branches d'un figuier.

Il prépare son sermon du dimanche suivant : un commentaire sur l'évangile du Bon Samaritain. Il ne peut se contenter du sens premier, d'une évidence décourageante : il faut être charitable, secourir les détresses humaines, venir en aide aux voyageurs et aux blessés... Il lui faut trouver un autre sens, caché. Mais lequel ? Stigmatiser l'égoïsme de la classe possédante, des puissants, des nantis, des pharisiens : le prêtre qui appartient au clergé triomphant tel qu'il existait en Judée, en France sous l'Ancien Régime, tel qu'il existe encore dans la plupart des pays de chrétienté où il a lié partie avec la classe possédante. C'est un Samaritain, c'est à dire un homme du peuple, qui s'arrête pour panser les plaies du voyageur blessé par les bandits, et verser sur elles de l'huile et du vin. (Du vin ? Pour les désinfecter, sans doute ? Espérons que ce vin n'était pas celui des noces de Cana, d'appellation contrôlée : c'eût été dommage... !)

Faire honte à l'égoïsme des classes possédantes. C'est-à-dire à ces propriétaires de villas, de yachts de plaisance...

Un coup est frappé à la porte.

— Je peux entrer ?

C'est le chanoine Kerzampar qui vient s'entretenir avec son hôte de ses paroissiens de l'été. Sa curiosité à leur égard est infinie. Il a longuement interrogé Herveline, la *carabassen* du recteur, sur les uns et sur les autres — tout spécialement sur la famille Le Cormier. L'abbé Flohic le soupçonne d'aimer les cancans et d'être snob.

— Tenez, monsieur le chanoine, lisez ce billet que j'ai reçu ce matin. Il était glissé dans ma boîte aux lettres. Cela vous donnera une idée de l'atmosphère dans laquelle je vis pendant l'été.

Le billet dit :

« *Si vous croyez que vous pouvez détruire ainsi impunément les coutumes les plus anciennes du pays, vous vous trompez. Déjà, vous avez supprimé le prône en breton. Maintenant, c'est au tour de la quenouille. Que voulez-vous ? Que vos paroissiens se lassent ? Sachez que l'un des plus éminents d'entre eux va écrire à l'évêque pour protester en notre nom à tous. Partez. Votre place n'est pas ici.* »

— Naturellement, cela n'est pas signé, dit le recteur. Je crois deviner qui désigne ces mots : « *l'un des plus éminents d'entre eux...* ». Ainsi l'auteur fait d'une pierre deux coups : il croit me faire peur et il dénonce un membre de la paroisse. Mais je connais assez bien celui-ci de réputation, pour savoir qu'écrire à l'évêque n'est pas son genre. D'ailleurs, il a autre chose en tête, en ce moment, que des lettres à l'évêque... Si j'en crois ce qu'on m'a raconté.

— Qu'est-ce qu'on vous a raconté ? Et sur qui ?

— C'est Herveline qui me rapporte les commérages. Je ne l'écoute pas. Ça entre par une oreille et ça sort par l'autre. Si c'est celui à qui je pense, je sais qu'on l'a vu plus d'une fois en compagnie d'une estivante. Une jeune Anglaise, je crois... Ou une Américaine. Toujours vert à cinquante ans passés.

— Mais qui est-ce ?

— Je ne peux pas vous dire le nom qui m'est venu à l'esprit. Ce serait de la calomnie. Je soupçonne aussi quelqu'un d'être l'auteur de ce papier. Il faut être détraqué pour écrire des lettres anonymes. Le mieux est de ne plus y penser.

Le recteur froisse la lettre, la jette dans la corbeille à papier.

— Que pensez-vous du Bon Samaritain, monsieur le chanoine ?

— C'était un homme qui n'était pas pressé... Peut-être, aussi, espérait-il une récompense de la part de la famille ?

— Et le prêtre ?

— Il allait déjeuner chez un collègue. Il avait faim et ne voulait pas être en retard.

— Croyez-vous que je puisse dire cela en chaire dimanche ? Descendons boire un verre de porto.

— C'est cela, dit le chanoine, allons panser nos blessures avec un peu de vin.

A peine sont-ils installés dans la salle à manger qui ouvre sur le jardin rempli de roses — ces belles roses-églantines, petites et pâles, qui poussent ici en buissons sauvages — que le chanoine Kerzampar, sortant sa pipe, déclare :

— J'ai une grande nouvelle à vous annoncer. Vous allez être surpris. Je suis invité à passer la soirée de samedi chez Mme de Vergerennes. Je l'ai rencontrée ce matin de bonne heure dans le cimetière, comme je revenais de dire ma messe, elle m'a rejoint et invité... Qu'en dites-vous ?

L'abbé Flohic n'en dit rien. Il demeure interdit, la

bouteille en l'air, et regarde le chanoine comme s'il n'avait pas compris.

— Cela m'amuse de connaître ces estivants que vous ne voulez pas fréquenter. Je suis curieux de nature.

L'abbé Flohic a le sentiment d'une trahison.

3

La chapelle Saint-Barbe, au fond du petit port de Toul-ar-Saozon, est à moitié cachée sous les pins et les acacias. Son lourd toit d'ardoise a la forme d'une barque, la quille en l'air. Dans le mur de pierre noire, surmonté d'un clocheton, s'ouvre une porte en ogive, peinte en rouge foncé. Le toit forme un auvent au-dessus d'une aile latérale, abritant un porche, comme une grotte creusée à même le roc. On enjambe une pierre posée de chant ; deux bancs de pierre se font face adossés contre les murs latéraux et un tronc en granit rose, cerclé de fer rouillé et muni d'un cadenas se trouve près de la porte. Elle n'a rien d'exceptionnel, la chapelle Sainte-Barbe, et Guillaume Le Cormier connaît, dans le Léon et le Trégor, des dizaines de chapelles plus jolies et plus pittoresques que celle-là. Mais aucune ne lui procure un tel sentiment de paix. Il le dit à Grace, qu'il a emmenée en promenade jusqu'ici.

— Entrons, dit-elle.

Les voici dans l'ombre du sanctuaire. Le contraste avec la lumière du dehors est tel que d'abord ils ne voient rien. Un faible jour vient d'un vitrail, derrière l'autel. Leurs yeux s'habituent à l'obscurité et bientôt ils distinguent l'autel ventru de bois peint en vieux rose orné de sculptures dorées. Une statue de sainte Barbe le domine, entre deux flambeaux d'argent terni. Elle a l'air enceinte (ah ! ces artilleurs dont elle est la patronne) et porte dans la main une grande tour dont le toit conique dépasse la tête. A côté d'elle, une autre statue d'un saint que Guillaume n'a jamais pu identifier. Sur le mur de droite, une statuette de pierre noire représente la Vierge et, de chaque côté, deux ex-voto de marbre sont accrochés au mur : « MERCI A LA VIERGE... »

Les visiteurs sont muets, debout au milieu de la chapelle.

— Comme on est bien ! dit Grace.

Guillaume tourne les yeux vers sa compagne et la contemple en silence.

Et soudain la qualité de ce silence lui rappelle un autre silence, dans cette même chapelle, des années passées. Comme aujourd'hui, il était en compagnie d'une femme, une jeune fille dont il voit le visage, mais ne se rappelle pas le nom : c'est une forme claire dans l'ombre, qui se dresse à son côté. Il avait connu là l'un de ses premiers émois, le souvenir en est si fort qu'il est pris d'un tremblement.

Guillaume saisit la main de Grace. Comme d'un commun accord, ils se déplacent en direction du portail, dans une région plus sombre de l'édifice.

Grace s'adosse au mur et Guillaume se colle à elle ; sous la robe légère, il devine son corps ; il caresse ses seins, l'embrasse dans le cou. Une pensée lui court dans la tête : « La chapelle est désaffectée... » Mais le sentiment obscur d'une profanation l'habite.

Il doit faire un effort pour s'arracher à Grace. Elle profite de cet éloignement pour remettre en place sa robe froissée.

Elle sort sous le porche.

Guillaume la rejoint, s'assied sur l'un des bancs de pierre et regarde la jeune femme rassembler sa chevelure derrière la tête. Le visage penché vers les dalles disjointes du sol, Guillaume dit à voix basse, comme pour lui-même :

— Cela ne peut pas durer.

Grace se tait. Elle fait un pas et saisit la branche d'un arbre qui vient battre le toit du porche. Elle arrache une feuille et la mord.

— Il faut trouver une solution, dit Guillaume.

Il se lève, vient se placer derrière sa compagne, pose une main sur sa hanche.

— Nous allons partir quelques jours, dit-il. Je veux vivre avec vous pendant quelques jours.

— C'est impossible, dit Grace. Quelles raisons donnerai-je de mon absence ? Et vous-même, que direz-vous à votre famille ? Que penseront Hélène et Martine, et Ronan ? Et que dirait l'ambassadeur et toutes les dames, et... ?

— Qu'est-ce que cela peut me faire, ce qu'ils pensent ?

— Cela vous fait beaucoup. Vous le savez très bien.

Elle enjambe la pierre et se trouve sous les arbres.

— Venez, dit-elle, le bras tendu vers Guillaume.

Ils font quelques pas sur un sentier qui longe un cours d'eau.

— Vous ne parlez jamais de votre femme, dit Grace. Que s'est-il passé ? Pourquoi cette séparation ?

— Je n'ai pas envie d'en parler, dit Guillaume. Et d'ailleurs, Hélène vous a tout dit, je lui fais confiance... Ce qui est difficile, dans le mariage, ce n'est pas de s'entendre sur les grandes choses, mais sur les petites. Si l'on n'est d'accord sur rien dans les détails de la vie quotidienne, celle-ci devient insupportable.

— Mais quels détails ?

— Je ne sais pas. Les horaires des trains ; les menus ; les distractions... Et aussi les jugements sur les gens, sur les nouvelles dans les journaux... Et vous, qu'est-ce qui n'allait pas ?

— Oh ! moi, c'était les choses importantes.

— Mais, avant de se marier, ces choses-là, on sait si l'on est d'accord ou pas !

— Pas si l'on se marie très jeune, ce qui était mon cas. C'est sur ce que vous appelez les petites choses que l'on est d'accord.

— C'est vrai. Elles ne prennent de l'importance que plus tard. Alors, il n'y a rien à faire ? On ne peut jamais s'entendre ?

Grace se penche, coupe une herbe haute. Le moindre de ses gestes a une élégance qui étonne dans ce grand corps ployé.

Il a envie de la fraîcheur de ses bras.

— Écoutez-moi, dit-elle. Ce séjour loin d'ici, dont vous parlez, il faut qu'il coïncide avec mon départ. J'avancerai celui-ci d'une semaine. Combien de jours croyez-vous pouvoir me supporter ?

Il faut donc attendre près d'un mois ! Un mois, c'est long en vacances, quand on n'a rien à faire.

Les difficultés qui peuvent se poser de son côté — expliquer son absence du Vieux Moulin, inventer un prétexte, le faire accepter par sa mère —, et qu'il négligeait, tant qu'il n'était pas sûr de l'acceptation de la jeune femme, se présentent de nouveau à l'esprit de Guillaume.

Sainte Barbe conseillez-moi ! Sainte Barbe secourez-moi !

4

— La religion joue un rôle important dans ce pays, dit Grace.

— Vous voulez dire qu'il baigne dans la religion ; qu'il en est imprégné. Vous ne pouvez imaginer la place qu'ont tenu, dans mon enfance et ma jeunesse, les cérémonies religieuses. L'année était jalonnée par elles... On vivait dans l'attente de Noël, dans celle de Pâques ; il y avait le mois de Marie, la Toussaint, la Fête-Dieu, etc.

— Et que reste-t-il de tout cela ?

— Ce qu'il en reste ? dit Guillaume. « Le parfum d'un vase vide » : c'est Renan qui a dit cela, un écrivain né dans ce pays, à Tréguier, et qui voulait être prêtre. Nous irons visiter sa maison...

Grace, qui n'a jamais entendu parler de la religion et de ses mystères, se dit qu'il a manqué quelque chose à sa vie. Elle sent en elle un élan vers un monde qu'elle ignore.

— Et vous ? dit-elle. Êtes-vous religieux ?

— Non, dit Guillaume.

— Mais vous pratiquez, vous allez à la messe...

— Ici, oui.

— Vous n'êtes pas très logique avec vous-même.

— Non, dit-il. Pas logique du tout. Faut-il l'être ?

5

— Eh bien, qu'en pensez-vous ? s'écrie Xavier Lenfant sur le môle, contemplant son bateau qui béquille dans le port.

C'est un sloop de neuf mètres, cinq couchettes, moteur auxiliaire. La coque est noire avec un liston jaune. Le mât de misaine est immense, on ne voit que lui dans le port. L'*Églantine* (parce que l'insigne du Front patriotique était une églantine) affecte un peu la forme d'une barque de pêche. Mais l'arrière très effilé, qui se relève légèrement, le roof allongé et bas, le caillebotis au fond du cockpit, sont d'un yacht de plaisance.

Ronan et Martine sont en admiration devant le voilier.

— Il y a un réchaud, un petit évier à l'entrée de la cabine, de l'autre côté de la table à carte. Et, tenez-vous bien, un cabinet et un lavabo entre le carré et le poste avant. J'ai hâte de prendre la mer et de pouvoir relâcher en eau profonde. Je n'aime pas béquiller dans la vase. Quand partons-nous ? J'espère que vous n'avez pas changé d'avis.

Et, sans attendre la réponse, Xavier se détourne et marche vers le port.

Les jeunes gens lui emboîtent le pas :

— On a dit le jour du pardon, c'est-à-dire dans huit jours. On aura la marée de l'après-midi et on pourra lever l'ancre vers quatre heures, après la bénédiction des bateaux. On sera à Jersey le lendemain, vers la même heure, si les vents sont bons.

Xavier a fait entrer des vivres et des caisses de vin. Il

est paré. Les couchettes sont équipées. Il laissera le carré aux jeunes gens et s'installera dans le poste avant, très confortable. Leurs protestations n'y font rien : il en a décidé ainsi. Il s'installera dans le poste avant.

Ils ne vont pas mollir, au moins ? Il lui faudrait chercher un autre coéquipier, et il ne voit personne.

Le verre chez Tomasine était de rigueur. Xavier et ses amis le prirent debout, au comptoir, mêlés aux pêcheurs. Julienne, son haveneau à la main, buvait son verre de rhum. C'était une figure locale. Le visage boursouflé, tuméfié, les yeux invisibles sous les bourrelets de chair, elle était ivre tous les jours, d'un bout à l'autre de l'année.

Elle vivait dans un creux de rocher sous une bâche à la pointe de la Chèvre. Les enfants la suivaient sur le port en criant après elle, et ils allaient jeter pierres et mottes de terre sur le toit de sa tanière. Pour subsister, Julienne allait pêcher le bouquet. Elle connaissait les meilleurs creux de rochers de toute la côte et faisait de belles pêches dont elle allait boire le produit chez Tomasine et dans tous les bistrots du village. On connaissait ses goûts. A peine était-elle entrée dans le débit de boissons qu'un verre de rhum était posé devant elle, sur le comptoir.

Ronan connaissait Julienne depuis son enfance. Elle lui faisait peur alors, et il restait en lui quelque chose de cette peur, bien que Julienne se montrât toujours aimable avec lui quand il la rencontrait.

— Vous ne connaissez pas Kerisit ? dit Xavier Lenfant. On ne va pas se quitter ainsi. Je vous invite à dîner chez moi.

Il avait une course à faire dans le village. Le temps pour les jeunes gens d'aller prévenir leurs familles respectives de leur absence et ils se retrouvaient devant la Chrysler, sur le port, un quart d'heure plus tard.

On ne se serait pas cru si proche de la mer.

La torpédo prit des routes bordées de fougères, puis des routes plus étroites où deux voitures ne pouvaient passer de front, puis des chemins de terre. Les branches basses des arbres fouettaient le pare-brise et les passagers, assis côte à côte, durent plusieurs fois courber la tête. La grosse voiture cahotait d'une ornière à l'autre, et les hauts talus bordant le chemin avaient l'air de se la renvoyer.

Le chemin débouchait sur un carrefour où s'élevaient les hauts piliers d'un portail. Les battants d'une grille de fer rouillée étaient rabattus sur les piliers et, au-delà, s'ouvrait une allée bordée de chênes dont les branches formaient une voûte.

La Chrysler s'y engagea. Au bout de l'allée, un bâtiment de pierres grises, à un étage, se dressait au bord d'une petite cour semée de graviers.

La bâtisse était ancienne, mais sans style, sans noblesse dans les proportions. La porte qui s'ouvrait dans la façade au sommet d'un perron (si les deux marches qui la séparaient du sol méritaient ce nom) avait l'air d'avoir été placée là par hasard.

Le toit était superbe, avec sa carapace de grosses pierres en guise d'ardoises. Des mousses jaunâtres, comme des loupes sur un crâne, avaient poussé dessus.

— Ce sont d'anciens communs, dit Xavier Lenfant. Le manoir a brûlé, il y a cinquante ans ; on voit encore les ruines à moitié ensevelies sous les ronces. Voilà mon repaire !

Le nom convenait bien à cette maison perdue dans les bois, à plusieurs kilomètres de toute voie carrossable. Ronan lui trouva un aspect sinistre. Il se dit qu'il n'aimerait pas y vivre seul.

Les visiteurs entrèrent dans un vestibule, plutôt un long couloir, ouvert des deux bouts, où des suroîts, des pèlerines, étaient accrochés à un portemanteau.

Sur une table, des lettres et des journaux, jetés pêle-mêle, à côté d'un vase où des fleurs se fanaient.

Ils entrèrent dans une pièce dont les fenêtres, fermées par des volets intérieurs, s'ouvraient des deux côtés.

Une grande table de bois blanc, placée devant une cheminée de pierre, portait un couvert.

Un mât, un gouvernail brisé, de vieilles voiles s'entassaient le long d'un mur. Des bottes de caoutchouc, des sabots de bois, des pantalons de toile jaune, une autre paire de bottes, une glène de filin. Les proportions de la pièce, la cheminée, les poutres du plafond peintes en gris, comme toutes les boiseries, avaient une allure qui correspondait bien à celle du propriétaire.

C'était la demeure d'un homme seul qui ne prête pas attention au décor, mais a besoin d'espace pour vivre.

— Madame Henriette, apportez-nous à boire, s'il vous plaît, cria Xavier Lenfant en ouvrant la porte à targette qui donnait sur la cuisine.

Une femme sans âge parut.

Sans prononcer une parole, elle sortit d'un placard assiettes, verres et couverts, et les posa sur la table.

— C'est une femme du hameau voisin, dit Xavier Lenfant. Je ne sais jamais si elle me comprend, ni même si elle m'entend. Je suppose que oui... Il y a du Noilly, du Mandarin... Restons plutôt fidèles au muscadet. Approfondissons le muscadet. Nous ne lui avons pas accordé l'attention qu'il mérite ! Approfondissons !

Il passa dans la cuisine, revint en tenant deux bouteilles par le goulot.

— Vous vivez seul ici ? dit Martine.

— Il m'arrive d'avoir de la visite, dit Xavier Lenfant. On vient me voir de Paris, de temps en temps.

Ronan pensa qu'il s'agissait de visites galantes. Il imagina le « repaire » comme un lieu de débauches, au milieu d'un parc aux cerfs.

— Et puis, les gars viennent me voir, dit Xavier. Ils viennent d'un peu partout me demander des directives pour l'avenir. Pour l'instant, le mouvement est en veilleuse. Mais il faudra remettre le bateau à flot. Nous allons vers la guerre civile. Ce qui se passe en Espagne est une répétition générale. L'Europe entière va être en feu. Il faut être prêt. On s'y emploie...

Xavier Lenfant prononça ces paroles en souriant, et du ton le plus simple. Dans sa bouche, elles perdaient leur sens tragique. Les « gars », les « directives », les « cellules » : ces mots qu'il employait avaient l'air de se référer à quelque jeu formidable et grisant. C'était le jeu de la politique, du combat politique. Les idées n'étaient que des signes destinés à faciliter le jeu. Les mots, les expressions, passant par la bouche de Xavier, devenaient des vocables sonores, cris de ralliements, imprécations furieuses et vengeresses. « Tue, tue... Dieu reconnaîtra les siens ! »

Ronan vit soudain leur hôte dans son repaire, comme un seigneur de la Ligue, reître jovial dans la guerre civile comme un poisson dans l'eau.

— Allez, une jec ! s'écria Xavier Lenfant en élevant une bouteille au-dessus des verres. On les aura, les salopards !

A qui s'adressait ce défi ? On ne le savait pas trop. Aux « rouges », aux « bourgeois », aux curés démocrates », — bref à tous les autres.

Xavier se dirigea vers une armoire qui occupait un coin de la pièce, en sortit des cartes dont la netteté contrastait avec la propreté douteuse du lieu. Il poussa les couverts, étala les cartes sur la table et, après avoir allumé une lampe à pétrole — car la nuit tombait et Kerisit n'avait pas l'électricité — il se pencha sur elles.

— Faisons la route, dit-il.

Muni d'un compas et d'un crayon, il traça sur les cartes marines la route de l'*Églantine* au large des côtes du Trégor et de la Normandie jusqu'aux îles Anglo-Normandes, à travers les récifs des Héaults de Bréhat, des Minquiers et des Écrehou.

Les jeunes gens écoutaient ses explications, suivaient des yeux la ligne des côtes, l'emplacement des cailloux. Les trois visages se touchaient dans le cône de lumière jaune.

Xavier se redressa d'un mouvement brusque et il eut, à un pouce du nez et des lèvres, le nez et les lèvres et les yeux noirs de Martine et il les regarda d'une façon qui troubla la jeune fille.

Ronan eut la vision de ces deux visages si près l'un de l'autre et en fut surpris.

L'appétit de Xavier Lenfant était colossal. Il enfourna d'énormes tranches de pain de ménage, après avoir saucé le plat de l'omelette. Un pâté de lièvre dans sa terrine suivit, avec une salade dont les feuilles, mal lavées, portaient des traces de terre. Xavier broya le tout dans sa mâchoire. Ils mangèrent un camembert à eux trois. Un panier de pommes fut posé sur la table par la servante muette.

Les bouteilles de muscadet se succédaient.

Le vin les échauffant, les deux hommes se mirent à vociférer et à crier, avec des éclats de rire et des jurons en breton.

— Ah ! il prétend qu'il ne trouve personne pour donner la quenouille ! s'écria Xavier Lenfant. *Malasdoué,* je vais aller me proposer. On va y aller tous les deux Ronan, d'accord ? On va y aller et on verra bien... Il en fera une tête le recteur ! Tiens bon ! Nous défendrons les traditions bretonnes, *fi dan Doué !* Contre les curés et contre la République ! Le père Maurras a ses félibres, nous avons nos bardes ! Un dernier verre ! Ou bien un calva ? J'ai un calva de derrière les fagots... Non. Restons fidèles au muscadet. Approfondissons le muscadet.

Il se leva, étira son grand corps qui envoya une ombre immense danser au plafond.

— A la santé de Martine, dit Xavier Lenfant en s'inclinant vers la jeune fille. Ils sont venus fouiller Kerisit, l'autre jour, je n'étais pas là, continua-t-il. Les gendarmes de Lannion, les imbéciles ! Lannion fait la force !

Le calembour donna à Xavier tant de plaisir qu'il éclata d'un rire qui se prolongea.

— Ont-ils pensé que j'étais assez bête pour entreposer des armes dans cette maison ouverte à tous les vents ? Ils peuvent toujours chercher, ils ne trouveront rien. Et en Alsace non plus, ils ne trouveront rien. Retour de Jersey, j'irai faire une tournée en Alsace, voir les nôtres. Il y a là-bas des cellules très actives, très combatives. On les taxe d'autonomisme, bien sûr ! Comme les gens d'ici... Nous ne sommes pas autonomistes, cria-t-il prenant un ton de réunion publique, le visage soudain grave, les yeux pleins de colère. Nous ne sommes pas pour le démembrement de la France et la séparation de la Bretagne. Nous voulons une France unie et forte ! Mais nous sommes pour le maintien des libertés locales. Nous sommes contre le pouvoir central de Paris. Contre un régime qui méconnaît nos traditions et ne respecte pas la langue, l'âme de notre peuple ! Nous sommes pour que les provinces fleurissent dans un pays... un pays débarrassé du communisme, du... On me traite de « fasciste » : je n'ai pas peur du mot ! La bourgeoisie libérale est pourrie. Elle ne cherche qu'à garder ses privilèges et elle est prête, pour le faire, à s'allier à la gauche elle-même. C'est ce qu'elle a fait en Espagne, et cela lui retombe sur le nez... Nous voulons lui ôter son pouvoir, faire alliance avec le peuple, nous voulons débarrasser ce pays d'une classe politique composée de vieux bourgeois nantis. Le fascisme, c'est la jeunesse du monde ! C'est un idéal de fraternité et de bonheur. Le bonheur, idée neuve en Europe : c'est nous qui donnerons au mot formidable de Saint-Just sa réalité. Et nous le ferons avec tous ceux qui voudront nous joindre ! Nous ferons de notre jeunesse une jeunesse sportive, nous lui apprendrons à occuper ses loisirs, nous mettrons la culture à sa portée. Ah ! que de choses à entreprendre ! Ce ne sont pas nos vétérinaires et nos avocats radicaux qui le feront ! Ni les théoriciens fumeux d'un ordre ancien. Le fascisme, ce qu'il est pour nous ? Il est l'amitié... ! Il est la vie... ! Il est...

Lenfant, épuisé, s'arrêta, il se tassa sur la table, coudes écartés, puis se relevant soudain :

— Je vous raccompagne à Lesguivy. Il est tard les enfants.

Les paroles de Xavier Lenfant continuaient à vivre dans la tête enfiévrée de Ronan.

La lune éclairait la cour, la façade austère de la maison.

Sur le seuil, Ronan vit Martine s'approcher de Xavier. Elle paraissait plus menue à côté de la grande silhouette qui se détachait à contre-jour sur les massifs d'hortensias éclairés par la lumière d'argent.

Xavier a passé un bras autour des épaules de Martine ; il l'entraîne vers la Chrysler ; Ronan voit qu'ils se parlent mais ne peut entendre ce qu'ils disent.

La torpédo reprend l'allée de chênes, franchit le porche, se retrouve dans les chemins de terre. Xavier Lenfant paraît soudain dégrisé — c'est de paroles qu'il s'était grisé, plus que de boisson ; il conduit d'une main ferme, ramène dans le chemin la voiture qui a fait une embardée.

Ils débouchent sur la route départementale et la Chrysler glisse sur la chaussée goudronnée comme une barque sur une mer étale.

Ronan a l'impression qu'ils ont laissé derrière eux une maison abandonnée, irréelle. Toute la soirée lui paraît irréelle.

Ils le laissent devant la grille du Vieux Moulin. Ronan voit la Chrysler s'éloigner dans le chemin, sous la lune, emmenant Martine et Xavier, qui, sans se retourner, lui fait un geste du bras.

6

Elles habitent une petite maison construite au bord de la falaise. Il y a eu, en plusieurs endroits, des éboulements et l'on se demande si la maison ne va pas, un jour, être entraînée par un glissement de terrain.

C'est Mlle Antoinette qui en est la propriétaire ; elle seule porte le nom de Vidal. Mais on ignore le nom de Mlle Andrée, de sorte que les deux femmes sont pour tout le monde : « les demoiselles Vidal ».

Autour de la maison basse, le jardinet est comme suspendu au-dessus de l'abîme. Il est rempli d'hortensias mauves et deux pins tordus, brûlés et comme rongés par les embruns, s'effilochent dans le vent de chaque côté de la maison. Une barrière verte ferme le jardin. Il faut descendre quelques marches pour atteindre la porte cachée sous une vigne vierge.

Elles vivent là depuis le début de la guerre. Elles sont venues en 1914, dès les premiers combats et ont acheté et aménagé la maison, ancienne poudrière. D'où viennent-elles ? On l'ignore. Des bruits disent qu'elles viennent d'Alsace et qu'elles ont tout perdu. On a dit aussi que Mlle Antoinette était allemande : ne l'a-t-on pas soupçonnée d'être une espionne ? Il a fallu que l'ancien maire, M. de Kercoät, menace ceux qui lançaient ces calomnies, pour les faire taire.

On voit qu'elles sont de bonne famille, Mlle Antoinette surtout, si charmante, si délicate ; Mlle André, elle, fait un peu peur avec son air hommasse et son éternelle cigarette aux lèvres. Elles ont été adoptées par les Estivants de Marque. L'été, elles refleurissent après un long hivernage ; elles échangent des livres avec ces dames ; on les voit aux bridges et, parfois, elles prennent le thé au Casino.

Mlle Antoinette, qui parle anglais, fréquentait la petite colonie venue de Grande-Bretagne, dans les années vingt. On la vit deux ou trois étés de suite, en compagnie du maître au feutre noir et à la barbiche blanche qui surveillait les œuvres de dames aquarellistes groupées dans le cimetière, devant l'église, ou dessinant des rochers à la pointe.

Mlle Antoinette peint, elle aussi. C'est ce que dit la renommée, bien qu'il n'ait été donné qu'à un très petit nombre de privilégiés d'admirer ses œuvres.

Autrefois, les demoiselles Vidal naviguaient sur une barque à misaine et pêchaient la crevette rose. Mais il y a longtemps qu'elles ne prennent plus la mer et seuls de vieux estivants se rappellent les avoir vues revenir de la pêche, le haveneau sur l'épaule, dans l'épuisette plusieurs livres de bouquet.

Elles vivent à présent couchées sur des divans recouverts de châles indiens, au milieu de vases de Gallé, de coussins modern style, de lampes à abat-jour frangés de perles de bois. De vieux numéros de *Vogue* et de *Vanity-fair* s'entassent sur les tables.

— A quelle heure doit-elle venir ? dit Mlle Antoinette qui a des yeux bleus et des guiches blondes autour du visage.

— Je vous l'ai dit, mais vous n'écoutez pas, répond Mlle Andrée. Elle viendra prendre le thé.

— Croyez-vous qu'elle accepte de poser ?

— C'est à vous de la convaincre. C'est déjà un succès d'avoir pu la faire venir. Le Cormier ne la quitte pas d'une semelle.

— Guillaume Le Cormier venait nous voir, autrefois, dit Mlle Antoinette. C'est un homme si plein de charme. Et sa femme était délicieuse. Comment s'appelait-elle déjà ?

— Élise.

— C'est cela, Élise. Un joli nom... Dommage qu'elle ne vienne plus ici.

Andrée a plongé la main dans la poche d'un cardigan vert olive qui lui descend à mi-cuisse et en a retiré son briquet amadou. Elle bat le briquet, approche la mèche incandescente de sa cigarette, après avoir attisé le feu en soufflant dessus.

— Ces Américaines sont des filles superbes, dit-elle.

— Vous rappelez-vous Nancy ? dit Mlle Antoinette.

Andrée ne répond pas et se plonge dans sa tapisserie. Mme de Vergerennes lui a commandé une tapisserie pour recouvrir des fauteuils Louis-Philippe. Le prix de ce travail apportera un supplément appréciable aux maigres ressources des deux femmes.

Ainsi, chaque année, l'une ou l'autre de ces dames leur font une charité déguisée.

Et c'est vrai qu'elles ont des *mains de fées.*

La clochette de la barrière, en haut de l'escalier, vient de tinter.

Un instant plus tard, la porte d'entrée, restée entrouverte, tourne sur ses gonds.

— Entrez madame, dit Andrée d'un ton rogue, sans ôter la cigarette de sa bouche. Asseyez-vous. N'importe où... Là par exemple.

— Venez, chère, dit Antoinette sans se lever du divan où elle est à demi couchée.

C'est une femme un peu lourde, à la poitrine tombante, aux hanches larges. A-t-elle de la peine à se mouvoir ? Une canne est posée près d'elle, sur le divan.

— Approchez-vous, dit Mlle Antoinette. *Sit here. Andrée told me how beautiful you are. Indeed you are beautiful... Much more than I expected. Hélène did'nt come ?*

— *She is so sorry...* commence Grace.

— *Never mind,* dit Mlle Antoinette. *Did you find the house easily ?* Comment la trouvez-vous ? Avez-vous admiré la vue ?

— Ça, dit Andrée, on ne peut pas nous la prendre. — Et, tournée vers Grace : Thé ?

Elle sort, va dans la cuisine où on l'entend remuer des ustensiles avec bruit.

Antoinette s'est penchée vers Grace, qui lui fait face.

— Le beau visage, dit-elle.

Elle tend le bras, prend dans ses mains sèches, couvertes de bagues, le menton de la jeune femme et lui imprime un mouvement tournant.

— Ainsi, de profil, dit-elle de sa voix musicale. Mais les yeux... ?

Elle retourne vers elle le visage de Grace. La main suit la courbe de la joue, effleure le cou et, pinçant une mèche de cheveux, la tire en arrière et la tapote contre l'oreille.

La vieille femme se recule, cligne de l'œil, laisse échapper un soupir.

— Très belle, dit-elle.

7

Il était cinq heures du matin, le samedi, veille du pardon, quand Jules Bataillard se leva.

Tandis qu'il s'habillait, il entendit les filles de salle descendre aux cuisines. Roger devait être là, le premier levé, allumant les fourneaux, préparant les menus. L'ambassadeur avait de l'amitié pour Roger, propriétaire de l'hôtel, qui faisait lui-même la cuisine et demeurait sur le pont comme le capitaine d'un navire, d'un bout à l'autre de la saison. A la fin de celle-ci, Roger et son personnel étaient exténués par le travail et le manque de sommeil. Les servantes, pâles et amaigries, les yeux rouges, faisaient leur service en titubant.

L'ambassadeur revêtit deux chandails l'un sur l'autre et, par-dessus, un veston croisé de gros drap bleu qu'il s'était fait faire par le sacristain de l'église, tailleur du village. Il coiffa un vieux chapeau de feutre gris aux bords rabattus tout autour et sortit dans le couloir. Il descendit sur la pointe des pieds comme un voleur et gagna les cuisines.

— Vous allez en mer, monsieur Bataillard, dit Roger. Je vais vous préparer un casse-croûte.

— Non, merci, dit l'ambassadeur. Fiacre a tout prévu. Un café, c'est tout.

Jules Bataillard gagne le port par une venelle en pente. Un chat s'enfuit entre ses jambes. Le jour n'est pas encore levé. Les deux réverbères qui éclairent la petite place, devant le môle, sont allumés et, çà et là, des lumières se voient aux fenêtres des maisons.

On devine dans le port une agitation sourde. Des bruits d'aviron frappant l'eau, des grincements de chaînes d'haussière, des voix qui s'appellent. Un raté de moteur déchire l'air.

Jules Bataillard avance sur la jetée, glissant sur ses espadrilles.

— Ah ! c'est vous, dit Fiacre Helgoat qui l'attend près de la rampe au flanc du môle. Mettez ce ciré. Et les bottes. Marcel, aide M. Bataillard.

Le jeune homme tend le bras. Jules Bataillard enjambe le bordé ; il met le pied sur une glène de filin, se tord le pied et tombe à demi sur Marcel qui le rétablit d'une main ferme.

— Largue tout, dit Fiacre.

D'une poussée, il écarte son bateau du quai.

De tous les points du port on devine des barques qui gagnent la sortie dans la nuit.

Les lampadaires projettent dans l'eau noire deux rubans jaunes qui ondulent.

Fiacre met le moteur en marche et le bateau, louvoyant à travers les barques que Marcel repousse de la main, double le môle.

Debout, devant le barreur, Jules Bataillard regarde la masse sombre de la côte défiler sous ses yeux. Il devine la Roche Plate, puis le Casino dont la laideur prétentieuse, la coupole, la terrasse et ses escaliers sont visibles dans la nuit.

Passé l'île Longue, c'est le large.

La barque fend l'eau grise.

Immobile, secoué d'un léger frisson, Jules Bataillard

laisse son esprit vagabonder au gré de ses souvenirs. Il se rappelle des navigations nocturnes, en pleine guerre, à l'extrême pointe de Long Island, avec des étudiants de Yale qui allaient pêcher dans le Sound. C'était alors qu'il avait rencontré Guillaume Le Cormier, en mission dans les universités d'Amérique. Lui-même, conseiller à Washington, voyageait à travers le pays, allant porter la propagande française de comité en comité et de club en club.

C'est Guillaume Le Cormier qui, après la guerre, lui a fait connaître Lesguivy. Depuis, chaque fois qu'il s'est trouvé en France pendant les mois d'été, en vacances ou appelé par son ministre, il est venu se reposer quelques jours dans ce coin de Bretagne. Même, il a songé à y acheter une maison ; mais pourquoi s'établir ici plutôt qu'ailleurs ? Il n'est de nulle part, nomade professionnel et sentimental.

Sur la mer, on devine les barques se rendant sur les lieux de pêche. La plupart vont relever les casiers à homards dont l'emplacement est signalé par de petits drapeaux fichés dans des bouchons de liège.

A l'avant de la barque se tient Marcel, le fils cadet de Fiacre Helgoat. Il est nu-tête et ses cheveux blonds bouclent sur le cou puissant. Le torse est moulé dans un chandail bleu marine. La vue du garçon qui tourne parfois la tête et présente son profil, donne à Jules Bataillard un vif plaisir. Il lui trouve une ressemblance avec l'un des syndics d'un tableau de Franz Hals — le plus jeune, poupin comme Marcel, la lèvre rose et charnue, le cheveu bouclé.

Ce n'est pas la pêche, à laquelle il n'entend rien, qui attire Jules Bataillard sur la mer, mais le spectacle qui maintenant s'offre à sa vue.

Le ciel est éclaboussé de rose et de jaune, au-dessus de la côte qui s'éloigne ; la mer a des traînées mauves et roses ; des rayons d'or s'élancent, venant d'une source cachée.

Saisi d'une joie panique, les yeux dilatés par l'attente, le cœur battant, Son Excellence Jules Bataillard assiste au lever du jour.

A la même heure, l'abbé Flohic traverse le cimetière, se rendant à l'église pour y dire sa messe.

Le cimetière est condamné, il le sait. Le maire a décidé de le transporter hors du village. Le mur d'enceinte sera abattu ; les tamaris qui le bordent arrachés. Transformé en jardin, le cimetière sera amputé d'un bon tiers de sa surface pour permettre l'élargissement de la route : la circulation l'exige.

Et d'ailleurs, le cimetière est devenu trop petit. Et puisqu'il faut en ouvrir un autre, autant y transférer les morts de celui-ci. Cela leur est bien égal, de pourrir ici ou ailleurs !

L'abbé Flohic a donné son accord. Il n'ignore pas le caractère historique, la signification du cimetière autour de l'église. Toutes les paroisses bretonnes ont le leur : les morts sont ainsi mêlés aux vivants ; ils sont au milieu de leurs descendants qui, chaque dimanche, à la sortie de la messe, vont prier sur leurs tombes, y déposer un bouquet. Ils font toujours partie de la communauté.

« Les vivants seront de plus en plus gouvernés par les morts » : l'abbé Flohic se rappelle cette phrase d'Auguste Comte que citait son professeur au grand séminaire : il en voyait un symbole émouvant dans l'existence des cimetières dans cette vieille terre celtique.

Non seulement l'abbé Flohic n'a pas protesté quand le maire socialiste lui a annoncé la décision du conseil municipal, il n'a pas alerté l'évêque, le député démocrate-chrétien, comme certains de ses collègues lui en avaient donné le conseil, mais il a donné son accord.

Que lui font ces vieilles institutions celtiques ?

Que lui fait la légende de la mort ?

Superstitions païennes, venues du fond des âges, que le christianisme n'a pas extirpées. La religion catholique est une religion de vie, non de mort ! Elle est faite pour les vivants, pour aider les vivants à faire triompher la justice, *hic et nunc*.

C'est une religion du salut dans cette vie.

Le recteur songe avec amertume aux reproches qu'il va subir de la part de ces estivants pour qui le cimetière avec ses croix et ses ex-voto est un lieu *si touchant* — eux qui n'ont pas de parents couchés dans cette terre et ne mettent jamais les pieds dans les cimetières de leurs villes, pas même le jour de la Toussaint.

Eh bien, il n'est pas fâché d'avoir à s'opposer à eux, une fois de plus, comme il s'oppose à eux pour cette ridicule affaire de la quenouille.

Il faudra bien, un jour, en arriver à supprimer processions et « pardons » en l'honneur de saints qui n'ont existé que dans l'imagination populaire — ces saints venus d'Irlande « dans des auges de pierre », dit la légende, comme si une auge de pierre pouvait flotter !

Qu'on le laisse ici seulement quelques années, et il se fait fort d'extirper ces croyances, de supprimer ces mômeries !

Voilà ce que se dit l'abbé Flohic, recteur de Lesguivy, en pénétrant dans le sanctuaire. D'un coup d'œil il a parcouru la nef. Il a un haut-le-cœur en comptant le nombre de ses paroissiens pour qui il va célébrer le saint office : cinq vieilles femmes !

Au premier rang, Mme Le Cormier et sa bonne.

8

— Reprenez de ces petites barquettes aux fraises, monsieur le chanoine, dit Mme de Vergerennes, en mettant un plat sous le nez du chanoine Kerzampar.

— Elles sont délicieuses, Léontine, dit Mlle Trébabu. Bien sûr, elles sont de votre fabrication... Ces fraises, où les avez-vous eues ? Il n'y en a pas dans tout le pays.

— Je les ai fait venir de Lannion, dit Mme de Vergerennes. Bien obligée, depuis que le recteur a interdit à sa bonne de vendre des légumes et des fruits de son jardin.

— Herveline m'a vendu une livre de petits pois au début de la saison, dit Évelyne. Elle m'a dit que le recteur l'avait grondée en lui interdisant de recommencer. Depuis, je fais croire à ma mère que les légumes viennent toujours de chez le recteur. Elle ne comprendrait pas ce refus... Et je veux éviter des histoires !

— C'est un mensonge joyeux, dit le chanoine.

— On se demande la raison de cette politique, dit le commandant Rouzic. Cela faisait de petits revenus aux recteurs de vendre les légumes et les fruits du jardin. Ils en avaient bien besoin. La religion interdit-elle à un clerc de vendre des primeurs ?

Il y a un éclat de rire et l'on se tourne vers le chanoine, dans l'attente d'un commentaire. Mais le chanoine a laissé tomber sur sa soutane une goutte de confiture et il s'emploie à l'en ôter avec un grand mouchoir jaune.

La cérémonie du thé fait diversion. Mme de Vergerennes, aidée d'Évelyne, remplit les tasses.

Rondelles de citron, petits pots de crème, tartelettes, gâteau breton, gâteau savoyard, gâteau anglais, sandwiches de pain de mie à la tomate, au beurre d'anchois, petits fours, nuages de lait, rondelles de citron.

Le chanoine est assis dans une bergère comme un évêque sur son trône, présidant la cérémonie. On le gave, on le choie, on l'encense, on l'emberlificote. Un bridge est en train, dans le petit salon et le mort vient se mêler au chœur des Estivants de Marque et faire sa cour au chanoine.

Le chanoine est heureux ; il a demandé l'autorisation de sortir sa pipe ; il se plaît en la compagnie de ces bons catholiques qui sont aussi des gens du monde. Les deux appartenances ne sont pas incompatibles. Certes, il est difficile à un chameau de passer par le trou d'une aiguille : cela ne veut pas dire que les invités de ce soir n'entreront pas dans le royaume des cieux.

Le chanoine a dû subir une attaque en règle contre le recteur. Il s'y attendait un peu. Il l'a défendu mollement. L'abbé Flohic sort d'un milieu très modeste ; sa mère était laveuse ; c'est une dame charitable qui a payé ses études au séminaire : cela explique bien des choses... On doit lui pardonner sa sauvagerie ; il n'est pas à son aise dans le monde (pas comme toi, prince des prêtres !). Il a subi l'influence des dominicains du boulevard Latour-Maubourg. Le presbytère est plein de leurs publications. Le chanoine connaît bien ce groupe des éditions du Cerf. Il lit *Sept,* de temps en temps — moins souvent que l'abbé Flohic qui ne jure que par cet hebdomadaire.

Mais *Sept* ne dit rien à Mme de Vergerennes ni à ses invités.

— C'est l'ancien Sillon qui s'est reformé, dit le chanoine Kerzampar. Il y a une « gauche » catholique, comme il y a une « droite ».

— Père gardez-vous à droite, père gardez-vous à gauche, dit spirituellement Andrée Vidal.

On rit, on sourit.

— Précisément, dit le chanoine. Il y a des excès, d'un côté comme de l'autre.

— J'ai appris, dit le commandant Rouzic, *pesant ses mots,* que, cet hiver, peu avant Pâques, il y a eu à Lannion une conférence d'un dominicain venu faire campagne contre le service militaire de deux ans. L'abbé Flohic y assistait. Voilà, dit-il d'une voix ferme, ce que nous ne pouvons admettre.

— J'ai connu Marc Sangnier, dit Jules Bataillard qui, le bridge terminé, s'est rapproché du groupe dont le chanoine est le centre. Même, j'ai assisté à plusieurs de ses réunions. L'un de mes amis faisait partie du mouvement et je me rappelle lui avoir tenu compagnie, tandis qu'il montait la garde devant la maison du tribun. Une très curieuse maison, en plein boulevard Raspail, avec des tourelles gothiques, des machicoulis... Folie d'un sous Viollet-le-Duc, je suppose ! Que d'horreurs on a construites à cette époque...

L'intervention de l'ambassadeur provoque un silence.

— Que pensez-vous de cette campagne antimilitariste, monsieur le chanoine ? dit le commandant Rouzic.

— Marc Sangnier était un démagogue, poursuit l'ambassadeur. (Conscient de ce que son intervention précédente a eu d'intempestif, il est soucieux de se la faire pardonner, en même temps que de reprendre la direction des opérations.) Il régnait dans son mouvement une atmosphère exaltée. D'ailleurs sympathique... Parfois inquiétante. La condamnation a découragé beaucoup de bonnes volontés.

Souriant, Jules Bataillard se masse le crâne avec vigueur. Sans laisser à quiconque le temps de placer un mot, il continue :

— La soumission ne fut que du bout des lèvres. Le Sillon a eu sa revanche avec la condamnation de l'Action française. Maurras avait été l'adversaire farouche de Marc Sangnier et je crois bien que la plupart de l'épiscopat lui était hostile. Je n'en dirais plus de même aujourd'hui ! Réconcilier l'Église avec la Démocratie pouvait sembler courageux. C'était sans doute utopique. Car enfin, ou bien l'homme est né bon, ou bien il est né mauvais. La démocratie est basée sur le postulat de la bonté de la nature humaine ; le christianisme postule son iniquité. Il y a eu certain péché originel, n'est-ce pas... ? ... Certain péché originel... « *Lorsque Adam... eut perdu le fameux jardin... Où sa femme... Où sa femme* »... Ah ! j'ai oublié ces vers charmants, dit l'ambassadeur.

Son air décontenancé fait peine à voir.

Il se plonge dans une méditation chagrine et l'on voit, à l'intensité de son regard où passe une lueur de désespoir, qu'il cherche en vain à se rappeler la citation qui se dérobe à sa mémoire.

Mme de Vergerennes ramène la conversation à un niveau plus accessible.

— Et notre quenouille ? demande-t-elle, tournée vers le chanoine.

« Oui, font en écho quelques voix... Va-t-on nous la rendre ?... Y a-t-il un espoir de la voir rétablie... ? Nous étions attachés à cette coutume. »

— Je crains que, pour cette saison, ce soit impossible, dit le chanoine Kerzampar. Estimez-vous heureux d'avoir encore la procession du pardon et la bénédiction des bateaux.

« Comment...? Serait-ce possible...? » disent les mêmes voix.

— Je parlerai de tout cela en haut lieu, dès le mois prochain, déclare le chanoine. Ne dramatisons pas les choses... L'abbé Flohic est jeune, il est maladroit...

— « *Où sa femme autour d'une pomme gambadait sans vertugadin!* » s'écrie l'ambassadeur d'un air triomphant. « *Sans vertugadin* », n'est-ce pas joli?

— On ne voit plus beaucoup de vertugadins, dit Mlle Trébabu. Du moins, sur les plages de Lesguivy.

— Vous disiez, monsieur le chanoine? dit Mme de Vergerennes en lançant un regard courroucé à Jules Bataillard.

— On m'écoute parfois à l'évêché. Ce qui a été défait peut être refait.

— Reprenez de ce gâteau au chocolat, monsieur le chanoine. Puisque vous l'aimez.

— Les rapports de l'Église de France et de l'État ont été faussés tout au long de la Troisième République, dit l'ambassadeur. J'étais jeune secrétaire à Rome, en 1908. C'était Cambon notre ambassadeur. On ne pouvait rêver situation plus tendue entre l'Église et le Vatican. Les Inventaires avaient commencé; l'État pillait couvents et séminaires... Il est vrai (et le visage de l'ambassadeur s'illumina d'une joie sans bornes) que l'État italien et le Vatican étaient eux-mêmes dans les plus mauvais termes. La Maison de Savoie était excommuniée...

— Prenez de ce gâteau au chocolat, dit Mme de Vergerennes.

9

Ce samedi soir, veille du pardon, il y a « soirée dansante » au Casino de la pointe. Soupers, accessoires de cotillons, concours de danse doté de nombreux prix.

Le petit orchestre composé de M. Lorféon et de madame, qui jouent respectivement du piano et du violon, et de Yves Touzic qui tient la batterie, joue du saxophone, de la clarinette et de l'accordéon, est en place sur une estrade située face à la porte vitrée ouvrant sur la terrasse.

Le maestro et Mme Lorféon sont professeurs dans la ville voisine de Saint-Yvinec. Ils ont monté cet orchestre qui se produit dans les bals environnants et pour les grands mariages. En outre, le maestro Lorféon est chef de la musique municipale, la « Cipale » comme on l'appelle dans les journaux.

Coiffé d'une casquette galonnée d'argent, ornée d'une lyre d'argent, on le voit diriger les concerts populaires, le dimanche après-midi, sous le kiosque de la place Gambetta.

Le maestro, Mme Lorféon et leur sympathique accompagnateur ont trouvé un moyen agréable de passer leurs vacances à la mer : c'est de se faire embaucher pour la saison d'été par le Casino de Lesguivy. On les voit, le matin, en chemisette et espadrilles, à la pêche à la crevette et aux bigorneaux. A l'heure du thé, M. Lorféon en smoking et Mme Lorféon en robe du soir jouent des airs de Franz Lehar et des opérettes à la mode. Pour le dîner, s'il y a des clients — mais il y en a de moins en moins depuis le départ massif des Anglais : les « congés payés » ne les ont pas remplacés ! — ils jouent des airs classiques. Le soir, ils font danser la jeunesse.

M. Lorféon est un *boute-en-train*. Il n'hésite pas, quand la soirée *bat son plein*, à se coiffer d'un accessoire de cotillon et à se livrer à quelques fantaisies musicales.

Quand l'orchestre va attaquer une java, Yves Touzic et lui-même coiffent des casquettes, tombent la veste, se mettent un mouchoir autour du cou et saisissent chacun leur accordéon. Mme Lorféon sourit avec indulgence à ce déchaînement de ses partenaires, et, par des œillades et hochements de tête vers les membres de l'assistance, laisse entendre que, sans désapprouver ce brin d'exotisme parisien (sans doute, la java, évocatrice de lieux comme Belleville et Ménilmontant où les Estivants de Marque et leurs rejetons n'ont jamais mis les pieds, n'est-elle pas une danse du goût le plus parfait, mais nous sommes en vacances et une légère audace chorégraphique n'est pas déplacée), elle reconnaît qu'ils sont tous deux à la limite de la bienséance.

Le lendemain de ces soirées dansantes, des comptes rendus paraissent dans *La Dépêche* et l'*Ouest-Éclair*, relatant le « plein succès » de la fête, dû à l' « entrain endiablé » du « sympathique trio » de l'orchestre.

Ce soir, le maestro et sa femme attaquent un *pasodoble* mélodieux et fortement rythmé.

Mr. et Mrs. Smallcat qui ont dîné en tête à tête au Casino, se lèvent pour danser. Mr. Smallcat est en smoking et porte un col à coins cassés. Les pointes de sa moustache sont plus effilées et cosmétiquées que jamais. Il est un peu ivre, et se tient donc encore plus droit que d'habitude. Il a délicatement enlacé Mrs. Smallcat dont l'ample poitrine drapée dans le corsage blanc de sa robe longue le domine. Mrs. Smallcat ferme les yeux, un sourire d'extase posé sur sa face lunaire et, avec une légèreté stupéfiante, tourne et vire, avance et recule, conduite d'une main ferme par son époux qui a pris l'affaire au sérieux, comme on peut le voir à son air concentré.

Ils sont seuls sur la piste de danse (il n'y a pas de piste, en vérité, et l'on glisse à même le sol carrelé de blanc et de jaune, dans l'espace laissé libre par les tables disposées autour et qui se rétrécit ou s'agrandit selon l'affluence), et les clients admirent en silence l'exhibition des Anglais qui, conformément à la tradition de leur orgueilleuse nation, ont tiré les premiers. Mais bientôt d'autres couples se sont lancés et l'entrain commence à régner dans la salle, encouragé par quelques « olé ! » que lance le maestro Lorféon pour scander le rythme espagnol de la danse.

La bande de Martine et de Ronan fait son entrée sur le coup de dix heures et demie. M. Lorféon les voit pénétrer dans la salle avec plaisir car, sans l'appoint de ce groupe d'une dizaine de jeunes gens et jeunes filles, la soirée risque d'être morne, en dépit de la bonne volonté infatigable de Mr. et Mrs. Smallcat.

Les jeunes gens portent un pantalon de flanelle au pli impeccable et plusieurs ont des chaussures de ville. Seul le haut de la tenue — il y a pourtant deux ou trois cravates — laisse voir que l'on est en vacances. Les jeunes filles ont soigné leurs coiffures ; elles portent des robes de chantoung et de tussor, ou de coton imprimé, et des chaussures à talons hauts. Certaines ont à la main un sac, une minaudière.

Ils s'installent à trois tables proches de l'entrée, toujours les mêmes, et commandent des fines et des menthes à l'eau, ou de la bière. La consommation durera toute la soirée. Vers une heure du matin, des garçons déclareront avoir faim. Imités par quelques-unes de leurs cavalières, ils commanderont des choucroutes.

Ou alors des assiettes anglaises. Il n'y a pas autre chose à leur offrir.

Grace, ce soir, s'est jointe à la bande. Des allusions, les reproches des uns et des autres lui ont montré que l'on s'étonnait de ses absences, et elle a compris qu'une défection de sa part serait mal vue et donnerait lieu à des commentaires. Elle l'a fait admettre, non sans mal, à Guillaume Le Cormier.

— Venez au Casino, lui a-t-elle dit.

— Impossible ! s'est-il écrié. Je devrais faire danser Mrs. Smallcat... C'est au-dessus de mes forces. Elle danse pourtant très bien... Et puis, je vous verrai dans les bras des uns et des autres, ceux de Chris en particulier... Cela me sera pénible.

Ils faisaient une promenade sur les rochers de La Palud.

— Vous vous souviendrez de la chapelle Sainte-Barbe ? a dit Guillaume.

Elle a déjà remarqué ce penchant qu'il a de projeter dans l'avenir une sensation, un souvenir récents. Comme si la chapelle avec son porche, le tronc en granit, la statue de la Vierge noire, s'étaient enfuis dans le passé, ce passé qu'il évoque sans cesse. C'est ainsi un va-et-vient incessant entre le passé et l'avenir, un passé où elle n'était pas, un avenir où elle ne sera plus. Déjà, il envisage la fin de leur aventure — que son retour en Amérique rend inéluctable, c'est vrai — alors que celle-ci vient à peine de commencer. Il lui dit de se souvenir de la chapelle, pour vaincre un oubli qui ronge déjà le présent.

C'est alors qu'elle lui a raconté sa visite aux demoiselles Vidal.

— Elles vont vous dévorer vivante ! s'est-il écrié.

Comment avez-vous fait leur connaissance. Je parie que c'est Andrée qui vous a repérée, c'est elle qui sert de rabatteur... Naturellement, le prétexte donné a été votre portrait par Antoinette ? J'en étais sûr... Vous ne savez pas les dangers que vous courez !

— Je les ai devinés, a-t-elle dit.

— A quoi ?

— Je ne saurais dire. Un accueil à la fois distant et empressé. Quelque chose d'enveloppant dans les gestes, dans les regards : une interrogation, une invite... De la part d'Antoinette. L'autre m'a à peine regardée.

— C'est elle qui est à craindre. Vous n'y retournerez pas.

— Mais pourquoi ? J'ai promis de poser pour mon portrait. Je ne peux pas me dédire.

— Vous n'irez pas. Parce que je vous le demande.

— N'allez pas me raconter que vous êtes jaloux de ces deux vieilles filles !

Les choses en sont restées là.

Ce soir, Guillaume erre, désemparé, dans le jardin du Vieux Moulin.

Grace a promis de le rejoindre vers minuit, à la pointe, là où ils se sont retrouvés pour la première fois.

Guillaume passa devant le Casino peu avant minuit. Des groupes de curieux — quelques touristes, des gens du pays pour la plupart, des adolescents de treize ou quatorze ans ne sachant pas encore danser — s'étaient agglutinés devant les baies du Casino et contemplaient les danseurs.

Deux jeunes filles — petites bonnes ou filles de salle d'un hôtel — dansaient ensemble sur l'air joué par l'orchestre, qui se déversait au-dehors.

Haussé sur la pointe des pieds, Guillaume regarda

par-dessus les têtes des curieux. L'orchestre jouait un tango et la salle était plongée dans une pénombre que traversaient à peine les rayons d'un projecteur alternativement vert et mauve.

Guillaume vit sa sœur Évelyne au bras d'un jeune homme qui la courbait et la relevait au rythme du tango.

La lumière inonda la salle. Reconduite par son partenaire, Évelyne s'assit à une table où, comme Guillaume l'avait deviné, se tenait l'ambassadeur.

A côté d'eux, Mr. et Mrs. Smallcat, lui, toujours très droit, le cou maigre émergeant de son col dur immaculé, comme celui d'un vautour cerclé par une collerette de plumes blanches ; elle, répandue tout autour de la table, les yeux mauves, un fume-cigarette piqué dans le bonbon rouge de ses lèvres. Un seau à champagne était posé devant eux, sur l'étroit guéridon.

Grace demeurait invisible. Un empêchement l'avait-il retenue chez Hélène Parlieu ? Un malaise subit ? Ou bien lui avait-elle menti et passait-elle la soirée avec quelqu'un d'autre ? Les demoiselles Vidal, peut-être ? Guillaume se souvint que Grace lui avait annoncé la visite d'un ami parisien, qui passait ses vacances dans une station balnéaire voisine. Peut-être était-il arrivé ce soir, à l'improviste ?

Comme l'orchestre attaquait une valse, elle parut sur le seuil du Casino, en haut des marches.

Elle portait une robe blanche, plissée, qu'il ne lui connaissait pas ; un cardigan rose était jeté sur ses épaules et elle en retenait les pans, les bras croisés sur la poitrine.

La voyant si belle, souriant à la nuit, à la musique, à la vie qui s'ouvrait devant elle, aux aventures qui l'attendaient, qu'elle vivrait avec d'autres, Guillaume songea à ces années à venir qui seraient pour lui des années déclinantes et il se dit : « Elle est ton dernier amour. »

Elle hésita un instant, puis se lança dans l'escalier, admirée des curieux massés des deux côtés, qui se retournaient sur son passage. Elle se dirigeait dans sa direction. Alors, il se montra en pénétrant dans le cône de lumière et, quand il sut qu'elle l'avait vu, se rejeta dans l'ombre.

Il la prit dans ses bras, couvrit son visage de baisers, pencha la tête, embrassa son cou, ses seins.

— Éloignons-nous, dit-elle.

Il lui prit le bras, l'entraîna vers les rochers de la pointe et, tout en marchant, il se tournait vers elle, lui embrassait la joue.

Elle expliqua comment elle s'y était prise pour fausser compagnie à la bande. Mais elle ne disposait que d'un court moment.

— Vous ne retournez pas au Casino, dit Guillaume. Je vous ai, je vous garde.

— C'est impossible. On vient de m'offrir une consommation à laquelle j'ai à peine touché.

— Qui ?

— Je ne sais plus. L'un des garçons. Chris, sans doute.

— C'est lui que vous voulez retrouver, crie Guillaume. J'en ai assez ! Vous me donnez de moins en moins de votre temps. Il y a toujours quelque chose, un contretemps, une obligation... Avant-hier, ce pique-nique... Cela ne peut plus durer.

Mais à peine vient-il de prononcer ces paroles que Guillaume les regrette.

— Pardonnez-moi. Je suis malheureux. Malheureux de ne pas vous voir comme je le voudrais.

— Je n'y suis pour rien, dit Grace. Vous n'êtes jamais satisfait... Laissez-moi. Je m'amuse ce soir.

J'aime danser... Je vous ai dit que j'avancerai mon départ pour passer avec vous quelques jours. Si vous n'êtes pas capable d'attendre...

Guillaume cherche à entraîner Grace dans les dunes. Mais elle refuse. Elle ne veut pas froisser sa robe. Elle se sauve après un baiser distrait.

10

— J'ai subi une scène de jalousie, dit Grace Jenkins. Il ne voulait pas me laisser partir.

Elle se serre contre Chris. Ils dansent un tango.

— Comme l'autre jour ? dit Chris. Vous viendrez me rejoindre ? Je pars dans deux jours.

— Mais bien sûr, je vous l'ai promis.

M. Lorféon fait le *crooner* et, debout, chante d'une voix languide :

Adios muchachos
Compañeros
De mi vida...

11

C'est le petit jour. La fête est finie. L'orchestre s'est tu. Les danseurs sont partis. Seuls Mr. et Mrs. Smallcat sont assis à leur table, finissant des œufs au jambon et buvant du café.

Mrs. Smallcat se lève. Son mari l'aide à se draper

dans une cape blanche qui lui tombe jusqu'aux chevilles.

Il endosse un trench-coat militaire, en caoutchouc mastic et, coiffant son panama, escorte son épouse qui gagne la sortie à petits pas, tournant sur elle-même comme une énorme toupie à fin de course.

Mr. Smallcat lui tend le bras, et le couple descend les marches d'un pas noble mais peu assuré.

— *This way, my love,* dit Mr. Smallcat entraînant son épouse vers l'escalier qui descend à la plage.

La précédant, et s'arrêtant toutes les deux ou trois marches pour lui venir en aide, Mr. Smallcat atteint les rochers qu'il leur faut traverser pour gagner le sable.

Appuyée sur l'épaule de son cavalier, Mrs. Smallcat retire ses chaussures blanches, puis avec de petits cris s'élance à travers les rochers et les galets, au risque de tomber. Mais elle montre dans cet exercice autant de légèreté et de grâce qu'au bras de son danseur.

Mr. Smallcat ôte à son tour ses escarpins, retrousse les jambes de son pantalon, et rejoint sa compagne sur le sable humide.

Le jour est gris ; on dirait qu'il va pleuvoir.

Mrs. Smallcat, ses chaussures au bout des bras tendus, se met à danser, à tourner et à virevolter à travers la plage. Elle court vers son mari qui la reçoit dans ses bras, exténuée, soufflant fort par les narines.

Ils s'asseyent tous deux sur un rocher et attendent.

Ils sont là depuis un quart d'heure peut-être, quand Mr. Smallcat secoue légèrement son épouse qui s'est assoupie.

— *Here, they come !* dit-il.

En haut de la plage, un chat noir avance sur les galets, suivi de deux chatons.

Les trois bêtes trottent sur le sable à la queue leu leu,

se dirigeant vers les rochers. Ils disparaissent derrière l'un d'eux, qui surplombe une grande mare.

Mr. et Mrs. Smallcat se lèvent. L'un suivant l'autre, ils se dirigent vers l'endroit où les chats ont disparu.

Dissimulés par un rocher, ils regardent. Au bord de la mare, la chatte guette le passage d'un petit poisson dans l'eau claire. D'un coup de patte précis, elle frappe l'eau et ramène sa proie du bout des griffes. Elle la porte à ses chatons qui jouent avec dans un creux de rocher.

Elle vient chercher ses petits, les tire en les mordant au cou et, à coups de patte, les mène au bord de la mare.

Devant eux, elle renouvelle son exploit, attrape un autre poisson et, pendant qu'ils le mangent, tourne la tête, feignant l'indifférence.

— *How extraordinary!* dit Mrs. Smallcat appuyée sur son mari. *Would you do that for me, Albert?*

12

Ce matin brumeux, jour du pardon, Ronan, qui ne s'est pas couché de la nuit, fait une promenade sur le sentier de la pointe et s'avance sur les rochers qui le bordent.

Il songe à la soirée au Casino. Martine n'a pas souvent dansé avec lui et il n'a pas su cacher son dépit. Grace n'a pas quitté Chris et Ronan a surpris une réflexion de l'un des membres de la bande, faisant allusion aux rapports de son père et de Grace.

Tout le monde, à Lesguivy, sait qu'il lui fait une cour pressante ; qu'il est sans doute amoureux d'elle. Martine le lui a dit. Et Guillaume n'a pas l'air de se douter des commentaires que lui vaut sa conduite.

Ronan souffre de cette aventure. Elle jette sur son père un ridicule. A son âge peut-on jouer les *amoureux transis ?* Ce rôle est-il compatible avec la dignité du professeur de droit ?

C'est à cause de ses études que Ronan vit avec son père. Mais pourquoi, l'an prochain, n'irait-il pas faire sa seconde année de droit à Paris ? Il ne voit sa mère qu'aux petites vacances : l'été, le Vieux Moulin et le bateau l'attirent par-dessus tout.

Ronan pense que la vie de ses parents n'est pas une bonne vie. Ce n'est pas ainsi qu'il voit la sienne. Ce que fait son père est mal, tout n'est pas permis, il y a des actes qui ne sont pas permis, qui sont ridicules et odieux. Le mal existe. Ronan le sait bien pour l'avoir pressenti quand il rentrait au collège, le dimanche soir, par les rues du quartier Saint-Louis pleines de bordels et de bistrots à marins. Il se rappelle avoir vu des choses qu'il n'aurait pas dû voir et dont le souvenir le hante. Il était pieux alors, il était rempli de tristesse et de honte après certains actes qu'il avait commis. Mais son père, que pense-t-il de ces choses ? Que croit-il ? Et croit-il seulement en quelque chose — hormis en son travail ?

Ronan est descendu sur la grève. Soudain, répandu sur un rocher, il voit un poisson-lune, que la mer, en se retirant, a laissé. Il n'en a jamais vu d'aussi grand. Il regarde la bête de loin, il n'ose pas s'en approcher, un dégoût le submerge devant cette chose immonde, flasque, de couleur brune et grise, large de plus d'un mètre de diamètre et où ne se voient ni la bouche ni les yeux, monstre surgi du fond des mers, au-dessus duquel des nuées de moucherons bourdonnent et qui déjà se décompose, vision infâme qu'il ne peut quitter des yeux, tremblant de froid et d'horreur.

13

Depuis deux jours, le vent, qui était au nord, avait soudain forci en passant à l'ouest. De lourds nuages encombraient le ciel, mais, entre deux averses, un soleil orageux luisait. Luirait-il pour la procession ? Ou bien celle-ci, comme cela était déjà arrivé, devrait-elle sortir sous la pluie ?

Vers midi, le temps s'améliora, l'horizon s'éclaircit et l'on vit le plateau des Méloines et les Sept Iles sortir de la brume. La mer restait grise ; quelques moutons apparaissaient à la crête des vagues.

Guillaume Le Cormier se rendit à la messe de neuf heures. Rentré au Vieux Moulin, il s'arrêta sur la terrasse.

Il regardait la mer depuis un instant, quand il entendit un pas dans l'allée et, se retournant, vit Ronan, son sac à la main, qui se dirigeait vers la grille du jardin.

Guillaume appela son fils.

— Je ne t'ai pas beaucoup parlé depuis le début des vacances, dit-il. C'est vrai que tu es toujours en mer... T'es-tu bien amusé, hier soir ?

— Comme d'habitude, dit Ronan.

Son attitude était toute de défiance. Ou d'ennui.

— Tu ne peins plus ? dit Guillaume.

— C'est toi qui me poses cette question ?

— Pourquoi prends-tu ce ton ? dit Guillaume. J'ai toujours reconnu ton talent. Ce n'est pas parce que je t'ai demandé de continuer tes études... Je serais désolé que tu cesses de peindre.

— Tu ne m'as guère encouragé. Rassure-toi, je n'ai pas l'intention d'abandonner. Mais il y a le bateau.

— C'est vrai. Si l'on fait du bateau on ne peut rien faire d'autre... C'est pourquoi je n'en fais plus... Cependant, j'aimerais prendre le *Coantik* une fois ou deux, si tu le veux bien. Je te le demanderai à l'avance.

— Le bateau est à toi. D'ailleurs, je n'en ai pas besoin ces jours-ci. Je pars en balade. Je vais à Jersey.

— Avec qui ?

— Xavier Lenfant et son nouveau bateau l'*Églantine.*

— C'est un beau voilier, dit Guillaume Le Cormier après un silence. Combien serez-vous à bord ? Il faut bien être trois hommes à la manœuvre pour un voilier de cette taille.

— A deux, nous y arriverons très bien, dit Ronan. Martine Parlieu nous accompagne. Elle nous aidera. Elle commence à connaître la manœuvre.

Guillaume se détourna et regarda vers le large, comme s'il mettait fin à l'entretien.

Ronan chargea son sac sur l'épaule, fit un pas pour s'éloigner. La voix de son père le figea.

— Tu aurais pu me prévenir de cette navigation, dit Guillaume. Je ne peux pas dire qu'elle m'enchante. Je t'ai mis en garde contre Lenfant, qui est un esprit faux. Tu as tort de te lier ainsi avec lui ; il ne peut pas te faire de bien.

— Ce n'est pas mon avis, dit Ronan.

Guillaume Le Cormier négligea de répondre. Le ton qu'avait pris son fils rendait inutile toute discussion.

— Tu n'es pas allé à la messe de neuf heures, dit-il. Je ne pense pas que tu ailles à la grand-messe ? Tu sais pourtant qu'ici nous allons tous à la messe, ne serait-ce que pour faire plaisir à ta grand-mère. Elle serait triste d'apprendre que tu t'en es dispensé. Tu te dis qu'il y a hypocrisie de ma part à me conformer à cette... coutume ? Les rites ont leur vertu... Pardonne-moi de t'infliger ce sermon : il est du moins plus court que celui que tu aurais dû subir à l'église !

Sur une dernière question de son père, Ronan précisa qu'il déjeunerait au Vieux Moulin. L'*Églantine* ne prendrait la mer qu'après la bénédiction des bateaux.

Suivant des yeux son fils qui s'éloigne, Guillaume Le Cormier se dit qu'une fois de plus il n'a pas su lui parler. Sans doute, en Xavier Lenfant, Ronan a-t-il trouvé ce père qui lui a manqué, que lui-même n'a pas su être.

Mais quel père sait prendre sur son fils l'ascendant nécessaire pour le guider, le révéler à lui-même ? Cette tâche est celle d'un éducateur, et elle ne peut s'accomplir qu'en dehors de la famille.

Ne sommes-nous pas seuls, de toute manière ? Ne devons-nous pas trouver seuls le chemin de notre liberté ? Ce chemin, c'est peut-être au large des Héauts de Bréhat et des Minquiers, dans les courants qui se croisent entre les îles Anglo-Normandes et la côte, que Ronan le trouvera ?

Voilà ce que se dit Guillaume pour alléger sa conscience.

Il se dit aussi qu'il devra annoncer cette navigation à la grand-mère de Ronan, apaiser les inquiétudes de la vieille dame, subir des reproches d'Évelyne, et ces tâches lui paraissent d'un insurmontable ennui.

Mais, lui aussi, bientôt, il va partir avec Grace, et se donner un grand congé de bonheur.

14

La procession sortit de l'église à trois heures et demie. Les cloches sonnaient à la volée. Montés sur les marches du calvaire, devant la porte de l'église, ou bien debout sur les tombes, appareils photographiques prêts à entrer en action, les touristes attendaientl'apparition de la croix et de la grande bannière de saint Ronan, patron de la paroisse.

Couchée à l'horizontale pour pouvoir passer sous la voûte, la bannière était portée par trois hommes, ils la redressèrent dès qu'ils eurent franchi le seuil et le lourd étendard pourpre et or aux trois pointes frangées d'or, où se détachait l'effigie du saint, oscilla un moment, avant que la hampe vînt s'encastrer dans le baudrier de cuir dont le porteur — c'était Fiacre Helgoat, méconnaissable dans son costume des dimanches — était ceint. Il plia les genoux sous le poids. Le vent gonflait la bannière comme une voile qui a largué son écoute.

La foule levait les yeux vers l'étendard, la croix dorée qui le surmontait et il y eut une inquiétude suspendue jusqu'à ce que Fiacre, raffermi sur ses jambes, eût la hampe bien en main, le baudrier coincé dans l'aine. Les deux acolytes saisirent les cordons alourdis de glands d'or, qui pendaient à l'extrémité du bras transversal et les trois hommes, précédés du sacristain qui portait haut la croix d'argent et de vermeil, se dirigèrent vers l'entrée du cimetière, foulant aux pieds les plus vieilles tombes aux incriptions effacées par le temps qui formaient un dallage de granit bleu et rose.

Derrière la bannière, venait l'ex-voto que Grace

avait admiré au fond de l'église, l'un des premiers jours de ses vacances. C'était la frégate à la coque rouge, aux sabords blancs et noirs. Les trois mâts, les mâts de flèches, le bout-dehors étaient reliés entre eux et à la coque par l'entrecroisement aérien des drisses, des haubans, des bas-haubans, des échelles de corde ; et des canots de sauvetage, arrimés sur le pont, étaient suspendus aux bossoirs. A sec de toile, le navire portait son grand pavois et les pavillons claquaient au vent. Quatre hommes portaient l'ex-voto sur leurs épaules, en tête deux marins en permission, dans leur vareuse à col bleu, tenant à la main leur béret à pompon rouge. Derrière, deux marins du port, dont Marcel Helgoat, dans leur suroît de toile jaune.

A cinq pas derrière la frégate, quatre femmes dans leur costume de cérémonie, la grande cornette de dentelle gaufrée aux ailes qui frémissaient à chaque mouvement de tête, la pointe du châle noir à franges leur battant les chevilles, portaient la statuette d'argent de la Vierge.

Venaient ensuite les enfants de chœur, avec les chandeliers, le goupillon dans son seau d'argent, qui servirait à bénir la mer et les bateaux, et l'encensoir que balançait le thuriféraire.

Au milieu d'eux le recteur dans son surplis empesé aux larges manches, l'étole blanche brodée d'or autour du cou.

Il était nu-tête et marchait les yeux fixés au loin, ignorant les badauds, la bouche close.

Deux prêtres l'accompagnaient, recteurs des paroisses voisines, ainsi qu'un aumônier d'une institution de bonnes sœurs et le chanoine Kerzampar, coiffé d'une barrette, les épaules couvertes du camail noir brodé de rouge sur lequel s'étalait la médaille de la Vierge retenue par un large ruban de moire bleu ciel.

Les chanteuses entonnaient les cantiques en français, en latin et en breton, le cantique à sainte Anne, le cantique à Notre-Dame du Bon Secours que l'un des recteurs attaquait d'une voix puissante, devançant d'une mesure le chœur des femmes :

Je mets ma con-onfian-ance
Vierge en votre secours... !

Inquiet de la dispute de la veille, Guillaume était dans la foule, à la recherche de Grace.

Il vit passer sa mère, au premier rang des fidèles qui suivaient la procession, grande femme à peine voûtée, coiffée de l'une de ces curieuses toques de satin qu'elle avait en commun avec la reine Mary d'Angleterre, le cou entouré d'un boa en plumes. Évelyne était à sa droite, Marie du Bilou à sa gauche, toute bardée de velours et de dentelles.

Guillaume remonta le long de la foule des curieux, courant presque, alarmé par l'absence de Grace, comme il l'avait été, la veille, en la cherchant en vain dans la salle du Casino.

Enfin, il l'aperçut près du mur de l'hôtel d'Armor. Il lui fallut attendre que s'écoulât le groupe des enfants porteurs de bannières et des fidèles pour se rapprocher d'elle, il joua des coudes, la rejoignit devant la terrasse de l'hôtel, tandis que le trois-mâts voguait devant eux sur la houle des têtes où les coiffes mettaient des crêtes d'écume blanche.

— Quel beau bateau ! dit-elle. — Et tournée vers Guillaume, elle ajouta : Vous vous souvenez ?

Son regard brillait d'excitation et de plaisir. C'étaient la foule, les chants dont le vent entraînait au loin les paroles, le spectacle solennel et gracieux de la fête religieuse, nouveau pour elle, où les syllabes rauques de la langue celtique, les emblèmes profanes mettaient un accent païen, qui l'excitaient. Séduit et prêt à trouver au spectacle qu'il connaissait trop bien un charme nouveau, Guillaume serrait Grace contre lui, le visage à hauteur de sa nuque ; il sentit son corps onduler sous la pression du sien, toucha de la main la taille de la jeune femme.

Un mouvement de la foule les sépara et il dut lutter comme un nageur à contre-courant pour ne pas être emporté loin d'elle.

La procession avançait à présent sur le môle. La croix et la bannière, la frégate, le clergé et les chanteuses — le gros des fidèles restait sur la place du port — se découpaient sur la bande bleue de la mer comme ces figurines de céramique qu'Henriot fabrique à Quimper.

Les navires à l'ancre dans le port avaient hissé leurs pavillons. Des voiliers louvoyaient entre les barques, viraient devant le môle, couraient un bord, puis revenaient dans un carrousel gracieux. L'*Églantine* dominait tous les bâtiments par sa taille, la hauteur de son mât, la surface de sa grand-voile qui se reflétait dans l'eau verte.

Le recteur était arrivé au bout de la jetée ; les chants s'étaient tus. Un incident se produisit alors dont seuls ceux qui se trouvaient en tête de la procession purent comprendre la portée.

Du port, on vit seulement le recteur faire demi-tour comme s'il allait reparcourir le môle en sens inverse. Une confusion se mit parmi les enfants de chœur et les porteurs de bannière, les uns toujours face à la mer, paraissant s'interroger, attendre une directive, les autres emboîtant le pas au recteur.

C'est alors que le chanoine Kerzampar s'avança et bascula l'ordonnance de la procession. Il saisit le goupillon dans le seau et, le bras haut levé, traça dans l'air une triple croix.

Les marins dans leurs barques avaient ôté leurs casquettes. Le silence pesait sur la foule immobile. On n'entendait que le claquement des voiles lofant dans le vent, le glissement de l'eau contre les coques des barques et le cri des mouettes. On songeait aux navires perdus corps et biens, à la litanie qui se poursuivait d'une tombe à l'autre, dans le petit cimetière : « ... péri en mer » ; « ... péri en mer », à la protection de Notre-Dame du Bon Secours.

Le cantique était maintenant repris par les chanteurs et le clergé qui s'en retournaient sur la jetée. La procession était toutefois quelque peu disloquée : le chanoine avait pris la place du recteur ; celui-ci suivait, la tête basse, comme à la remorque du cortège.

Seuls les familiers de la cérémonie et les habitants du village devinèrent que quelque chose s'était passé, sur quoi l'on devait s'interroger les jours suivants.

Un nuage obscurcit le soleil qui avait lui pendant presque toute la procession et des gouttes de pluie se mirent à tomber.

— Venez, dit Guillaume. Vous avez vu tout ce qu'il y avait à voir, la procession va rentrer à l'église par le même chemin, et ce sera tout.

Il saisit la main de Grace, l'entraîna à travers la foule.

Ils prirent la direction de la pointe. Guillaume pressait le pas comme s'il avait craint de voir Grace lui résister ou de sentir sa propre ardeur se refroidir.

Ils franchirent la grille du Vieux Moulin, entrèrent dans le jardin, s'engagèrent dans les allées qui contournaient les rochers, montaient et descendaient selon les déclivités du terrain.

— Quel beau jardin ! dit-elle. C'est un parc !

— Un très petit parc.

Le kiosque de pierre, aux entourages des fenêtres et des portes en brique rose, apparut au détour d'une allée. Une vigne vierge couvrait les murs et les branches des arbres qui l'entouraient se pressaient contre les vitres des fenêtres, assombrissant l'unique pièce.

Guillaume ferma derrière eux la porte-fenêtre et poussa les volets intérieurs.

— Il n'y a qu'une clef, dit-il. On ne peut pas nous déranger.

Grace regarda autour d'elle ; elle vit les panoplies d'armes, les livres, l'armoire sculptée, la table où s'entassaient livres et dossiers. Mais avant qu'elle ait pu faire une remarque ou poser une question, Guillaume l'avait prise aux épaules et l'embrassait.

Comment s'est-elle trouvée nue dans ses bras ?

Il y a eu le lit clos dont elle a admiré le devant de bois sculpté.

— On peut y coucher, a dit Guillaume. Un lit y est dressé.

Il a fait glisser la petite porte ajourée fermant le lit et celui-ci est apparu dans sa blancheur, couvert d'un édredon rouge.

— Essayez-le, a-t-il dit.

Elle a compris ce qu'il attendait d'elle et a décidé de le lui accorder, un peu pour le dédommager de sa longue attente et apaiser ce désir furieux qu'il a d'elle, un peu pour satisfaire à la logique de leur aventure et tenir les promesses implicites qu'elle a faites.

Mais elle n'en avait pas très envie.

Ils sont entrés dans le lit clos, il l'a déshabillée, à genoux sur le lit fermé de trois côtés mais qui ouvre par le haut jusqu'au plafond. L'aventure était plaisante, avec le piment folklorique du lit où, entre deux oiseaux picorant des grappes de raisin, elle a déchiffré une date gravée dans le bois : 1650. Combien de générations d'amoureux les avaient précédés dans ce lit clos ?

Ils étaient dans la bretonnerie jusqu'au cou. Il s'en est amusé en la déshabillant. « C'est l'amour-biniou », disait-il en l'embrassant comme un enfant.

Il l'a couchée dans les draps frais, après avoir déposé ses vêtements sur le coffre, puis jetant les siens par-dessus la cloison de bois, il l'a rejointe.

Il lui entoure les épaules et sa tête repose sur sa poitrine. Elle a entendu la clochette de la grille, puis des voix qui se rapprochaient, s'éloignaient. Il a sursauté, prêtant l'oreille, puis a laissé retomber la tête. A quoi pense-t-il ?

Cela a été si rapide qu'elle s'est à peine rendu compte de ce qui se passait. Elle est déçue. Lui aussi, d'où son silence.

Elle ne va pas s'éterniser dans cette boîte étouffante. Le folklore, soit, mais il est temps qu'elle s'en aille : elle a promis à Hélène de la rejoindre vers cinq heures pour l'accompagner chez les demoiselles Vidal.

S'il le savait, il ne serait pas content. Inquiet peut-être ?

Il a bougé. Il sourit d'un air mi-ironique, mi-navré.

— Voilà, dit-il sur un ton de constatation amusée. J'avais trop envie de vous. — Et il ajoute : Habillons-nous.

Il sort par la porte coulissante, la referme et laisse Grace se rhabiller dans le lit clos. Quand elle en sort à son tour, il est assis à son bureau et fume une cigarette.

Il s'est levé, vient à elle, la prend dans ses bras, pose son front contre le sien.

— Je ne sais pas si j'ai bien fait de vous attirer ici, dit-il.

— Alors pourquoi ? dit-elle avec un peu d'agacement.

Elle arrange sa coiffure devant la glace qui surplombe la cheminée. Elle a l'impression qu'il fuit son regard.

— Ce voyage, dit-il. Est-ce que nous le ferons ?

— Mais bien sûr, dit-elle.

Il la laisse partir sans proposer de la raccompagner.

15

Le recteur a invité ses collègues à un goûter au presbytère, après le pardon. Herveline a fait des crêpes. Le recteur offre du cidre bouché.

— Il y avait plus de monde que l'an dernier, dit l'aumônier des Sœurs Blanches.

— J'ai reconnu certains de vos paroissiens, dit le recteur de Lambader. Mme Le Cormier, toujours vaillante. A qui est ce beau voilier, au milieu du port ? Il a pris le large tout de suite après la bénédiction de la mer.

— C'est le yacht de Xavier Lenfant, dit le recteur. Celui-là est tout le temps fourré à Lesguivy, depuis que son mouvement a été dissous.

— Est-ce qu'il avait fait des recrues dans le village ?

— Pas que je sache, dit le recteur.

— Nul n'est prophète en son pays, dit le chanoine Kerzampar.

— Ça, c'est bien vrai monsieur le chanoine, dit le recteur de Lambader.

Les trois prêtres s'en vont.

L'abbé Flohic se retrouve seul avec le chanoine.

Depuis la soirée chez Mme de Vergerennes, les deux hommes semblent s'éviter.

— Qu'est-ce qui vous a pris ? dit le chanoine Kerzampar d'une voix dure. Je vous ai sauvé la mise. Qu'aurait-on dit s'il n'y avait pas eu de bénédiction des bateaux ? Êtes-vous devenu fou ?

— Comment ! s'écrie le recteur de Lesguivy. Bénir ces yachts de plaisance qui coûtent des fortunes ! C'est une bénédiction de l'argent, du capitalisme... ! C'est une insulte aux pêcheurs qui n'ont que leurs pauvres barques pour aller en mer ! C'est... Je me refuse, oui, je me refuse à donner la caution de l'Église à ce luxe, à...

L'indignation, l'audace de son geste, qu'il sait contestable, la crainte des conséquences possibles, mettent un tremblement dans la voix du recteur.

— Cette atmosphère de foire, continue-t-il d'une voix aiguë, ces appareils photos brandis dans tous les coins, ce mardi gras, vous trouvez que ça lui convient, à la religion ?

— Taisez-vous ! crie le chanoine qui est devenu rouge. Vous ne savez pas ce que vous dites ! Croyez-vous avoir une meilleure conception de la religion que ceux qui vous ont précédé ? Ces fêtes durent depuis des siècles...

— Mais non ! commence le recteur.

— Si, crie le chanoine. Des siècles qui ont été des siècles de foi. Et vous voulez les abolir d'un seul coup ! Je vois bien que l'on avait raison de s'inquiéter. Vous aurez des ennuis, mon pauvre ami.

— Je ne les crains pas ! s'écrie l'abbé Flohic, tandis que son hôte sort de la pièce en claquant la porte et monte dans sa chambre.

Guillaume Le Cormier, assis à sa table, prend un livre, le feuillette, le repose, en prend un autre...

— Une vraie planche... ! dit-il à haute voix. Inévitable..., dit-il encore.

Il pense : « C'était inévitable, je la désirais trop, depuis trop longtemps. »

— Pas brillant ! dit-il encore à haute voix.

Il hume l'odeur de ses doigts.

Il se met à chantonner :

Je mets ma con-onfian-ance...

L'*Églantine,* par vent frais de nord-ouest, cingle vers le large, le cap sur Jersey.

TROISIÈME PARTIE

1

Les quarts avaient été tirés au sort. Martine n'avait pris que le premier, jusqu'à minuit, puis les deux hommes s'étaient relevés toutes les deux heures.

Ronan, à la barre, regardait le jour se lever sur la mer.

Poussée par une petite brise — le vent était tombé à la nuit et il y avait maintenant cette brise bien agréable, et sans histoire — l'*Églantine* filait ses quatre nœuds, laissant un sillage léger.

Ronan rêvait.

Il rêvait, ce qui ne l'empêchait pas de surveiller son cap, les voiles, attentif à une saute du vent qui l'obligerait à modifier la toilure. Il n'avait jamais conduit un navire de cette taille et il éprouvait une joie nouvelle à le voir obéir docilement à la barre. Il imprimait à celle-ci de légers mouvements d'oscillations et le bruit lancinant du safran contre le bois de la coque faisait à sa rêverie un accompagnement sonore. Ses compagnons dormaient dans le carré et il veillait sur eux. Il tenait leur destin entre ses mains. Un bateau, c'est le destin sur la mer de ce monde.

Ronan savoure sa solitude. Elle l'apaise et l'exalte à la fois. Son imagination s'élance dans des directions familières, et il se voit dans une galerie de tableaux comme celle devant laquelle il passe chaque jour à Rennes se rendant à la faculté, accueillant les invités au vernissage de sa première exposition. La presse est là ; on le photographie ; des journalistes l'interviewent et il répond de bonne grâce à leurs questions.

Mais les toiles qu'il a achevées depuis un an, sont-elles en nombre suffisant ? Et méritent-elles toutes de figurer dans une exposition ?

Il devra travailler en septembre et en octobre, quand il sera seul au Vieux Moulin avec sa grand-mère et son père.

Le Vieux Moulin lui reviendra-t-il un jour ? Alors, il le transformera, le rendra plus confortable. En pensée, il revoit les plans si souvent dessinés des améliorations projetées. Mais sa tante Évelyne ne possède-t-elle pas la moitié de la propriété ? Faudra-t-il la vendre à la mort de Mam ? Son père pourra-t-il la racheter ?

La pensée de perdre la vieille maison lui est pénible.

Il pense à l'année d'études qui est devant lui et qu'il redoute. Il ira souvent à Paris voir Martine. Mais celle-ci peut-elle attendre, pour se marier, qu'il ait une situation ? Une femme-médecin peut-elle épouser quelqu'un d'autre qu'un médecin ?

Ainsi va son esprit, de sujet en sujet et de rêve en rêve, tandis que le bateau glisse sur une eau à peine soulevée d'un clapotis.

Le soleil s'est levé. Ses rayons percent la brume de mer et réchauffent le barreur.

L'allure modérée du bateau doit être propice à la pêche à la traîne. Sans lâcher la barre, Ronan saisit une ligne, préparée la veille par Xavier. Un hameçon y est fixé. Ronan prend un ver dans une moque et l'enfile sur l'hameçon de toute sa longueur, il jette la ligne à la mer, la laisse se dévider, la saisit entre le pouce et l'index, attentif à la secousse qui annoncera une touche et redresse le navire qui s'est dévié de sa route.

Ça y est ! Il n'a pas eu longtemps à attendre. Mais est-ce bien une prise ? Debout, la barre entre les jambes et s'efforçant de lui garder la même inclinaison, Ronan remonte vivement la ligne.

C'en est une ! Il voit la bête bondir à la surface de l'eau, luttant pour se libérer. Sortant le poisson hors de l'eau, Ronan le jette sur le caillebotis où il se tord en donnant de violents coups de queue. Il attend que les soubresauts se calment et saisit la bête agonisante dont la peau visqueuse glisse sur sa paume. Il s'efforce d'arracher l'hameçon enfoncé dans la gueule où s'alignent les dents pointues. Il y parvient et rejette le maquereau au fond du cockpit où il continue à se tordre un instant.

Petit poisson deviendra grand !... Petit maquereau tu m'as fait perdre mon cap !

Ronan redresse la barre. Il n'a jamais beaucoup pêché et l'excitation qu'il vient d'éprouver est pour lui nouvelle. La prise a été si rapide qu'il pense qu'un banc de maquereaux navigue dans les parages. Il appâte de nouveau et rejette la ligne dans le sillage du bateau.

La deuxième touche est encore plus rapide que la première. Et le maquereau encore plus gros que son petit frère.

Le ventre blanc nacré sous le carrick à carreaux verts et noirs, l'air étonné d'un gros cocher de diligence à la lippe pendante, arraisonné par des bandits de grand chemin.

Il y a un troisième, un quatrième, un cinquième maquereau. Deux petits, deux gros, tous dans leur uniforme vert de grenadiers russes, parements bleus, gilet et culotte blanche, mitre d'argent.

La voilà, la vie en mer !

Ronan jouit à l'avance de la surprise de ses compagnons, quand ils verront cette pêche miraculeuse. Il contemple ses victimes jetées l'une par-dessus l'autre, masse gluante où un soubresaut manifeste seul un reste de vie. Ses mains sont pleines du sang de ses victimes et il les plonge dans l'eau pour effacer les traces de ses crimes.

Une bouée flottante vient vers lui et il entend le gémissement qu'elle pousse sur la mer, pareil à celui d'une tragédienne qui prend son souffle pour réciter du Racine

... Mes forces m'abandonnent
Et mes genoux tremblants...

Il la baptise Sarah Bernhardt.

Des mouettes crient là-haut, au poulailler, menant une cabale honteuse contre la tragédienne.

Une risée ; l'*Églantine* la prend par le travers et gîte sur bâbord. Borde ton écoute, matelot.

La voilà, la vie en mer !

2

Il y a la manœuvre et il y a le repos, il y a la chaleur du carré, il y a l'alcool.

Xavier est paré pour tout, audacieux et prudent, capable de faire face à toutes les situations, de triompher de tous les obstacles.

Ronan l'admire. Saura-t-il devenir un homme de cette trempe ?

Il lui faut, pour cela, faire taire son imagination,

maîtriser ses réflexes, acquérir ce calme que donne la connaissance des choses, des lois, d'une technique.

Il ne se sent pas très habile, ni patient. Il y a en lui cette nervosité, source de faiblesse, qu'il a décelée chez son père. Ils sont bien de la même race. Il se méprise comme il méprise son père.

Non, il ne méprise pas son père, il lui en veut de n'être pas celui qu'il voudrait ; il le plaint ; il l'aime donc.

En mer, Guillaume Le Cormier n'a jamais dépassé le stade de l'amateurisme. Il n'a jamais cherché à accroître ses connaissances, se contentant de bien réussir les manœuvres élémentaires. Même, on l'a vu naviguer sur son bateau en costume de ville, col et cravate. Pourquoi pas un parapluie ! Coquetterie par laquelle il a l'air de dire : « Je n'y connais rien... ! »

Il en connaît un bout, au contraire, et il n'y a pas grand mérite, ayant passé toute sa jeunesse au bord de la mer.

Ronan veut aller plus loin, égaler en assurance et en force tranquilles le maître de l'*Églantine.*

Bien sûr, Xavier n'a pas la finesse d'esprit de Guillaume, ni sa culture ; il se contente de quelques idées simples, ce qu'il appelle ses « idées-forces », dont Guillaume se gausse. Mais la maîtrise de l'action n'est peut-être obtenue que par une simplification des motifs qui la fondent ?

Xavier porte un coutelas à sa ceinture de cuir tressé de marin.

Martine l'admire, elle aussi : Ronan l'a bien vu tout au long de la navigation d'hier ; il a vu les regards qu'elle lui jetait ; il en a été heureux.

Et il y a le repos, après l'effort.

Les bouées, les amers, le phare, l'alignement du phare et du château, et les vols de mouettes, les voiliers par dizaines sur la mer violette : Saint-Hélier de Jersey !

3

Une fenêtre s'ouvrit dans la cabine vitrée, au sommet du môle, et le maître de port apparut.

— *Where do you come from ?* cria-t-il dans un porte-voix.

Le môle surplombait la passe comme une falaise. Nuages au-dessus du môle dans un ciel rose.

Au fond du port, des voiliers se pressaient bord à bord et, au-delà des grues qui découpaient leur squelette sur le ciel rose, au-delà des bâtiments de la douane et des compagnies maritimes, la ville aux maisons basses. Le ciel était immense au-dessus de la ville.

— L'*Églantine,* Paimpol ! cria Xavier Lenfant, debout à la barre.

A l'avant, un bout à la main, Ronan regardait défiler les cargos norvégiens et suédois, chargés de bois et de charbon, un chalutier de Hambourg, arborant la croix gammée, le paquebot qui faisait la navette entre Saint-Hélïer et Saint-Malo. Des voyageurs y montaient.

Passé les navires de commerce, l'*Églantine* se trouva au milieu des yachts de plaisance.

— A coupe du yawl, cria Xavier.

C'était un Anglais. Un barbu parut à l'entrée du carré, monta sur le bordé prêt à saisir le bout. Ronan était toujours un peu lent dans ses réflexes. L'*Églantine* faillit dépasser le yawl, entrer dans une barque de pêche.

— Martine, les défenses ! cria Xavier.

Il quitta la barre, se précipita à tribord pour éviter, aida Martine à placer les défenses.

Tout en dehors. Et *thanks a lot !*

Le barbu avait disparu à l'intérieur de son navire.

Une dizaine de voiliers, amarrés bord à bord, formaient un pont flottant jusqu'à une échelle de fer, scellée dans la pierre du quai. La plupart battaient pavillon britannique. Il y avait un Français, tout au bout, une barque de pêche demi-pontée avec un roof extravagant, comme une cabine de pilotage, et un bout-dehors indécent. Il y avait un Anglais à la coque pourrissante, qui semblait prêt à s'envoyer par le fond. Tout, à bord, paraissait vieux, tout s'écaillait, s'effilochait.

— Il n'y a que les Anglais pour naviguer sur ces vieux rafiots, dit Xavier. Donnez-leur une caisse à savon et ils mettent une voile dessus... Sacrés Anglais ! dit-il.

Il y avait de l'admiration dans sa voix et Ronan, qui l'avait entendu si souvent s'attaquer à l'Angleterre, s'émerveillait de ce témoignage.

— Martine, tu vas nous préparer la pêche du timonier, dit Xavier.

Mais Martine ignorait comment vider un maquereau, le rouler dans la farine et le faire frire. Xavier prit son coutelas, ouvrit de haut en bas les poissons et, plongeant les mains dans leurs entrailles, en sortit les viscères qu'il jetait par-dessus bord.

Il lava les maquereaux à grande eau, les roula dans la farine et les étendit dans une serviette comme dans un suaire.

— On va faire un tour en ville, avant que les boutiques ne ferment, dit-il.

Les voici tous les trois, Martine entre les deux

hommes, qui remontent la rue principale. Les boutiques, les bureaux de tabac, les hôtels proches du port, les bureaux de change sont ouverts. Aux vitrines, des réclames inconnues, des objets nouveaux, le marin barbu de *Player's,* le petit homme en habit rouge de *Johnny Walker.* Les visages des promeneurs sont différents, les vêtements sont différents. Tweeds vert pomme, faces rouge brique, cheveux rouges, casquettes vertes, cravates jaunes : les couleurs de l'île.

Aux devantures, des bijoux, des bagues, des colliers, des bagues, des broches, des bagues, pourquoi en si grand nombre ? C'est ici un lieu favori des voyages de noces, le Midi des Anglais des Midlands.

Des pipes, toutes les variétés de pipes et ces boîtes oblongues « Prince Albert » rouge sang, que Ronan voyait sur la table de son confesseur, au collège.

Les réclames de la bière Guinness, *stout* ou *porter.*

Enchantement de la découverte ! Ils avancent, collent le nez aux vitrines, sollicités par tout ce qu'ils voient, traversent la rue, séduits par une réclame, ce sont des conquérants, des pirates qui vont s'en retourner les bras chargés de butin, pillards venus de la mer que les indigènes regardent avec suspicion, avec effroi, et qui s'engouffrent dans un *pub* vert épinard aux fenêtres à petits carreaux rouges et blancs qui porte pour enseigne :

FOLIE INN

Des indigènes en veste aux coudes renforcés de cuir, chapeau sur la tête, boivent leur bière et leur whisky, debout.

S'il avait été seul, Ronan se serait contenté de regarder le *pub* de l'extérieur, c'est Xavier qui a dit : « Allons boire un coup ! » Avec lui, tout est simple, amusant, il fait surgir l'imprévu, et le voici devant le bar comme un habitué, un membre de la *gentry* locale, venu de son manoir à la ville et qui, avant de s'en retourner par les chemins qui bordent la falaise, est venu boire une bière dans son bar favori.

Martine les a quittés car elle veut s'acheter un chandail de cachemire. Ronan est heureux de se trouver seul avec Xavier, il a souvent l'impression que Martine est en trop, qu'elle est une intruse qui, par sa présence, l'empêche de mieux profiter de son ami, il voudrait la voir au diable, elle le gêne, il craint que Xavier ne la trouve insignifiante et que le jugement défavorable qu'il porte sur elle ne rejaillisse sur lui. Au coude à coude avec Xavier, dans la chaleur du lieu, au milieu de ces Anglais qui n'ont pas l'air de remarquer leur présence, comme s'ils les avaient adoptés, comme s'ils étaient des sujets de Sa Gracieuse Majesté, il se sent bien, dans son ordre.

Il est dans l'ordre du tweed, de la bière, de la monarchie — et du Bain : « Honny soit qui mal y pense ! »

Une conversation s'est engagée entre Xavier et son voisin. L'Anglais, qui a l'air d'une caricature d'Anglais, grand, large, des moustaches bien fournies en guise de sourcils, d'autres moustaches encore plus fournies sous le nez busqué, le cuir couleur bisque de homard, a demandé d'où ils venaient.

On est toujours fier de dire que l'on vient de Bretagne.

L'Anglais ne bouge pas d'un pouce ; ses pieds sont cimentés au sol ; à peine s'il tourne la tête vers son interlocuteur ; il lui parle du coin de la bouche tordue. Il se concentre sur sa bière. Il en approfondit la technique. Il n'a pas l'air de vouloir prolonger la conversation.

Mais il n'a pas l'air, non plus, de vouloir la laisser tomber. Et alors qu'on pense que c'est fini, qu'il en a assez, qu'il veut qu'on le laisse boire en paix, le voilà qui se détourne et dit, entre ses dents :

— Est-ce que la Bretagne veut son indépendance ?

Alors, là, si l'on s'attendait à celle-là !

— C'est-à-dire..., commence Xavier.

Il en a pour un moment ! Sans doute, le mouvement autonomiste n'est pas très important, mais il existe, il exprime des aspirations éparses, qui ne demandent qu'à... Des siècles de colonisation laissent des rancœurs ineffaçables (cette phrase-là, Ronan l'a entendue plusieurs fois dans la bouche de Xavier). Un peuple ne perd pas son identité tant qu'il conserve sa langue. On a tout fait pour le déposséder de celle-ci : les enfants punis dans les écoles, s'ils sont surpris en train de parler le breton, etc. Lui, Xavier, n'est pas pour une indépendance qui, aujourd'hui, n'est-ce pas, à l'heure, n'est-ce pas, où les nations tendent vers l'unité... Dans son mouvement, il défend une régionalisation, une décentralisation, une large autonomie des provinces. Mais son mouvement est, était unitaire. Il faudra bien que les provinces... Mon mouvement, le Front patriotique, aujourd'hui dissous. Mais il renaîtra, sous une forme ou une autre, il correspond à une nécessité politique, géographique, économique...

— En Cornouailles, dit l'Anglais, on ne parle plus beaucoup la langue.

Et se tournant à peine un peu plus, de la mousse plein ses moustaches.

— Je m'appelle Trelawney, dit-il.

Xavier se nomme.

— J'ai vu votre nom, dit l'Anglais. Des comptes rendus de vos réunions.

Ronan a craint qu'en apprenant le nom de Xavier,

Trelawney ne montre une réticence. Xavier et le « mouvement » défunt ne doivent pas être populaires en Grande-Bretagne, auprès de ceux qui les connaissent. Mais Trelawney n'ajoute rien, ne porte aucun jugement ; la curiosité l'a sans doute emporté. Et puis, l'on ne s'étonne de rien, dans ce pays. Rien ne choque. Au pire, il se dit : « Tiens, un original ! » A moins qu'il ne fasse partie des « chemises noires » de sir Oswald Mosley ? Xavier a rencontré Mosley à Paris, en Allemagne ; ses idéaux sont proches des siens. L'Anglais va-t-il se lancer dans une discussion politique ?

— Je connais un Le Cormier, dit-il à Ronan. Il est membre de mon club à Londres.

Ronan hésite une seconde avant de répondre :

— C'est mon père.

Rien de surprenant, en somme, dans cette rencontre. Le professeur de droit connaît beaucoup d'Anglais. Et ce club, ce fameux club, auquel son père est si fier d'appartenir, où il l'a invité à dîner deux fois, Ronan n'est pas surpris de le voir apparaître. Les dîners au club, à la table d'hôte, à la lumière des flambeaux d'argent, et le *claret* dans les carafes. *Cucumber and salmon*, les couleurs du club. La cravate aux couleurs du club que son père arbore quelquefois, snobisme et whisky et *savoury* et cigares et porto. Et concombre et saumon ! Les portraits d'acteurs célèbres dans leurs cadres dorés, dont la salle à manger est décorée, du haut en bas, richesse luisante des ors sur fond grenat et de l'acajou ! Charme discret de l'anglomanie.

— Viendra-t-il, cette année, à notre dîner celtique ? demande l'honorable membre du club.

« Papa, est-ce que tu es connu ? » Ronan se rappelle qu'enfant, il posait cette question à son père (Mam lui a souvent répété la phrase). Il se croyait le fils d'un homme célèbre. Au collège, les Pères ne parlaient de lui qu'avec révérence. Ou pour lui faire honte de sa paresse, à lui, Ronan. Ses camarades de classe le connaissaient. Ils avaient vu, dans l'*Ouest-Éclair,* la signature de l' « éminent collaborateur ». Et un soir — il avait neuf ans — on l'avait mené au théâtre où une troupe locale avait joué *L'Homme de fer et la Femme de velours,* drame en trois actes et cinq tableaux de Guillaume Le Cormier. Dans la loge, il s'était endormi sur l'épaule de maman. Ses parents n'étaient pas encore séparés. « Papa, est-ce que tu es connu ? »

Il ne lui avait fallu que peu de temps pour comprendre que la renommée de Guillaume Le Cormier n'avait guère dépassé les limites de la province et de sa capitale. Ce n'était pas d'une telle renommée qu'il avait rêvé ; elle le décevait ; elle l'humiliait. Mais, après tout, le professeur était connu à l'étranger. Il en avait la preuve, ce soir même. Le professeur avait fait des conférences à Oxford. Il assistait aux dîners celtiques de son club. *Cucumber and salmon.*

Et qu'est-ce que cela veut dire, « être connu » ? Est-ce ce qu'il veut pour lui-même ?

N'empêche que cela amusera fort le professeur de droit, quand son fils lui parlera de cette rencontre à *Folie Inn.*

Il y a un charme dans ces liens entre deux pays qui se sont combattus pendant des siècles. Ronan commence à y être sensible. Ces va-et-vient d'un pays à l'autre, ces rencontres dans les ports de la Manche, dans les *pubs* et les bistrots, les clubs nautiques, les régates, cet échange du muscadet et du whisky... Et cette île, à mi-chemin entre les côtes de Bretagne et d'Angleterre, appartient aux deux pays. Les noms français qu'on y déchiffre au fronton des boutiques ; les anciennes lois et franchises rédigées en vieux français ; un seigneur normand avait reçu l'île en apanage, des mains de Jean sans Terre... Histoire! Géographie! Ronan comprend mieux la poésie de ce passé où le professeur de droit a puisé son inspiration — ce passé que l'on touche ici, fait de guerres, de réconciliations, les deux pays donnant asile tour à tour à leurs exilés, un Stuart pour un Bourbon, Chateaubriand à Jersey, Brummel à Calais, Hugo à Guernesey. Histoire! Littérature!

Et la guerre? C'est de la guerre qu'ils parlent à présent, Trelawney et Xavier. L'Anglais n'est pas loin de partager les craintes de Xavier. Ce sont aussi celles du professeur de droit. Tous les hommes de cette génération croient à la guerre. Mais que font-ils pour l'empêcher? Bien sûr, eux ne la feront pas, ils la feront faire par leurs enfants.

— Il va chercher à s'étendre à l'Est, dit Xavier. C'est notre meilleure chance.

— Mais après? dit Trelawney. Ne vaut-il pas mieux le stopper tout de suite?

— L'Allemagne fait sa « révolution de 89 », dit Xavier. Elle sera conquérante, comme l'a été la Révolution française.

— Alors l'Angleterre en viendra à bout, dit Trelawney. Mais dans combien de temps? Et dans quel état en sortirons-nous?

— L'Empire britannique possède des ressources illimitées, dit Xavier.

— Ce n'est plus qu'une façade. Le Commonwealth n'est qu'une façade. Les intérêts de ses membres ne coïncideront pas toujours. Il faudra bien donner à l'Inde son indépendance. Le déclin de l'empire a déjà commencé. Cela peut prendre vingt ans, cinquante ans? Voyez les grands empires maritimes : à leur apogée, ils sont déjà proches de la mort.

Xavier s'exclame; il ricane; il repousse le pessimisme de l'Anglais et pense qu'il est feint. Et le voici qui se fait l'apologiste de cette nation dont Ronan l'a entendu si souvent condamner l'impérialisme !

— Écoutez, dit Trelawney, vous connaissez le système sanitaire anglais ? Il a fait l'admiration du monde, au siècle dernier. Nous étions, alors, à l'avant-garde du progrès... Eh bien, il n'a pas changé depuis ! Ce sont les mêmes chauffe-bains en cuivre, pittoresques et compliqués, avec des tuyaux et des robinets artistiques dans tous les sens... Des pièces de musée ! C'est toujours beau à voir, mais ça se détraque, ça ne marche plus... Et nos appareils de chauffage, avec des feux de coke éclairés d'une lumière rouge, hein ! qui imite les flammes, eh bien, ils datent du temps de Disraeli, ils chauffent mal...

— Bien, dit Xavier, et alors ? Vous voulez dire quoi ?

— Que les choses se détraquent, qu'elles vieillissent. Très vite...

Ronan n'écoute plus les deux hommes.

Il songe à la guerre qu'ils ont prédite. Depuis toujours, il sait qu'il fera la guerre. Il n'y a pas de révolte en lui. Il accepte son sort. Même, il lui trouve des avantages : a-t-il à se préoccuper d'un avenir si lourdement hypothéqué ? Il n'est plus responsable de lui-même. Déjà la machine l'a happé. L'École du Soldat dans la cour du Quartier, tous les jeudis après-midi... A quinze pas, voltigeurs à gauche... Il sera officier d'infanterie ; il commandera une section ; il fera la guerre. Tout cela est décidé d'avance. Mais dans cette marche inexorable vers la catastrophe, il y aura eu cette minute dans le *pub* de Saint-Hélier où il est bien au chaud dans son chandail de grosse laine, la panse pleine de bière, les sens en éveil, enregistrant le spectacle insolite des indigènes qui les entourent, de la femme en chapeau assise sur une banquette, à l'autre bout de la salle, qui fume sans arrêt en buvant sa bière.

Lui aussi, comme son père, comme tous les hommes de la génération qui précède la sienne, il aura eu son « avant-guerre ». Cette certitude l'habite. Il aura connu la douceur de vivre. Tout ce qui s'annonce n'est que bruit et fureur, mais il y aura eu cette minute dans le *pub* de Saint-Hélier !

Martine vient d'entrer, un paquet sous le bras.

Xavier déclare :

— On ne se quitte pas comme ça. Nous vous invitons à dîner à bord. Nous avons des maquereaux, pêchés ce matin même.

L'Anglais, qui de bisque de homard est devenu sang de bœuf, accepte. Ils sont un peu saouls tous les deux, Xavier et lui. *Drunk, Meo.* Bière et whisky.

L'Anglais qui, tout à l'heure, ne disait pas un mot, à présent parle tout le temps. Il parle sans ouvrir la bouche, on ne comprend pas un mot de son discours, c'est comme ça que l'on voit qu'il a son compte.

Il va téléphoner pour prévenir de son absence.

— Il est parfait, non ? demande Xavier dehors. On va ouvrir une boîte de cassoulet.

Et l'on s'en retourne au port.

Dès qu'ils ont mis le pied sur la jetée le vent soufflette les navigateurs et leur nouvel ami, les dégrise, leur fait prendre de la gîte. Le froid du soir est bon sur le visage en feu. Ronan frissonne dans son chandail ; il suit Xavier et l'Anglais, ne perd pas un mot de leurs paroles, se garde d'intervenir : il sait bien qu'il profite en ce moment d'une expérience qu'il lui faudra acquérir ; il est attentif comme un bon élève.

— Il y avait un voilier français dans le port, il y a quelques jours, dit Trelawney. L'*Ariel,* le bateau qui a traversé l'Atlantique il y a deux ou trois ans...

— C'est le bateau de Marin-Marie, dit Xavier. Il est le troisième à avoir réalisé cet exploit.

— Ça devient une mode, ou quoi ? Je me suis demandé ce qu'ils veulent, ces navigateurs solitaires. Ce qu'ils cherchent... Quel profit peuvent-ils en tirer ?

— Aucun. C'est la beauté de la chose.

— Je pense qu'ils sont un peu détraqués, dit Trelawney. Sinon au départ, du moins à l'arrivée... Cinquante jours ou plus de solitude, entre le ciel et l'eau, il y a de quoi vous rendre fou, non ?

— C'est le triomphe de l'inutile, dit Xavier.

— Vous le feriez ?

— Il faut que j'y songe.

Xavier éclate de rire. Et Ronan se dit : « C'est l'absurde qui le tente. Mais n'est-ce pas ce qui le séduit dans la politique ? »

Sa politique : une navigation en solitaire sur la mer des foules.

4

Boire et fumer dans le carré humide d'un voilier. On est comme dans une prison chaude, loin de la rumeur de la ville et la porte qui donne sur le cockpit ouvre sur la nuit, sur l'aventure, le danger. Ils sont là, assis près de vous sur la banquette, ils vous tiennent compagnie.

Vautré dans sa fatigue, le corps brûlant dans son caparaçon de laine, les joues brûlantes, les mains brûlantes, couvertes d'ampoules, les doigts gourds, enflés, l'esprit embrumé et le goût un peu acide du muscadet qui descend dans le gosier en feu.

Boire avec des copains après un effort fait en commun.

N'être plus rien qu'une masse hébétée de fatigue et de vin. Parler. Crier. Chanter.

Trelawney, *old chap,* encore une jec.

Et ne te fous pas à la baille en remontant sur le quai !

5

Partly cloudy, local showers : toujours la même antienne : *good visibility. Fair. Three becoming Four !*

La mer est concombre et le ciel saumon.

L'*Églantine* double le môle.

— Où allez-vous ? demande le maître de port.

— Guernesey, crie Xavier.

De là-haut, le maître de port a fait signe qu'il a compris.

Adieu Saint-Hélier ! Adieu Trelawney, laisse porter, nous sommes grand largue jusqu'à la sortie du port. Cap sur la balise que tu laisses à bâbord.

Les maisons blanches s'enfuient au bord de la plage ; la ville s'enfuit à tire-d'aile avec son *pub* à l'enseigne de *Folie Inn.*

Voici la côte Ouest. Falaises, maisons blanches enfouies sous les arbres. Quelque part, dans ces parages, le squire Trelawney cuve son vin.

Le phare de Corbière se dresse sur une pointe rocheuse. Au-delà, c'est la pleine mer.

L'*Églantine* file bâbord amures, son canot à la traîne, qui retombe sur la vague avec un bruit sourd. Bonne brise. Ronan tient la barre.

A l'horizon, ce cachalot qui arrondit le dos et qui fume, c'est Serk. Saluons la dame de Serk. Comment grimper sur ce sacré rocher ? Il est trop loin pour qu'on le harponne. Laissons-le dériver au fil de l'eau.

— Des marsouins !

A l'avant, Xavier fait signe à Martine de le rejoindre. Tous deux se penchent en se tenant à l'étai. Le capitaine a passé un bras sur l'épaule de Martine, il la tient serrée contre lui.

Ronan aimerait bien voir le spectacle, avant que les acrobates aient fini leur numéro de voltige.

— Martine, crie-t-il, prends la barre !

C'est Xavier qui arrive de l'avant, contournant le roof, souple sur ses pieds nus.

Il prend la barre, borde un peu, le nez en l'air vers la grand-voile, donne du mou, raidit un brin... Au tour du foc. Ces mises au point patientes agacent Ronan, en même temps qu'il les admire. Pour gagner quoi ?

Alors, c'est cela la navigation ? Tout le temps à surveiller la toilure ! C'est cela la vie ? Toujours sur le qui-vive !

Les marsouins bondissent au-devant de l'étrave, ils plongent, resurgissent, se croisent, jouent avec leur grand frère le bateau. Ils jouent dans l'éclaboussement des embruns, ils jouent sans fin. Combien sont-ils ? Cinq, six ? Ils sautent comme sur un tremplin, se saluent au passage, vifs, luisants, qu'ils sont jeunes ! Sans se lasser on pourrait assister au spectacle gracieux de leurs ébats, qu'ils sont libres !

Ronan lui aussi se sent libre. Il veut serrer Martine contre lui, mais la jeune fille, d'un mouvement brusque, se libère.

— Qu'est-ce qu'il y a ? dit Ronan.

— Rien, dit-elle. Regarde-les. Ils s'en vont.

Ils reviennent. Un dernier saut périlleux devant la proue, pour saluer les spectateurs et, d'un même mouvement symétrique, ils s'éloignent comme deux torpilles à fleur d'eau et disparaissent. Bravo !

Que s'est-il passé ? Qu'a-t-il fait pour lui déplaire ? Il ne la comprendra jamais.

Mais elle se rapproche du garçon, pose la main sur son bras, comme pour se faire pardonner son mouvement d'impatience, et comme la gîte s'accentue et l'entraîne vers lui, il la reçoit dans ses bras.

— C'est ici, dans ces parages, que se déroule le combat naval, au début de *Quatre-vingt-treize,* dit Xavier.

Ils sont tous les trois dans le cockpit. Ils mangent du saucisson avec le pain blanc acheté à Jersey et boivent du vin rouge.

— Avez-vous lu *Quatre-vingt-treize ?* dit Xavier. Il y a le combat d'une goélette royaliste contre une escadre républicaine. La goélette est coulée. Un homme s'en échappe sur une barque. C'est un chef vendéen qui va rejoindre Jean Chouan. Il aborde quelque part sur la côte dans la baie du Mont-Saint-Michel... C'est un roman merveilleux. Le monde ancien contre le monde nouveau ! L'homme contre l'océan ! Hugo voyait tout cela surgir de la mer, du haut de son observatoire. Sa maison domine le port de Saint-Pierre. Au-delà du port, la vue s'étend jusqu'à Serk. On ne voit pas les côtes françaises, mais c'est tourné vers elles que Hugo écrivait.

6

Une pointe d'émotion à pénétrer par la porte qui ouvre sur la rue en pente, dans la maison de l'exil.

Les voici tous les trois dans le vestibule comme à l'intérieur d'un immense saladier, une immense soupière de Delft, avec les dessins bleus se détachant sur le blanc laiteux de la poterie ancienne. Prisonniers de cette saucière géante, ils ont glissé comme des mouches tout au long de ses flancs lisses et ne pourront jamais remonter à la surface : ce sont les dizaines d'assiettes, de pots, de vases, de coupes qui tapissent murs et plafonds. Une idée de décoration du maître de maison. Tout, ici, a été conçu par lui, dessiné par lui, de la cave au grenier, en passant par la salle de billard, tendue de rouge, à la bibliothèque gothique où un rat (rat de bibliothèque) prend des notes, la chambre gothique et, là-haut, le bureau virginal avec ses banquettes, son poêle de faïence où le poète, debout face à l'océan comme dans un phare — les vitres, tout autour — couvre de son écriture les feuillets qu'il laisse tomber à terre, vieux chêne secoué par le vent qui disperse autour de lui les feuilles d'automne. Et les dessins à la plume de burgs, de cathédrales, de navires fantômes, de cités englouties, rehaussés de lavis. Encre de Chine ! Encre de Chine ! Sublimation du décor bourgeois second Empire. Gothique et Biedermaier. Au rez-de-chaussée, on est à Maisons-Laffitte ; au grenier, à Pathmos !

A la queue leu leu, un peu effarés, un peu moqueurs, un peu émus, les visiteurs errent dans l'antre cossu du poète, passent d'une pièce à l'autre, d'un salon à l'autre

— et l'on imagine cette maison, silencieuse comme un temple, remplie de ces femmes en crinolines, de ces hommes en redingotes et à lorgnons, de ces têtes blondes, tels qu'on les voit poser pour le photographe au voile noir, à la lavallière, au béret de velours, entourant le formidable aïeul : la femme, la maîtresse en titre, une autre maîtresse, la fille, le gendre, les petits-enfants, les cousins, les clients, les amis, bandeaux noirs lissés sur les tempes, chaînes de montres, guipures, hauts-de-forme, barbes, barbes courtes, noires et frisées, barbes poivre et sel, barbes en fleurs, barbes en ruisseau d'avril, tous autour du héros au sourire si doux, du Booz assoupi à-la-tête-si-lourde-qu'il-doit-la-soutenir-d'une-main, ô marins, ô capitaines, ô poète, et comme Ronan s'est attardé un instant au sommet du phare et que, redescendu au premier étage, il pénètre dans la petite pièce qui précède la chambre, il voit, dans l'embrasure d'une fenêtre, Xavier qui tient Martine serrée contre lui.

Ils s'écartent vivement l'un de l'autre. Ils s'éloignent à travers la pièce, font mine de regarder les panneaux de bois sculptés du lit, le baldaquin, le paysage.

Ronan est désolé de les avoir surpris. Il est gêné pour eux. Pour lui. Il voudrait s'excuser, il voudrait n'être jamais entré dans cette pièce.

Il s'en doutait depuis quelque temps. Il avait noté des indices, reçu des impressions, qui soudain se trouvent confirmées.

Mais peut-être a-t-il mal vu ? Peut-être s'agit-il d'un geste sans signification ? Il en a déjà remarqué de semblables. C'est son imagination qui lui joue de ces tours ! Il les aime trop, l'un et l'autre. Il ne peut pas être déçu.

La visite s'achève dans le silence. Un tour de jardin et les voilà dehors.

— Il faut que j'aille à la poste, dit Xavier Lenfant. Rendez-vous au bateau.

Martine et Ronan descendent la rue en silence, comme des enfants punis.

Victor, Victor, tu m'as joué un sale tour !

Ils traversent le port, s'engagent sur le môle, montent à bord.

Ils sont assis face à face, dans le cockpit.

— Ne me regarde pas ainsi, dit Martine.

Il a envie d'ironiser : « Toi qui ne pouvais pas le supporter, toi, antifasciste, toi qui me reprochais... »

Elle s'est levée, s'est assise près de lui.

— Il n'y a rien, dit-elle. Que vas-tu imaginer ? Ne sois pas jaloux, je ne peux le supporter.

— Il t'embrassait...

— Mais non ! dit-elle. Tu sais comment il est : affectueux, démonstratif... Moi-même, j'ai été surprise.

Elle a posé la tête sur son épaule. Elle semble triste, elle aussi.

— Tu comprends..., dit-elle.

Elle ne continue pas. Est-ce si difficile à dire ? Et qu'y a-t-il à comprendre qu'il n'ait déjà compris ? Que peut-il, lui qui n'est rien, qui n'a rien fait, qui a manqué d'audace, de savoir-faire, contre un homme comme Xavier ?

Il sait bien qu'elle avait besoin d'un homme.

Mais il se raccroche à l'explication de Martine (qui n'a rien expliqué). A-t-il bien vu ? S'embrassaient-ils vraiment ? Il préfère se dire qu'il s'est trompé. Et d'ailleurs, cela ne veut rien dire. C'est leur amitié à tous les trois qui seule a un sens.

7

Que se passait-il, pendant ce temps, à Lesguivy ? Il ne se passait rien.

Les jours succédaient aux jours, apportant leurs sautes de vents, leurs grains, leurs éclaircies ; leurs promenades, le soir, à la pointe ; leurs soirées au Casino où le maestro Lorféon déployait sa fougue coutumière ; leurs bridges chez Mme de Vergerennes, les demoiselles Vidal, Mlle Trébabu, Mme Schwartz.

Les nouvelles du jour étaient toujours commentées devant le mur de l'hôtel d'Armor par les Estivants de Marque.

— La maison Mignon est vendue, dit ce matin-là le commandant Rouzic.

— Cette vieille baraque ! dit Mlle Trébabu. Le toit est à refaire. Et qui l'a achetée ? Le savez-vous ?

— Un avocat parisien, m'a-t-on dit, ce matin, chez la bouchère. Je vous signale qu'elle a reçu des pêches bien mûres. Elles coûtent deux sous moins cher que chez la boulangère.

— C'est curieux, ce village, dit Jules Bataillard. Les fruits s'achètent chez le boucher ; la laiterie chez le boulanger... Je pense qu'il faut acheter la viande chez l'antiquaire ?

On rit de bon cœur à ce *trait d'esprit*.

— Il y a une fatalité sur cette maison, dit Mlle Trébabu. Vous connaissez l'histoire du fils Mignon et de sa mère ?

Plusieurs Estivants de Marque la connaissent, mais font semblant de ne pas s'en souvenir pour laisser à Mlle Trébabu le plaisir de la raconter.

Mme Mignon n'avait qu'un fils, Édouard, que Mlle Trébabu se rappelait fort bien : la mère et le fils venaient tous les étés avant la guerre.

A la déclaration de guerre, en 14, le fils Mignon disparut. On pensa qu'il avait été mobilisé et avait suivi le sort de tous les jeunes gens de sa classe. Mme Mignon, installée dans sa maison de vacances pour la durée de la guerre, ne recevait aucune lettre de son fils.

On crut qu'il avait été tué.

Un jour, on apprit — par quel mystère ? mais, n'est-ce pas, tout finit par se savoir — qu'il avait déserté et était passé en Suisse dès les premiers combats.

Mme Mignon fut alors rejetée par la population. On affirma que c'était elle qui avait poussé son fils à se soustraire à son devoir. Les gens refusaient de lui parler. On ne la servait plus chez les commerçants. Elle parvint tout de même à subsister pendant toute la durée du conflit.

Un jour, c'était en 1922 ou 1923, le bruit courut qu'Édouard était revenu en France, qu'il était à Lesguivy et se cachait.

— Il était venu dans une malle, précisa Mme Schwartz, complétant sur ce point le récit de Mlle Trébabu. Et cette malle avait paru si lourde au transporteur (c'était encore le vieux Rouallec qui faisait le service entre Saint-Yvinec et Lesguivy avec sa patache traînée par un cheval) que cela avait paru suspect.

Et puis on avait vu de la lumière, très tard, à une fenêtre de la maison Mignon, alors que les voisins connaissaient l'habitude de la propriétaire de se coucher de bonne heure.

Et il y avait eu la masse de nourriture que

Mme Mignon s'était mise à acheter, elle qui ne mangeait presque rien.

Mais Édouard Mignon demeurait invisible.

— Un jour, les gendarmes sont venus, et il l'ont trouvé, dit Mlle Trébabu. Il avait vécu là, caché, plusieurs mois. On ne savait pas qui avait rapporté à la police tous ces indices.

Mme Mignon était devenue folle.

— Vraiment, dit Mme de Vergerennes, il s'est passé des choses étranges dans ce village. Croyez-vous qu'il y en ait eu de pareilles ailleurs ?

— Sans aucun doute, dit Jules Bataillard en massant son crâne rose. L'humanité est partout la même.

— Elle n'est pas belle, dit Mme Schwartz.

— Et la maison voisine de la maison Mignon ? dit Mlle Trébabu. Vous souvenez-vous de Suzanne, que l'on voyait se promener sur la plage avec ses chiens ? Elle ne parlait à personne. Elle était un peu folle, je crois.

Cette Suzanne, qui était-elle ?

Elle était la maîtresse d'un sénateur. Il l'avait installée dans cette maison, la seule du village qui eût des tuiles rouges sur le toit au lieu d'ardoises. Le sénateur ne venait plus très souvent voir Suzanne. Et puis il mourut. Et Suzanne resta seule. Et c'est alors...

Mais c'était une autre histoire ! On la raconterait un autre jour. Il était temps de rentrer déjeuner.

8

Sur le chemin du Vieux Moulin, Mme Le Cormier, qui rentre de *gouspérou*, rencontre Julienne.

Julienne avance pieds nus sur le chemin. Sa jupe,

relevée jusqu'aux genoux, est attachée à la ceinture par une épingle. Un caraco de laine noire est jeté sur ses épaules. Elle porte au bras un panier de jonc tressé et tient à la main un haveneau de taille moyenne.

Elle s'arrête, s'efface pour laisser passer Mme Le Cormier et lui fait une courbette, les yeux levés vers elle.

La grande forme noire de Mme Le Cormier la domine.

— Bonjour Julienne, dit Mme Le Cormier. Tu reviens de la pêche ?

Sans répondre, Julienne fait de la tête un signe d'assentiment. Un sourire s'est creusé dans sa face ridée. Ses yeux sont deux fentes sous les bourrelets de chair des paupières aux cils collés.

Elle soulève le couvercle du panier. Sur un lit de goémons jaunes et d'algues mordorées dont les branches ramifiées sont soulevées de cloques brunes, des crevettes de la taille d'un doigt, à la carapace luisante, grise tachetée de rouge, apparaissent. Julienne plonge sa main gonflée, gercée de sel, dans le panier et en tire une poignée de crevettes gluantes qui glissent entre ses doigts et retombent, les unes sur les autres.

— Oh ! le beau bouquet ! s'écrie Mme Le Cormier. Tu me le vends ? Viens avec moi jusqu'au Vieux Moulin et on le pèsera. Et Marie te donnera un petit verre.

Les deux femmes, l'une suivant l'autre, avancent sur le chemin des douaniers.

De temps en temps, elles s'arrêtent. Mme Le Cormier se tourne vers Julienne qui suit comme un vieux chien galeux.

— Tu ne devrais pas boire autant, ma pauvre Julienne, dit Mme Le Cormier.

Et elle reprend sa marche, faisant de petits pas sur ses chaussures à gros talons, les jambes entravées par sa longue jupe noire.

De nouveau, elle s'arrête.

— Tu te rappelles, dit-elle, Lomic allait à la pêche avec toi, dans le temps ? Tu te rappelles ? Et mon pauvre Yffic, lui aussi aimait bien aller à la pêche avec toi.

Julienne acquiesce. De grosses larmes coulent le long de son visage et la morve lui sort du nez.

— Celui-là, dit-elle d'une voix basse, qui semble avoir du mal à sortir de sa bouche édentée, celui-là était mignon... Toujours une bonne parole pour tout le monde... Il n'était pas fier.

— Mon pauvre Yffic, dit Mme Le Cormier. C'était mon préféré. Guillaume n'aurait pas dû se marier à cette femme. Non, pour sûr. Et maintenant il est seul.

Les deux femmes reprennent leur marche. Elles pleurent toutes les deux.

Au milieu de la grande allée du Vieux Moulin, Julienne s'arrête. Pesant d'un doigt sur chaque narine, elle souffle d'un côté, puis de l'autre, des giclées de morve.

— N'entre pas dans ma cuisine, crie Marie du Bilou, en la voyant paraître derrière sa maîtresse. Je viens de laver mon plancher.

Elle saisit le panier des mains de Julienne et, puisant des poignées de crevettes, les met dans le plateau de cuivre jaune d'une balance.

La pesée faite, le prix est fixé. Marie du Bilou prend l'argent dans le tiroir d'un buffet et le donne à Julienne.

— Ne va pas le boire tout de suite, dit Marie du Bilou.

— Donne-lui un petit verre, dit Mme Le Cormier.

— Qu'est-ce que tu veux ? dit Marie du Bilou. Un verre de vin ?

Julienne secoue la tête et, d'une voix à peine audible, dit :

— Du rhum.

— Je n'en ai pas ! dit Marie du Bilou.

— Allons ! dit Mme Le Cormier, donne-lui son verre de rhum. Je le lui ai promis.

A ce moment, la chatte Fridu, couchée sous la table de la cuisine, se dresse, le dos rond. Elle fait entendre un sifflement, son poil se hérisse, et devant les spectateurs ébahis, d'un seul bond elle franchit l'espace qui la sépare de la fenêtre ouverte et disparaît dans le jardin.

Le bond a été si rapide qu'en passant devant Marie du Bilou qui s'apprêtait à verser le rhum dans un verre, la chatte lui a presque fait perdre l'équilibre. Les trois femmes voient la chatte continuer ses bonds et disparaître dans le bois du jardin.

— Qu'est-ce qui lui a pris ? dit Marie du Bilou. Tu vois, dit-elle à Julienne, tu lui as fait peur.

Julienne hoche la tête sans répondre. Elle boit une gorgée de rhum et dit :

— Celle-là a dû aller élire le roi des chats ! Le roi des chats est mort et ils vont en élire un autre, à sa place.

— Le roi des chats ! s'exclame Mme Le Cormier en riant.

— *Ya ya,* dit Julienne. C'est pour l'élection, pour sûr !

— Moi, j'ai entendu raconter cette histoire dans mon enfance, dit Marie du Bilou. C'est une légende, censément.

— *Ya,* dit Julienne.

Elle vide son verre et le pose sur la table.

Elle fait une courbette à Mme Le Cormier.

— *Kenavo,* dit-elle, et elle s'en va.

9

Chaque jour, Guillaume Le Cormier retrouvait Grace Jenkins pour une promenade, un goûter de crêpes.

Elle avait cherché plusieurs fois à lui faire rencontrer Hélène Parlieu. Mais il avait éludé la réponse, s'était décommandé après avoir promis, sous des prétextes divers. Elle avait renoncé à lui en parler de nouveau.

En auto, il l'emmenait visiter une chapelle, un manoir voisin.

Le soir, ils se retrouvaient à la pointe.

Ils n'avaient pas reparlé de l'aventure du lit clos et Guillaume n'avait pas cherché à attirer Grace dans son kiosque. Ils avaient repris leur flirt, comme si rien ne s'était passé. Et leurs rencontres le laissaient insatisfait et déçu, comme aux premiers jours. Mais l'espoir de l'enlever bientôt et de vivre avec elle, loin des horizons familiers de Lesguivy et de ses habitants, le soutenait. Dans deux semaines, ils partiraient ensemble.

Par deux fois, il l'avait emmenée en mer, heureux de retrouver son bateau sur lequel il ne naviguait presque plus. L'absence de roof et de couchettes interdisait le cabotage. Il fallait rentrer chaque soir, ou bien coucher dans les ports dans des hôtels de fortune. Guillaume avait fait une allusion à une balade de quelques jours le long des côtes, mais Grace en avait repoussé l'idée : elle ne voulait pas abandonner Hélène en l'absence de Martine.

Il fallait donc attendre.

Ce jeudi du mois d'août, les vents étant remontés au nord, présage de beau temps, Guillaume Le Cormier avait entraîné Grace à faire une balade en mer.
Le *Coantik* croisait devant la grande plage de Trébeurden. Des villas, un grand hôtel comme un pan de falaise crayeuse, bordaient la plage.

Et, sur la plage de sable fin, des baigneuses, des enfants jouant, des mères tricotant, des pères allongés à l'ombre de parasols à bandes rouges et noires, lisant leur journal, composaient une frise à la Boudin, pleine de soleil et de couleurs.

Deux bonnes sœurs, leurs robes noires étalées autour d'elles, mangeaient des pommes vertes en bavardant.

Guillaume a relevé la dérive et la coque lisse aux flancs rebondis glisse sur un mètre d'eau claire, à travers laquelle on voit le sable blond. Guillaume amène la grand-voile, le bateau file sur son erre et vient échouer doucement aux pieds des baigneurs.

Tout de suite, il y a un groupe d'enfants autour du voilier. Guillaume a sauté à terre. Il aide Grace qui a passé une robe sur son maillot de bain, à faire de même.

— Pouvez-vous m'aider ? crie-t-il aux jeunes gens qui ont assisté au débarquement.

Dix, quinze d'entre eux, et jusqu'aux enfants de sept ans, se précipitent dans l'eau, s'accotent au bateau tandis que Guillaume tire sur l'haussière pour le haler.

La mer monte encore pendant une demi-heure et il faut pouvoir réembarquer.

Guillaume saisit l'ancre par le jas, la remonte de quelques mètres, l'enfonce dans le sable.

Il prend Grace par le bras et l'entraîne à travers la plage. Ils avancent courbés, les espadrilles à la main, enfonçant jusqu'aux chevilles dans le sable brûlant. Ils marchent tournés l'un vers l'autre, et se sourient. C'est une escapade ! C'est une invasion !

Une crêperie, bâtie sur la dune, domine la plage. C'est une simple baraque en planches ouverte sur la mer. Le sol est celui même de la dune, de sable fin et d'herbe rase, sur lequel tables en bois et bancs sont posés de guingois.

Un gentleman insolite, en veston croisé, nœud papillon sous le menton, se tient près de l'entrée, face à une jeune personne et Grace a la surprise de le voir se lever, s'approcher de Guillaume avec les marques les plus vives de la surprise et de l'amitié.

— On ne te voit plus ! s'écrie-t-il... C'est ton bateau, je l'ai reconnu. Le mien est à Toul-ar-Saozon, il faudrait un sérieux calfatage, un jeu de voiles... Tout cela coûte trop cher.

— Alors, tu ne navigues plus ? dit Guillaume. Où est le bon temps du *Jupiter !*

Les femmes sont oubliées.

L'homme au nœud papillon s'est toutefois tourné vers Grace, l'œil curieux. Guillaume le présente.

Mais comme la compagne du gentleman reste assise, et qu'il s'interpose entre elle et les nouveaux venus, Guillaume et Grace s'éloignent après les politesses d'usage.

— Il est manifeste qu'il ne tenait pas à nous présenter sa compagne, dit Guillaume, quand ils se sont assis et ont commandé des crêpes et du cidre. Une conquête qu'il préfère cacher, sans doute...

Et il révèle à Grace l'identité du monsieur au nœud papillon.

C'est un hobereau de la région, avec qui Guillaume a navigué autrefois. Sa famille est ancienne mais était plus ou moins tombée dans la roture, à la veille de la

Révolution française. Pas grand-chose ne distinguait ces nobles des paysans.

— C'est ce qu'on a appelé la « noblesse dormante », dit Guillaume. La Révolution l'a réveillée. L'un des fils a été chouan, ce qui a redonné de l'éclat à la famille, sous la Restauration. Deux ou trois mariages heureux, au XIXe siècle et elle a retrouvé son lustre, presque son importance. Je crois bien que Tanguy, c'est le nom de mon ami, est conseiller général, ou quelque chose comme cela... J'aimerais que vous voyiez son château. Il est ravissant. Nous irons lui rendre visite : il faut que vous connaissiez tous les types d'humanité que l'on rencontre dans ce pays. Et Porzmellec est très représentatif de sa classe. Cela fera contraste avec Fiacre Helgoat, Mlle Trébabu, moi-même...

— Sans oublier Julienne.

Les crêpes sont servies. Guillaume engouffre les minces galettes dorées dont la pâte, soulevée par endroits, forme des boursouflures, des cratères, des îles, après les avoir saupoudrées de sucre, pliées en quatre. Il mange à pleines mains, à bouchées doubles, lampe son cidre avec une voracité qui surprend toujours Grace, la choque un peu, et elle doit lui dire : « Votre ami s'en va ; il vous salue », tant l'absorbe l'agréable occupation à laquelle il se livre.

Ils ont repris la mer et naviguent, le cap sur Lesguivy, poussés par une brise de nord-ouest.

Grace est allongée au pied du mât, sur la plage avant, tournée vers Guillaume.

— Il y a un bateau à l'horizon, dit-elle. Il fait notre route.

Guillaume se détourne à peine et se met à réciter des vers.

Ou il récite des vers ou il chante. En français, en

anglais. C'est alors qu'il est heureux, détendu, amoureux.

— Et ceci, dit-il... Attendez... Comment est-ce ?

Il fait noir enfant voleur d'étincelles...

Il cherche un instant puis récite d'une traite, d'une voix un peu sourde, qu'elle entend à peine.

Il fait noir enfant voleur d'étincelles.
Il n'est plus de nuits, il n'est plus de jours ;
Dors en entendant venir toutes celles
Qui disaient jamais, qui disaient toujours

Entends-tu leurs pas ? Ils ne sont pas lourds
Oh ! les pieds légers — L'Amour a des ailes
Il fait noir enfant voleur d'étincelles

Entends-tu leurs voix ? Les caveaux sont sourds
Dors : il pèse peu ton faix d'immortelles
Ils ne reviendront pas tes amis les ours
Jeter leur pavé sur tes demoiselles
Il fait noir enfant voleur d'étincelles

— Ce sont ces « ours » et ces « demoiselles » qui me gâchent un peu la dernière strophe, dit Guillaume... Mais la première est très belle :

Il fait noir enfant voleur d'étincelles...

Le *Coantik* glisse sur l'eau calme. La coque retombe sur l'eau avec un clac-clac-clac qui accompagne le sifflement du vent dans la voilure.

— C'est un peu comme une chanson, dit Grace.

— C'est cela, dit-il, une chanson... !

Alors il se met à chanter.

C'était un jeune garçon et une jeune fille
Qu'ont fait l'amour sept ans, sans jamais rien se dire
A Lor, à Lor, à Lor... à Lorient la jolie

— Le bateau se rapproche, dit Grace. Il nous suit... Il y a quelqu'un à l'avant, qui fait des signes.

— Mais c'est l'*Églantine,* s'écrie Guillaume ! C'est l'*Églantine* qui rentre de Jersey ! On va l'attendre. Attention... Courbez-vous.

Guillaume vire vent arrière et se porte à la rencontre de l'*Églantine.*

A l'avant du bateau de Xavier Lenfant on distingue deux silhouettes qui s'agitent, des bras qui battent l'air de gauche à droite, de droite à gauche : Martine et Ronan.

Grace s'est levée et, appuyée au mât, fait aussi des gestes des bras.

La côte est lointaine. L'hôtel et les villas sur la plage de Trébeurden ne sont plus que des points blancs et la mer et le ciel sont du même gris-mauve, traversé des rayons d'or du soleil qui va vers le couchant.

Pour une rencontre, c'est une rencontre !

Depuis combien de temps sont-ils partis ? Huit jours ? Dix jours ? Le temps, pendant les mois d'été, au bord de la mer, n'a pas la même valeur que l'hiver dans les villes. Les heures passent plus lentement sur la mer — c'est-à-dire qu'elles s'écoulent selon leur vrai rythme. C'est la vérité de la mer : elle fait découvrir le prix du temps.

Guillaume est rempli de curiosité à l'égard de son fils qui vient sur la mer. Ce fils qui lui ressemble. Qu'il aime tendrement. Ce qui agite son âme, cette curiosité, cet espoir, c'est l'amour qu'il lui porte.

Il doit en avoir des choses à raconter !

Les deux voiliers sont maintenant à portée de voix.

— Qui êtes-vous ? Quelle est votre nationalité ? Votre destination ? Nous allons vous arraisonner !

Xavier Lenfant a crié ces mots dans un porte-voix. Un porte-voix ! C'est bien de cette grande gueule d'avoir un porte-voix.

Et voici la crécelle d'une corne de brume. Il a *aussi* une corne de brume ! Il a tout ce qu'il faut avoir. Il fait joujou avec ces appareils dont il ne se servira pas souvent. Mais voici, justement, une occasion ! Il ne va pas la laisser passer.

— Qui êtes-vous ? Nous allons tirer un coup de semonce...

Un coup de corne de brume et pan ! une détonation et une fusée s'allume en l'air, reste suspendue au-dessus du bateau... Car il a aussi un pistolet lanceur de fusées ; pour signaler le naufrage, l'épave, à des chercheurs éventuels.

— Nous allons vous arraisonner... Voix de tribun qui s'enchante d'elle-même. Qu'il s'amuse le bougre !

Xavier, debout, agite le porte-voix au-dessus de sa tête, et rit de plaisir. Un bon bougre tout compte fait. Quel dommage qu'il ait des idées aussi folles ! Mais la mer lui fait du bien.

Guillaume Le Cormier a lofé et le *Coantik* est revenu vers l'*Églantine*. Les voiliers naviguent bord à bord. Accrochés aux haubans, on se parle, d'un bord à l'autre.

— On a rencontré l'un de tes amis, crie Ronan.

— Quoi ?

— Un membre de ton club. Trelawney.

— Ah ! s'écrie Guillaume, surpris de la nouvelle qui, de toute façon, aurait pu attendre.

— Hélène ? crie Martine.

— Elle va bien, dit Grace.

— On va fêter cette rencontre, dit Xavier Lenfant.

Ronan prend la barre et Xavier disparaît dans le carré. Il en revient avec une bouteille sous le bras, des verres.

Toutes les occasions lui sont bonnes. Naviguer, crier des slogans politiques, boire : voilà son bonheur !

Le passage des verres de whisky, d'un bateau à l'autre, ne se fait pas sans mal, et d'autant plus que le vent a fraîchi et que les voiliers forcent l'allure.

— A Victor Hugo ! crie Xavier en élevant son verre.

Xavier reprend la barre.

— Borde le foc, dit-il, et Ronan se précipite sur l'écoute.

Guillaume, lui aussi, a bordé son foc. C'est qu'il y a une risée. Sans rien se dire, d'un commun accord, les deux barreurs ont pris le vent. Du regard, ils se sont défiés. Les barreurs se courbent, lèvent les yeux vers la voilure. On entend le ronflement du vent dans la mâture, le clapot des vagues sur les coques. Ça ronfle. Va pour la régate !

Il y a quelques mortelles secondes où l'on se demande lequel des deux passera l'autre. Le *Coantik*, plus léger, a sa chance. Il prend le vent de l'*Églantine*. Quelques mortelles secondes où rien n'est sûr. Sur les deux bateaux, à présent, l'on se tait. On regarde vers l'avant, vers les bouts-dehors qui cherchent à se dépasser. Longues, mortelles secondes, des siècles d'attente, des siècles d'espoir.

Bien sûr, l'*Églantine* bat le *Coantik* tous les jours, mais dans cette circonstance particulière, placés comme le sont les bateaux l'un par rapport à l'autre, le *Coantik* peut gagner sur une courte distance.

Le voilà qui s'élance avec une facilité incroyable, une incroyable légèreté. Il passe ! Hourra ! Un regard rapide jeté à tribord et l'on voit en arrière les visages de l'équipage adverse. Lâchés, ils sont lâchés ! Le mât de l'*Églantine* est maintenant à hauteur de la barre, il faut se retourner pour voir Xavier, le visage tendu, il n'a pas jeté l'éponge, il croit encore à un sursaut de son voilier, mais l'avance est inexorable, centimètre par centimètre le *Coantik* grignote son adversaire, ça y est, il a gagné !

Souriant, Ronan fait à son père un geste par lequel il reconnaît sa victoire et l'en félicite.

Ronan est heureux et fier de la victoire de son père.

On se demande par quel prodige, alors que pendant de si mortelles secondes on a lutté sans savoir qui l'emportait, on file à présent tout seul, augmentant la distance entre soi et celui qu'on vient de battre.

La côte de Lesguivy grandit. On distingue la tour du Vieux Moulin. Hourra pour le *Coantik !* Hourra pour Lesguivy !

(Et pour Mexico !)

10

Il y a des curieux sur la jetée pour voir arriver les deux voiliers. Des touristes, qui ne sont pas des Estivants de Marque, se passent l'information : « Ils arrivent d'Angleterre. »

Des plaisanciers, qui traînent toute la journée sur le port et naviguent dans les bistrots, au bar de l'hôtel du Port et chez Tomasine, plus souvent que sur la mer, commentent la marche des voiliers et discutent entre eux des avantages de tel gréement sur tel autre.

Les voiliers sont arrivés ensemble, car l'*Églantine,* il faut être juste, a rattrapé son vainqueur.

Ronan aide Xavier à fixer les béquilles.

Au fond du port, Guillaume a saisi son corps-mort. Un marin, debout dans sa barque, vient à la godille les chercher, lui et Grace, pour les amener à terre.

Rendez-vous a été pris chez Tomasine. C'est Guillaume Le Cormier qui a proposé un verre pour fêter les héros du jour. Et Ronan est heureux et surpris de voir son père frayer avec le « dangereux fasciste ».

Au bout du comptoir, les pêcheurs forment un bloc massif de laine poissée de sel, de casquettes délavées, de pantalons de toile bleue rapiécés, de poils hirsutes et de chiques mâchées : c'est l'affirmation du professionnalisme avec ce qu'il comporte de doute, de méfiance, face à l'amateurisme des plaisanciers. Eux, les pêcheurs connaissent la mer. Ils ne l'affrontent pas pour le plaisir, mais pour en tirer leur subsistance. Il est vrai qu'ils ne vont pas bien loin, mais toujours sur les mêmes lieux de pêche et guère plus loin que les Méloines, par grande marée, pour pêcher les ormeaux.

Peut-être, prêtant l'oreille aux propos de Guillaume et de Xavier, s'avouent-ils que ces touristes en savent autant qu'eux ? Et leurs regards en coin sont-ils aussi des regards d'envie ?

— Les courants ne vous ont pas gênés ? demande Guillaume. Je me rappelle, en 13 ou 14, avec mon ami Porzmellec avoir eu du mal à atteindre Jersey. Il est vrai que je n'avais pas de moteur auxiliaire.

— Nous n'avons mis le moteur qu'une fois, dit Xavier. Pour revenir de Guernesey : il n'y avait pas un poil de vent.

Les courants, la renverse, le jusant, ce vocabulaire leur est commun. Ronan écoute les deux hommes parler de leurs expériences de marin. La politique est oubliée.

On se sépare sur le port.

Xavier retourne dans son repaire après avoir raccompagné, chez elles, Grace et Martine. Guillaume et Ronan prennent le chemin du Vieux Moulin.

— Ce vieux *Coantik* n'en peut plus, dit Guillaume.

— Je te l'ai dit. Mais il marche encore. Il est encore le meilleur de sa catégorie. Et il peut battre un voilier d'une catégorie supérieure. On l'a bien vu !

— Il faudrait refaire l'entoilage du pont, dit Guillaume. Mais cela en vaut-il la peine ? Il embarque aussi un peu d'eau. Le mieux sera de s'en débarrasser. C'est un bateau comme l'*Églantine* que j'aimerais avoir.

Poussant la grille du Vieux Moulin, Guillaume se dit qu'il n'a pas parlé à son fils de tout l'été avec autant d'abandon et de confiance.

Et comme Ronan s'informe des habitants du Vieux Moulin et des « nuits blanches » de sa grand-mère, sujet de tendre moquerie entre son père et sa tante, Guillaume déclare :

— Ta grand-mère est égale à elle-même. Toujours aussi active. Elle est tout excitée, depuis deux jours, à la pensée de cette vente aux enchères au château de Kerboulic, qu'elle attend depuis le début des vacances. Je crois qu'elle a décidé Jules Bataillard à les accompagner, ta tante et elle.

11

Le château était une construction prétentieuse dans le style néo-gothique de la fin du XIXe siècle, recoupé par le style normand des villas balnéaires.

Debout sur le perron, derrière une table, marteau en main, Me Coatcoz, commissaire-priseur à Saint-Yvinec, menait les enchères et attribuait les lots.

— Un canapé romantique en parfait état, cria-t-il. Bois de noyer...

Sur un geste de son acolyte, il se pencha vers le canapé.

— Non, cria-t-il. C'est de l'acajou en très bon état. Seuls les ressorts...

Deux hommes s'emparèrent du canapé, descendirent les marches du perron, posèrent le meuble encombrant et lourd sur le gravier de la cour, près d'autres lots entassés.

Le commissaire-priseur était un petit homme à l'air endormi. Le regard de l'œil bleu passait par-dessus la foule assise devant lui sur des bancs et des chaises empaillées. Mme Le Cormier, entre sa fille et Jules Bataillard, avait eu droit à un fauteuil.

Ceux qui n'avaient pu s'asseoir restaient debout, à la périphérie. Certains montaient sur des chaises pour mieux voir les objets vendus.

L'œil bleu du commissaire, plein de mélancolie et d'ennui, était fixé par-delà la grille du château sur les champs de blé et les bois qui fermaient l'horizon.

Il faisait très chaud. Des femmes s'étaient coiffées d'un chapeau de gendarme confectionné dans un journal. Des hommes étaient en bras de chemise, le gilet déboutonné laissant voir les bretelles, le chapeau sur la nuque.

Jules Bataillard feuilletait le catalogue de la vente.

— Il y a de très belles armes, dit-il. Si Guillaume nous avait accompagnés, il n'aurait pas résisté à la tentation.

Il lut dans le catalogue :

— Paire de pistolets à silex. Les garnitures sont en laiton. Pièce de pouce en laiton gravé d'un masque grotesque. Fût et crosse en noyer sculpté. Première moitié du XVIIIe siècle. Bon état.

— Très beau pistolet à silex. Le fût en noyer est filigrané d'argent. Toutes les garnitures sont en argent gravé. Le canon est doré en ronde-bosse de personnages grotesques et de Chinois. La platine est signée « Lamotte, Saint-Étienne ». Époque XVIIIe.

Jules Bataillard referma le catalogue, et il s'en servait en guise d'éventail.

— Une glace Directoire, au cadre doré à la feuille, dit Me Coatcoz d'une voix fluette. Mise à prix vingt francs.

— Directoire ? dit Mme Le Cormier. Plutôt Louis-Philippe. Elle est piquée.

— Le cadre est en bois doré, cria l'adjoint de Me Coatcoz, jeune homme aux cheveux bouclés, aux joues rouges, dont la voix portait au loin. C'était lui qui relançait les offres, son patron se bornant à intervenir d'une voix lasse et à abaisser son marteau.

— Vingt-deux francs, cria le jeune homme aux joues rouges. Vingt-cinq à gauche. Qui dit mieux ? Trente francs.

— Trente francs, cette vieille glace, dit Mme Le Cormier. Les gens sont fous.

— Trente francs, une fois, dit Me Coatcoz en étouffant un bâillement. Une fois... Une fois et demie...

— Trente-cinq francs, cria son aide, en pointant le bras dans la direction opposée.

— Trente-cinq francs, trois fois ! Adjugé, dit Me Coatcoz.

Le marteau frappa la table d'un coup sec.

— Très belle soupière en argent, dit Me Coatcoz.

L'adjoint prit dévotement l'objet, le passa à l'un des hommes qui se tenaient de chaque côté du perron, comme les huissiers à la Chambre des Députés.

L'homme, qui tenait du déménageur plus que de l'huissier, s'avança dans l'assistance, montrant la pièce d'argenterie.

L'ambassadeur en lut la description dans le catalogue.

— Très belle soupière et son intérieur en argent. Elle repose sur un piédouche rond, décoré en relief de feuilles. Le corps est ciselé au repoussé, d'un motif sur fond amati, séparé par une ceinture en relief. Deux anses à attaches de tête de bélier, finement ciselées. Le couvercle est surmonté d'un serpent sur une terrasse de feuilles. Paris, 1789-90. M.O. : Henry-Auguste. Elle est gravée sur le piédouche « Auguste, orfèvre du roi à Paris, 1790. » H. : 0,300. Diam. : 0,298. P. : 4,600 kg.

— C'est une belle pièce, dit Jules Bataillard. Je vais me porter acquéreur.

— Êtes-vous fou, cher ami, dit Mme Le Cormier. La mise à prix est exorbitante. Vous trouverez mieux à Paris, à la salle des ventes.

— Vous croyez ? dit Jules Bataillard d'un ton soumis et peiné.

L'ambassadeur laissa la soupière suivre son sort.

— Une commode de forme tombeau, cria Me Coatcoz.

Il inclina la tête en souriant, dans la direction de Mme Le Cormier.

— Ah ! voilà un meuble superbe, dit Mme Le Cormier. Je l'ai remarqué tout à l'heure.

— Moi aussi, dit l'ambassadeur, et il lut dans le catalogue :

— Commode de forme tombeau, en bois naturel de noyer en façade et dessus, en chêne sur les côtés. Elle ouvre à trois rangs de tiroirs dont deux en ceinture. Époque L. XV. H. : 0,850 m. Long. : 1,330 m. Larg. : 0,635 m.

— Vous n'allez pas surenchérir sur moi ?

— Elle me fait très envie, dit l'ambassadeur, se

levant à demi pour voir le meuble que les deux débardeurs, aidés de l'acolyte et d'un autre aide, descendaient avec peine du perron.

— « *Sur nos nuques et sur nos dos*
« *Chargeons, messieurs, chargeons ces lourds*
[*fardeaux* »,

murmura Jules Bataillard.

Il se tourna vers Évelyne en pouffant.

— C'est la commode dont Coatcoz m'a parlé, dit Mme Le Cormier.

— Mais, maman, où la mettras-tu ? dit Évelyne d'un ton de désespoir. Il n'y a plus une seule place au salon.

— J'en ai envie, dit la vieille dame. Je n'ai que deux commodes. J'en veux une troisième que je laisserai à Ronan. Ton frère et toi aurez les deux autres.

Évelyne perçut un remue-ménage dans les rangs de l'assistance. Les têtes se tournaient vers le côté de la cour où s'élevaient les communs. Des gens montaient sur les chaises et sur les bancs, pour mieux voir. Me Coatcoz et son acolyte, leur attention accaparée par ce qui se passait à cinq cents mètres de là, avaient cessé de vanter les mérites de la commode-tombeau. Mais que se passait-il ?

On distinguait, dominant la foule qui s'en éloignait en courant, une charrette contenant un petit veau. Oui, les gens couraient loin de la charrette, comme pris de panique et se rapprochaient du château. C'était une rixe ? Une émeute ?

— C'est une vache, dit Jules Bataillard.

Une vache, cornes basses, fonçait sur la foule. Elle piquait un galop dans une direction, s'arrêtait pile, fonçait dans une direction opposée.

— C'est une corrida, dit un acheteur, facétieux.

— Olé ! dit un autre en riant.

Des paysans couraient après l'animal furieux, cherchant à s'en emparer. La vache les chargeait. Elle prit un homme en chasse et, soudain, on la vit foncer vers les derniers rangs des acheteurs. Une panique s'ensuivit. Renversant chaises et bancs, les acheteurs, proches de Mme Le Cormier et d'Évelyne, se mirent à courir dans toutes les directions.

— Viens maman, dit Évelyne, elle se rapproche. Courons !

Il y avait de grands vides autour des deux femmes.

Aidées de Jules Bataillard, elles parvinrent à se dégager des sièges et prirent la direction des deux pavillons, de chaque côté de la grille d'entrée.

Jules Bataillard les suivait, courant sur ses petites jambes. Il perdit son pince-nez, se baissa pour le ramasser, y renonça quand, se retournant, il vit la vache qui n'était plus qu'à quelques pas derrière eux. Abandonnant les deux femmes, il courut dans une direction opposée.

La vache sembla hésiter entre l'ambassadeur et Mme Le Cormier (c'est ainsi que les spectateurs décrivirent plus tard l'accident), se décida pour Mme Le Cormier et sa fille (laquelle, devait-on faire remarquer, portait un chemisier rouge — enfin rose !) et les prit en chasse.

Les jambes entravées dans sa longue jupe noire, Mme Le Cormier ne pouvait courir. Elle montrait des signes de fatigue. Cependant, quelques mètres à peine séparaient les fuyardes de massifs d'hortensias moussus, où elles auraient trouvé refuge. Mais au moment même où elles les atteignirent, la vache les ayant rejointes donna plusieurs coups de tête, et l'on vit deux pantins désarticulés projetés dans le massif d'hortensias, qui les engloutit.

L'animal s'arrêta devant le massif, se détourna et s'en fut au petit trot, apparemment calmé. Les deux débardeurs le saisirent sans peine par les cornes, et le ramenèrent vers les communs.

On se précipita pour relever Mme Le Cormier et sa fille.

Évelyne s'était seulement foulée la cheville. Mme Le Cormier était évanouie.

On la transporta dans le salon du château; on l'étendit sur un canapé; le docteur Legros, de Saint-Yvinec, qui assistait à la vente, l'examina, lui fit respirer du vinaigre.

Jules Bataillard, le gilet déboutonné, le visage défait, debout près du canapé, observait le visage de la vieille femme en brossant du coude son panama.

— Je ne vois rien de cassé, dit le docteur Legros.

Il ne voyait jamais rien. Il laissait agir la nature.

La nature parla et la vieille dame ouvrit les yeux.

On lui fit boire une goutte de cognac.

Au-dehors, la vente avait repris.

— Une paire de chaises à dossier en X... Deux fois, deux fois et demie, disait la voix flûtée de Me Coatcoz.

— Deux fois et demie, claironnait la voix de l'acolyte.

— La commode? dit Mme Le Cormier dans un souffle.

— Ne t'inquiète pas, maman, dit Évelyne. Me Coatcoz l'a fait mettre de côté.

— Je veux rentrer au Vieux Moulin, dit Mme Le Cormier.

— Dès que tu seras reposée.

— Je vais très bien, dit Mme Le Cormier.

Elle voulut se soulever en prenant appui sur le canapé et retomba.

— Il faut que vous restiez allongée, dit le docteur Legros. Calmez-vous.

— La vache a voulu défendre son veau, dit une voix

dans la salle. On a voulu caresser le veau et la vache a pris peur. Elle a voulu défendre son veau.

— La commode-tombeau ? dit Mme Le Cormier d'une voix très faible.

— Oui, dit Évelyne, penchée vers sa mère. On s'en occupe. Me Coatcoz... Maman ! cria-t-elle.

Mme Le Cormier était morte.

— Mon Dieu ! dit Jules Bataillard, des larmes dans les yeux. Mon Dieu ! répéta-t-il... Chère amie ! Elle aimait tant les belles choses... ! Oh ! cette commode... Cette commode aura été... son tombeau, n'est-ce pas terrible ?

Évelyne se redressa, le regarda d'un air égaré.

— Oh ! pardon, dit l'ambassadeur.

12

Ils reviennent de l'église par le chemin de la pointe. Évelyne vient en tête avec Marie du Bilou et Dominique, puis Guillaume et son beau-frère Georges Jarricou. A trois pas derrière, Ronan.

On n'a pas fait revenir d'Angleterre, où il passe ses vacances, son cousin Lionel.

Élise, qui voyage en Italie, n'a pu être touchée par le télégramme qu'on lui a tout de suite adressé. L'eût-elle reçu qu'elle serait venue. Non pour la mémoire de sa belle-mère avec qui elle n'a jamais pu s'entendre, mais par un vague sentiment de décence, et ce désir hypocrite de faire croire à l'unité de la famille, alors que tout Lesguivy sait qu'elle et son mari ne vivent plus ensemble.

— Beaucoup de monde, dit Georges Jarricou d'un

ton pénétré. L'église était pleine. J'ai trouvé très plate l'homélie du curé. Qui est ce curé ?

— Le recteur, Georges, dit Évelyne. En Bretagne on dit le recteur, vous le savez très bien.

Déjà la vigne vierge est rouge sur le mur de la maison Mignon. Les roses sont encore belles. Déjà, c'est l'automne.

Marie du Bilou disparaît sous la cape noire que les femmes du pays portent les jours de deuil. Elle a rabattu sur sa coiffe l'ample capuche bordée de velours, dont les plis retombent sur les épaules et qui dissimule entièrement son visage. Évelyne a voulu revêtir le même costume ; elle se l'est fait prêter par Herveline. On s'est étonné de cette fantaisie. La vérité est qu'Évelyne n'avait pas de robe noire et qu'elle n'a trouvé, ni à Saint-Yvinec, ni à Lannion, une teinturerie où faire teindre l'une de ses robes en temps utile.

Les hommes sont en complets sombres et cravates noires.

Déjà, c'est l'automne. La grande allée est jonchée de feuilles mortes.

Le groupe familial marche en silence.

Ronan se chante le beau cantique des morts, que l'on a chanté en breton à la fin de la cérémonie.

En franchissant la grille d'entrée du Vieux Moulin, Guillaume Le Cormier s'est dit : « Voilà. Il va falloir vendre le Vieux Moulin. » Et il s'est dit que son beau-frère avait eu, en même temps que lui, la même pensée.

— La grille est à repeindre, dit Georges Jarricou. Le pilier s'effrite ; des pierres sont descellées, vous l'avez vu ?

— S'il n'y avait que cela ! dit Évelyne. Cette propriété est à remettre complètement en état.

— Ce n'est peut-être plus nécessaire, dit Georges Jarricou, après un silence.

— En effet, dit Guillaume, ce n'est plus nécessaire.

— Il faudra que tu écrives un mot au chanoine Kerzampar, dit Évelyne à son frère. Pour le remercier d'être venu donner l'absoute.

— Est-ce que je n'ai pas vu Xavier Lenfant ? dit Georges Jarricou.

Il s'est arrêté pour souffler au milieu de l'allée. Il est gros et la pente est dure.

— Si, dit Évelyne. Il est venu serrer la main. C'est un ami de Ronan. Ils viennent de naviguer ensemble.

— Tu as de drôles d'amis, dit Georges Jarricou à son neveu.

Ronan reçoit la remarque comme une insulte. Il hait son oncle qui représente tout ce qu'il méprise. Cet oncle qui a fait une « guerre brillante », s'en fait gloire à chaque déjeuner en famille, pour humilier son beau-frère. « Vous étiez mieux en Amérique qu'aux Éparges », a-t-il dit un jour. Ronan sait que son père, qui n'a rien répondu, n'a pas pardonné cette remarque grossière. Ronan en a souffert.

— Lenfant connaissait aussi très bien maman, dit Évelyne.

— Dame, dit Marie du Bilou. Celui-là est venu avec ses parents à l'hôtel du Port, quand Monsieur et Madame y venaient, avant la guerre.

Dans l'entrée de la maison, Guillaume aperçoit la commode-tombeau.

C'est la commode achetée par Mme Le Cormier à la vente aux enchères. C'est du moins ce qu'a prétendu Me Coatcoz dont le marteau fatidique est tombé, au moment même où la vache furieuse chargeait la foule. Il a cru bien faire. Mme Le Cormier désirait tellement ce meuble ! Il a profité du brouhaha pour arrêter les enchères et l'attribuer à l'une de ses plus vieilles clientes.

— Et nous voilà avec cette commode encombrante sur les bras, dit Évelyne. Naturellement, il va falloir la payer. Pauvre maman ! Elle a été vaillante jusqu'au bout !

— De toute façon, dit Georges Jarricou comme pour lui-même, il faudra songer au partage des meubles. Je prendrai volontiers la commode.

— Rien ne presse, dit Évelyne.

— Sans doute, ma chère, dit Georges Jarricou. Et je vous laisse choisir, Guillaume et vous... J'irai voir le notaire cet après-midi. Vous savez que je repars ce soir.

La menace n'a pas échappé à Guillaume. Le rendez-vous avec le notaire la précise : sans doute son beau-frère va-t-il lui signifier son désir de ne pas rester dans l'indivision. Le Vieux Moulin est condamné. On cherchera à tirer un prix maximum de la propriété, ce qui impose de la mettre en vente. Et à supposer qu'un arrangement amiable entre le frère et la sœur intervienne, Guillaume pourra-t-il racheter à Évelyne sa part ?

Et le souhaite-t-il ?

S'il n'y avait Ronan, l'idée de se rendre acquéreur de la vieille maison ne lui viendrait même pas à l'esprit. Mais il connaît l'attachement de Ronan à ce pays, cette baie où il navigue depuis qu'il est en âge de le faire.

Et il y a la tradition Le Cormier à maintenir. Son père et son grand-père sont enterrés dans le petit cimetière où sa mère les a rejoints. Et lui-même, un jour, c'est ici qu'il aura sa sépulture. Trois générations seront couchées dans cette terre, quand Ronan aura pris la tête de la famille. La terre et les morts : Guillaume s'est enchanté, jeune homme, des phrases de Barrès sur ce thème. Il a sa Bretagne intérieure, comme l'auteur de *La Colline inspirée* avait sa Lorraine intérieure. Mais, plus logique que lui, qui avait déserté sa province pour « monter » à Paris, Guillaume est resté en Bretagne et y a passé sa vie, mettant celle-ci en accord avec ses principes. Ceux-ci n'exigent-ils pas qu'il maintienne ici, au Vieux Moulin, la présence de la famille ?

Mais que signifie ce mot de « maintenir » ? N'est-il pas dupe d'un mirage ? Ne va-t-il pas lui sacrifier sa tranquillité, celle des années qui lui restent à vivre, lui que les pays de soleil attirent, qui a rêvé toute sa vie, dans ses brumes natales, de soleil et de chaleur, de la Provence et de l'Italie ?

Ainsi, il partait ce soir, le gros Georges, le héros des Éparges, revenu de la guerre avec le grade de capitaine et pas une seule blessure. Viande à canon : qu'aurait-on pu faire d'autre de cette outre gonflée de son importance !

— Est-ce que vous restez tard cette année ? demande le héros des Éparges.

— Je pars demain, dit Guillaume.

— Demain ! mais alors, il faut que nous parlions maintenant du Vieux Moulin. Accompagnez-moi chez le notaire...

— Nous en parlerons plus tard, dit Guillaume. Je pars demain, mais je reviens dans huit jours. Un congrès, qui se tient en Touraine... Je resterai ici, comme d'habitude, jusqu'à la fin du mois d'octobre. J'aime l'arrière-saison dans ce pays. Je fermerai la maison.

Un déjeuner a été commandé à l'hôtel d'Armor.

Toute la famille refait le chemin, en sens inverse, se dirigeant vers l'hôtel. Évelyne et Marie du Bilou ont ôté leurs capes.

A la traîne, Ronan est furieux de s'exhiber en sombre costume de ville et cravate noire, au milieu des estivants en tenue légère. Il croise des amis de la bande, qui sourient bêtement en le saluant. Il donnerait cher pour qu'on lui eût épargné cette corvée. Même, la perspective du bon déjeuner que son oncle Georges a voulu offrir ne peut le dérider. Guillaume lui a jeté un regard qui l'invitait à la résignation.

Va-t-on entendre, pour la énième fois, un récit des exploits du héros aux Éparges et ailleurs ?

La famille, petite troupe noire et grotesque, s'engage dans le parc de l'hôtel. Les clients se détournent pour la regarder.

On aperçoit, de loin, un groupe des Estivants de Marque qui suit la progression du clan Le Cormier jusqu'à la salle à manger où le déjeuner va être servi. Les commentaires doivent aller bon train.

— J'ai commandé une omelette norvégienne, dit Georges Jarricou tourné vers Évelyne. Je sais que c'est un de vos desserts préférés.

Il a saisi une bouteille de muscadet et remplit les verres à la ronde.

— Ma foi, dit-il, comme surpris tout le premier de cette constatation, j'ai faim !

Marie du Bilou, au bout de la table, garde la tête baissée.

QUATRIÈME PARTIE

1

Le rendez-vous était fixé sur la place de la gare de Saint-Yvinec, à l'arrivée de l'autocar.

Grace avait préféré que Guillaume ne vienne pas la chercher chez Hélène Parlieu, ce qui aurait ressemblé à un enlèvement. (Aggravé du fait qu'il se serait produit le lendemain même de l'enterrement de Mme Le Cormier !)

Monté sur le toit, Gégène, le conducteur, aidé d'un passager, descendit les deux valises de Grace. A cinquante pas de là, Guillaume, dans sa voiture, surveillait la manœuvre.

Il attendit que l'autocar fut parti pour amener la traction avant devant la jeune femme, debout à côté de ses valises.

Il contourna le véhicule, ouvrit la portière, mit les valises dans le coffre arrière, s'installa au volant.

La voiture traversa la ville et se trouva bientôt sur les hauteurs qui dominent la vallée. Les passagers n'avaient pas prononcé une parole. Grace ne s'était pas tournée une seule fois vers son compagnon.

« Sans doute le voyage en autocar n'a-t-il pas été agréable, avec les arrêts continuels en pleine campagne, se dit Guillaume. Ce n'est pas une raison pour faire cette tête. » L'enlèvement commençait mal.

— J'ai retenu une chambre dans un hôtel de Perros, dit Guillaume.

Grace ne répondit pas et continua à regarder droit devant elle.

Ce silence de mauvais augure persista jusqu'à l'arrivée à l'hôtel.

La réception, la déclaration d'identité (n'allait-on pas le reconnaître ? n'allait-il pas avoir à subir des marques d'attention particulières ? des allusions peut-être ?) constituèrent des épreuves. De les avoir prévues ne les rendit pas moins pénibles.

Quelques pas en arrière, Grace feignait de se désintéresser de la chose. A croire qu'ils n'étaient pas ensemble, qu'elle ne le connaissait pas !

Remplir les fiches, chercher parmi les papiers, enfouis dans ses poches, les pièces d'identité, attendre, attendre, debout, là, au milieu du hall, à côté de Grace à qui il aurait voulu dire quelque chose mais ne trouvait rien à dire, sous le regard des clients curieux de ces nouveaux venus, qu'un valet — ma parole ! c'était un valet de chambre de vaudeville, avec ce gilet rayé jaune et noir, ouvert sur un tablier bleu, l'espèce en avait disparu depuis longtemps, il fallait venir dans ces provinces reculées pour en trouver un spécimen — vienne chercher les valises et les conduise à leur chambre.

Ouf ! c'était décent, c'était propre.

Toile de Jouy, mobilier rustique. La fenêtre ouvrait sur une terrasse d'où l'on voyait la mer, au bout de la grève découverte. Une promenade bordait la plage, avec des lampadaires, des bancs peints en vert. Des gens sur la promenade, qui levaient la tête en passant devant l'hôtel. Grands-mères promenant des enfants. Vieillards assis sur les bancs peints en vert, canne entre les jambes. Bains de mer. O familles ! L'hôtel est un hôtel de familles, sur une plage de familles. Pas du tout un endroit pour *parties fines*. Sont-ils en *partie fine ?*

Il faut pourtant se rendre à l'évidence. C'est de cela qu'il s'agit, comme l'en a averti le sourire de la dame de la réception, la façon dont le valet a refermé la porte.

Il faut bouger, sortir, s'évader de la ramée, des moutons, des bergers et des bergères de la toile de Jouy, fuir les enfants, les familles, partir à la recherche d'une plage déserte au fond d'une crique et s'y baigner, seuls.

Surtout ne pas être pris pour le monsieur à *bonne fortune.*

Grace pense tout cela : on le voit au regard qu'elle lui lance, sévère, presque hostile. Elle lui en veut de l'avoir menée dans cet hôtel. Fuyons hors de la ramée.

Ici ? Non, pas ici, il y a trop de monde. Plus loin. Sûrement, derrière cette pointe, il y a une crique. Ce chemin ne mène nulle part. Plus loin. Du haut d'une falaise on voit la plage blonde, entre des rochers noirs qui la bordent. Elle est vierge. Laissons la voiture et descendons par ce sentier jusqu'à la plage.

Ils courent vers les rochers les plus proches de la mer et se déshabillent, chacun de son côté, sans se parler.

Grace sort de derrière un rocher, en maillot de bain blanc. Jamais elle ne lui a paru si belle. Tout en marchant sur le sable mouillé, elle élève les bras au-dessus de la tête, achevant d'enfouir sa chevelure sous un bonnet de bain. Elle court à petits pas, gardant la jambe tendue, avec quelque chose de malgracieux, qui émeut Guillaume.

Elle se retourne avant d'entrer dans l'eau, crie une parole qu'il ne comprend pas. Elle avance avec une allure chaloupée, tournant presque tout le corps à droite, puis à gauche, les bras formant balancier, au ras de l'eau.

Les vaguelettes viennent lécher le sable durci. Il faut marcher longtemps avant d'avoir de l'eau à mi-cuisses.

Elle plonge. Elle s'éloigne dans un crawl puissant et il admire une fois de plus ce style de championne auprès duquel son style à lui paraît si médiocre. Il ne se décide pas à plonger.

Elle s'est retournée et vient vers lui en nageant sous l'eau. Il se lance alors, va à sa rencontre. Ils se sont rejoints. Ils s'étreignent en riant, de l'eau plein la bouche et les yeux, il la chevauche, il l'entraîne, touche ses seins, ses cuisses, ils jouent ainsi longtemps, au moins cinq minutes, ils sont seuls et s'ils regardent l'horizon, ils pourraient se croire en pleine mer.

C'est là, dans cette eau glacée qui le brûle, qu'est né son bonheur. C'est le bain de midi, dans cette crique déserte, quelque part entre Brest et Saint-Malo, qui a dénoué la tension qui existait entre eux, depuis le matin. La mer les a lavés des familles, du valet, des clichés, de la *bonne fortune,* de l'hôtel, de la gêne.

Que l'on est bien sur cette plage, sur ce rocher, dans ce soleil ! Elle a ôté son bonnet, ses cheveux se sont répandus sur ses épaules, elle a dénoué, derrière le cou, l'attache du maillot et Guillaume voit la naissance des seins, la pointe dure sous le tissu mouillé.

Ce soir, elle sera à lui.

Il doit chasser les images de l'amour, car il sait qu'elles peuvent faire naître en lui une crainte, un doute. Elle a jeté un regard sur lui et a souri.

Ils n'ont pas trouvé tout de suite le restaurant où déjeuner. Il est tard ; la plupart des tables sont vides autour d'eux. Grace voit dans les yeux de son compagnon une lueur d'angoisse, de folie, qu'elle connaît bien pour l'avoir déjà vue : c'est la faim qui lui donne cet air hagard, le verre de vin qu'il s'est versé, dès que la bouteille a été posée devant eux, n'a pas apaisé cette faim, au contraire. Elle sourit, intriguée par la métamorphose qui s'est opérée chez son compagnon.

A demi courbé sur la table, le poing au creux de l'estomac, il la regarde d'un air suppliant.

— Ils sont allés pêcher les huîtres, ou quoi ?

— Un peu de patience, dit Grace. C'est cela qui vous perd : il vous faut tout, tout de suite. Sachez attendre, prendre votre temps.

Un bon conseil. Il aurait dû s'en inspirer, dans le lit clos.

Le plateau de fruits de mer est posé devant eux. C'est un chef-d'œuvre. C'est une symphonie en brun et vert, orange, pourpre. Sur le pourtour, reposant sur un lit d'algues mordorées, les huîtres de Prat-ar-Coum, petites, iodées, meilleures qu'aucune autre espèce d'huîtres, molles et fermes sous la langue, la collerette noire qui se rétracte sous la goutte de citron ; les palourdes à la coque grise et lisse et les praires, à la coque rugueuse et blanche, les dominent, ouvertes, juteuses comme des sexes ; des crevettes roses dardent leurs antennes et des crevettes grises se cachent sous le goémon ; des bigorneaux parsèment le tout, fermés d'un grain de beauté et au sommet, comme il convient, des pinces vermillon de dormeurs en nez de polichinelle, des morceaux de crabes à demi broyés dont les cavités recèlent la chair délectable, et les pattes poilues qui craquent sous la dent, recueillons-nous devant ce chef-d'œuvre, contemplons-le dans son harmonie, sa perfection, beurrons les minces tranches de pain de seigle, versons le muscadet dans les verres, à peine ambré, frais mais non pas glacé, Dieu merci ! saisissons la première huître entre le pouce et le médium, grugeons-la comme le moine gourmand dans le tableau suspendu dans l'Oyster-bar près de Jermyn Street, au milieu des plats en forme de poissons, des bouteilles de xérès et de porto, le moine qui, d'une main, plaque contre son torse la serviette blanche nouée à son cou, et de l'autre élève religieusement l'huître jusqu'à sa bouche gourmande, œuvre immortelle d'un peintre antipapiste qui stigmatise la concupiscence d'un suppôt de la Prostituée de Babylone — sait-elle, cette grande Yankee si calme, qu'ici même, dans ce pays catholique et breton toujours, des pasteurs du Yorkshire, du Kent, sont venus, au tournant du siècle, pour tenter d'arracher les indigènes aux superstitions papistes et ont fondé des communautés protestantes dont certaines existent toujours ? Mais d'abord, connaît-elle cet oyster-bar près de Jermyn Street, connaît-elle Londres ?

— Il y a un oyster-bar à New York, à Grand Central Station, dit Grace. J'y allais le dimanche soir avec des garçons de Yale, avant le dernier train de New Haven. C'est là où l'on vous sert le meilleur oyster-stew de toute la côte.

— A New York, dit Guillaume, j'aimais les « little necks », ces sortes de palourdes...

— Je n'ai jamais connu quelqu'un d'aussi gourmand que vous.

— C'est vous que je veux manger.

— Je le sais...

— On dit bien « dévorer des yeux... ». Je vous mangerai comme cette huître, je vous lamperai, goberai...

— Parlez moins fort. On n'entend que vous dans cette salle. Que dirait-on si l'on vous reconnaissait. Si l'on vous entendait, vous l'illustre professeur.

— « Illustrissime professore » : c'est ainsi que l'on m'appelle en Italie. J'ai fait des conférences à Bologne, à Florence. Nous irons en Italie, l'été prochain, quand vous reviendrez en Europe, car vous allez revenir ? et nous boirons du Valpolicella. En attendant, reprenons une bouteille de muscadet. Vous ne buvez pas...

Le homard suivit, « *compliqué comme une cathédrale* », puis le fromage avec la salade.

Un contentement énorme était descendu en lui. Il regardait la serveuse et la trouvait jolie. Ils sortirent, s'installèrent à une table au soleil, commandèrent des cafés qu'on leur servit dans des filtres.

Il se sentait bon, charitable, il aimait son prochain, il tirait des bouffées d'un petit cigare qu'il avait pris la précaution d'emporter. Plein d'indulgence et de générosité... Plein de joie. Il avait envie de chanter. Il aurait voulu qu'elle aussi chantât. Entonner avec elle un duo. Un canon.

Quart en haut, quart en bas
Entends-tu sonner le glas ?
Encore un coup de misaine
Et le beau temps reviendra,

ou bien un air de son pays, un air entendu en Nouvelle-Angleterre, sûrement elle le connaissait :

What shall we do with the drunken sailor,
Early in the morning...

Chère, chère Grace, donnez-moi votre grande et belle main, caressez mon poignet, comme vous le faites quelquefois, que puis-je pour vous faire plaisir ? Voulez-vous que je vous chante l'air des contrebandiers de *Carmen ?* Non, vous ne le voulez pas. Alors, partons, rentrons à l'hôtel, dans la voiture, sur le chemin du retour, je chanterai. Nous nous arrêterons à Saint-Aignan et j'entrerai dans l'église dire une prière pour remercier le Seigneur de ce bon déjeuner, le remercier d'avoir fait de si bonnes huîtres, de si bons homards, des femmes belles, patientes et indulgentes comme vous, à l'ombre desquelles s'allonger et dormir, ô benigna, ô regina, ô pia !

Une main sur le volant, l'autre sous la chevelure, serrant du pouce et de l'index le cou de sa voisine, Guillaume conduit sa voiture à travers les routes et les chemins du Penthièvre et du Trégor. Il chante à tue-tête :

Les chemins bretons sont des fantaisies
Qui vont de travers au lieu d'aller droit

Le ciel est par-dessus les arbres et les champs de luzerne et d'avoine et l'on devine la mer toute proche. *O Breiz ma bro !* Arrêtons-nous ici, au sommet de cette colline, et regardons, au-delà des champs et des dunes, des roseaux et des chardons bleus, la mer violette. Embrasse-moi ma sœur, mon enfant, encore, encore, embrassons-nous jusqu'à la mort.

2

Sur la terrasse du Vieux Moulin, Ronan, appuyé à la balustrade, braque ses jumelles sur la mer.

Il suit la marche d'un voilier à la coque noire qui se dirige vers le large. Le voilier est barré par un homme vêtu d'un chandail blanc qui lui prend le cou. Près de lui, une jeune femme brune, elle aussi en chandail blanc. Il y a ces deux taches blanches sur la mer.

Le navire est l'*Églantine ;* la jeune femme, Martine.

Le cœur de Ronan bondit, ses mains tremblent, il ne peut détacher les yeux de ce navire sur lequel, il y a quelques jours à peine, il était embarqué.

Ils ont pris la mer sans lui. Ses amis sont partis sans lui, sans le prévenir, ils l'ont abandonné, ils préfèrent être seuls.

Et lui est seul. Seul au monde.

Il ne connaît pas à Martine ce chandail blanc, sans doute un chandail que lui a prêté Xavier.

Ce blanc qu'ils portent tous deux est le signe même de leur entente, de leur complicité, de leur trahison.

3

— Il t'admire, dit Grace. Je sais qu'il t'admire. Nous le savons tous, et tu ne le sais pas.

— M'admirer ! dit Guillaume. Je ne vois en moi rien d'admirable. Rien dont je sois vraiment fier.

— Quel orgueil ! dit-elle. Pourquoi ne lui parles-tu pas ? Il n'attend qu'un mot de toi. S'il s'est tourné vers Xavier, c'est parce qu'il n'a trouvé en toi aucune aide.

— J'ai essayé... Regarde quelle belle soirée ! Qu'allons-nous faire ? Allons à Guingamp prendre des drinks, puis nous chercherons un restaurant sur la côte pour dîner. Je veux que ces quelques jours soient réussis. Il y a si longtemps que je rêve de ces vacances avec toi. Comme je t'ai attendue ! Es-tu heureuse ?

Elle ne répond jamais à une telle question. Il le sait. S'il la pose, c'est que lui est heureux.

Il est heureux parce qu'il l'a possédée. A leur retour dans leur chambre, enfin, il l'a possédée. Tu me sens bien ? Tu me sens bien en toi ?

Elle a vu des larmes dans ses yeux. Jeune, je me sens jeune, le temps est aboli. C'est encore ce qu'on a trouvé de mieux pour vaincre le temps... Tu ne sais pas d'où je viens, quels interdits, quelles craintes j'ai dû vaincre ; tu ne sais pas quelles défaites, quelles victoires ! D'où je viens. De quelle contrée aride... Pas étonnant que je ne pense qu'à ça ! Parlons de ces choses, nommons-les, disons ce que nous ressentons, analysons notre plaisir, j'aime tes seins un peu lourds sur ce torse mince, leur attache, leur... Pourquoi ne veux-tu pas ? J'aime ton nez si fin, la courbe de tes narines, j'aime tes narines ouvertes quand tu renverses la tête... C'est bien. C'est seulement depuis que je suis libre que j'ose nommer les choses.

Elle marche nue dans la pièce. Il avait perdu l'habitude d'une présence féminine, il vivait seul, en célibataire maniaque, renfermé sur soi, au milieu de ses affaires à soi, son linge, ses livres, ses papiers... Il ne supportait aucune intrusion, aucun envahissement. Même au cours de ses années de mariage avec Élise.

Et le voici enfermé dans cet espace étroit, au milieu des moutons, des bergères et de la ramure, avec cette femme qui va et vient toute nue, allume une cigarette, disparaît dans la salle de bains, reparaît une brosse à la main, penche la tête à droite, à gauche, brosse sa chevelure, se redresse, merveilleuse de naturel, d'impudeur, une étrangère en somme, une inconnue, dans six jours elle le quitte, sa joie n'est-elle pas plus aiguë de ce fait ? Et d'abord, supporterait-il longtemps cette intimité, cette perte de soi ?

— Comment était-ce, avec Hélène ?

Pourquoi pose-t-elle cette question ? Il ne sait plus. Y a-t-il eu quelque chose d'important, entre Hélène et lui ? Tant d'années ont passé, comment pourrait-il se le rappeler ?

— Je croyais que c'étaient les femmes qui n'avaient pas de mémoire, dit-elle. N'est-ce pas ce que vous prétendez ?

— Comment était-ce, avec Chris ?

— Très bien, très agréable.

Elle a répondu sans la moindre gêne. Et lui demeure stupide, il ne demandait pas une telle réponse, elle confirme ce qu'il avait craint. Ainsi, avec Chris ? Avec d'autres peut-être ? Elle n'a pas de comptes à lui rendre. Ils ne sont pas mariés. Il n'était même pas son amant.

Il parle trop, il parle sans arrêt, il ferait mieux de se taire. Est-ce qu'il ne valait pas mieux rester dans l'équivoque ?

Elle le regarde par en dessous, un sourire aux lèvres. Mon vieux, tu l'as cherché ! Chris. Peut-être le rejoignait-elle après l'une de leurs promenades nocturnes ? C'était lui qui profitait de l'excitation qu'il lui avait procurée, lui Guillaume. Il s'était conduit comme un garçon de dix-huit ans. Comme un béjaune. Béjaune.

Non, il n'a pas d'autres questions à poser.

— Quelle robe voulez-vous que je mette ? dit-elle.

Elle est toujours nue. Elle ouvre la penderie.

— La robe bleue ? Ou la blanche ?

— A New York, il y avait un petit bar, au coin de Madison et de la 70e ou 72e Rue. Genre *pub* anglais, avec des tringles en cuivre, des tables d'acajou. J'aimais y aller... J'aimerais me trouver à New York avec toi. C'est la bonne heure, cette heure du soir, quand les lumières de la ville s'allument, que l'on va prendre des cocktails, avant le dîner. Peut-être, un jour, pourrons-nous être ensemble à New York ? Faisons des projets. Je te mènerai dans ce bar. Quel est ton cocktail préféré ? Le whisky-sour ? Ce soir, il va falloir se contenter de vermouth, on ne sait pas faire les cocktails dans ce pays... Ou d'un vin blanc comme chez Tomasine. Dépêche-toi. J'ai soif. Que tu es belle ! Je suis fier de sortir avec vous ; d'être vu avec vous, madame. Au début, j'avais peur que la différence d'âge entre nous ne fût par trop visible... Et toi ? Éprouvais-tu une telle crainte ?

— Quelle idée ! Vous êtes obsédé par votre âge !

— Maintenant, je n'y fais plus attention. D'ailleurs, se voit-il ?

— Ne dites pas de bêtise.

Bonne petite fille.

4

La cathédrale s'élève, rugueuse, massive, avec son clocher à jour, au bord de la place déclive inondée de soleil ; elle est noire, noire et grise, de la couleur du granit, à genoux dans sa robe de pierre déployée autour d'elle, le dos courbé, la tête penchée, comme la *Touquen* éplorée du monument aux morts, et, tout autour, les maisons à encorbellements aux toits d'ardoises pentus se pressent, les crêperies, les pâtisseries, les boutiques de souvenirs, cartes postales, poupées en costume régional et coiffes de Lannion, chapelets, kabiks, nappes et châles tissés sur de vieux métiers activés par bras et jambes, on peut les voir dans une ruelle pavée, près d'un orphelinat, d'un séminaire, gloire de l'artisanat ! Gloire du broyeur de lin ! C'était ici, sur la place du marché, devant l'église, qu'il venait vendre son lin, le vieux noble dormant, c'était le Moyen Age il y a seulement cinquante ans, c'était la cité des prêtres, on les voyait glisser sur les pavés mouillés, en douillette et en barrette, rabat brodé de perles, le bréviaire à la main, du tabac dans le nez, monter et descendre les venelles, s'engouffrer dans les maisons, les sacristies, les chapelles, la cathédrale, c'était la ville d'Yves Hélori le saint homme, bon pour les pauvres, sévère pour les riches.

Sanctus Yvo erat Brito
Advocatus sed non latro
Res mirabilis populo !

Saint Yves patron des avocats, des avoués, des tabellions, greffiers, huissiers, agréés, experts près des tribunaux, et c'était aussi la cité du gros monsieur assis là-bas sur son socle, ventre épanoui, somnolent, encore bourré des haricots du séminaire, de la science du séminaire, l'œil goguenard, le sulpicien, c'est *exprès* que la république lui a élevé une statue face à la cathédrale, en son temps la chose a fait scandale on se demande pourquoi, il aimait la religion et ses prêtres, il n'avait connu que de bons prêtres, il l'a dit, il était resté en somme l'un d'entre eux, cela se voit à sa figure de chanoine du chapitre, allons visiter sa maison natale à l'ombre de la cathédrale, puis nous déjeunerons dans le soleil de crêpes de blé noir avec des œufs et du cidre.

Il y a un jardinet plein de fleurs, un jardin de curé, il y fait bon ! Et il fait bon dans la maison pleine d'ombre.

Ils grimpent par l'escalier de pierre jusqu'au grenier, parquets cirés, lits clos, c'était ici qu'il travaillait, sous le toit, sur cette humble table de bois blanc, ici qu'il méditait, Matthieu v, Luc, saint Thomas, Hegel... Il aurait pu devenir Père de l'Église, on dirait : « C'est ici qu'il a eu ses extases. Ici, la Vierge lui est apparue. C'est ici que s'est produit le fameux miracle de l'eau changée en encre. Il n'avait plus d'encre pour écrire son sermon, sa thèse, sa glose, sa prière, et alors, l'eau du robinet s'est changée en encre et, chaque fois qu'il n'avait plus d'encre, il tournait le robinet. Bleu-noir, premier choix. » C'est ici même, grand saint Renan, membre de l'Institut, de l'Académie, prêtre de Némi, abbé de Jouarre, il était ici petit clerc tonsuré, entre sa mère et sa sœur. Son enfance a été bercée du son de ces cloches, des chants d'église, *Salve Regina, mater misericordiae,* des processions de la Fête-Dieu, des Rogations, à l'aube, à travers les champs et par les chemins bordés d'ajoncs, jusqu'au Trieux, jusqu'à la mer, derrière les prêtres il chantait :

Federis arca
Te rogamus audinos...,

petit clerc pour l'éternité !

— Que j'aime cette maison, dit-elle.

— Chut ! Écoute le carillon de la cathédrale... Allons manger des crêpes.

Ils sont installés dehors à une table recouverte d'une nappe à carreaux roses et blancs. Crêpes de blé noir, crêpes de froment, crêpes avec œufs, jambon, confiture, cidre bouché.

Il a fait un dieu de son ventre.

La place est vide, dans le soleil, comme une galette au four.

La fraîcheur de la cathédrale est bonne après la chaleur du dehors. Ils font le tour des gisants de pierre. Elle est surprise de le voir, en sortant, tremper les doigts dans le bénitier placé près de la porte et faire un signe de croix.

5

Jusqu'à présent, tout a été réussi. Il faut que cela continue ! Il faut faire de ces six jours un chef-d'œuvre.

Leur longue randonnée en voiture a fatigué Grace et elle aurait voulu se reposer à l'hôtel. Mais il ne veut rien entendre. Il faut sortir, aller dîner dans un restaurant, dans un port, à deux pas d'ici, il veut le lui faire connaître.

Elle a mis sa robe bleue à petits plis sages, ses épaules rondes et dorées sortent de l'échancrure, on dirait deux galets polis par la mer, on voudrait les tenir dans le creux de la main, deux bracelets d'argent, l'un orné d'une torsade, glissent sur ses poignets. Elle a ramené ses cheveux en un chignon, en arrière de la tête et, sur la nuque, mèches et friselis s'ébouriffent, cette coiffure la fait paraître moins jeune, il en est bien aise, elle a mis des chaussures à talons hauts qui la grandissent et il est étonné de croiser son regard, presque à hauteur du sien.

Il a mis la cravate de son club londonien. *Cucumber and salmon !*

Il s'immobilise sur le seuil du restaurant.

— Cela devait arriver ! murmure-t-il. — Il ajoute : Un de mes collègues. Là-bas, dans le fond, avec la grosse dame blonde... Je vais aller le saluer, impossible de faire autrement. Cette table est-elle libre ? Nous la prenons. Excusez-moi.

Par la fenêtre près de laquelle elle est assise, elle voit la coque blanche des voiliers dans le port. Des marins sortent d'un bistrot. Elle tourne la tête et voit Guillaume debout devant la table de son collègue.

Il revient, s'assied, prend le menu, s'absorbe dans sa lecture, lève la tête.

— Vous êtes ma nièce. C'est un inceste ! Naturellement, ils n'en ont pas cru un mot. Cela, d'ailleurs, ne me déplaît pas. C'est un romaniste. Distingué : tous les romanistes le sont...

Elle essaie d'imaginer Guillaume en toge rouge, imposant, magistral, faisant son cours. Pourquoi ne lui parle-t-il jamais de son métier de professeur ? Des livres qu'il a écrits ? C'est comme si ces travaux étaient sans importance ou comme s'il en avait honte. Mais son *Histoire des Bretons* qui a été traduite en plusieurs langues (elle le sait par Hélène. Tout ce qu'elle sait de lui, hormis ce qu'elle devine, pressent, dans le domaine le plus intime, elle le sait par Hélène), les pièces qu'il a fait jouer ? Elle aimerait les connaître. Elle lui a demandé de lui prêter ses livres : il ne les a même pas au Vieux Moulin. La juge-t-il incapable de les apprécier ? De les comprendre ?

— Le bar était bon, qu'en pensez-vous ? dit-il vers la fin du repas. C'est ainsi que je le préfère : avec un beurre blanc et beaucoup de citron.

Il faut maintenant commenter à l'infini : les rencontres, la cuisine, les plaisirs... Les choses n'existent que si on les a nommées, définies, commentées. Mais toutes les choses ont-elles besoin d'être commentées ? Le bar doit-il renaître, débarrassé de son beurre blanc, rejeté à l'eau, frétillant, pour être pêché de nouveau ?

— Le soufflé était un peu trop sucré, dit-il. Pour mon goût.

Qu'importe le soufflé ! Il a été mangé. Faut-il en perpétuer le souvenir ? Disserter sur ses mérites et ses démérites ? Est-ce ainsi que l'on donne du *prix aux choses ?* Toutes les choses n'ont pas le même prix. Mais Guillaume met sur le même plan l'essentiel et l'accessoire, le grave et le futile. Elle commence à comprendre qu'il donne plus d'importance à ce qu'elle juge sans intérêt qu'à ce qui mériterait qu'on en parle.

Ou bien est-ce par pudeur ?

Ou par orgueil ?

— Parlez-moi de cette pièce sur Gilles de Bretagne que vous écrivez.

— Je n'y travaille guère, dit Guillaume. Et puis, les pièces en costume, n'est-ce pas démodé... ? C'est autre chose qu'il faudrait faire. Un théâtre d'ironie, de dérision... Sortons. Allons faire un tour le long de la mer.

Une fois de plus, la conversation tourne court. Elle n'en saura pas davantage. Même, elle a l'impression qu'il se moque d'elle sans arrêt. De son ignorance. De sa naïveté. Est-ce qu'il la préférerait sotte ? Est-ce qu'il la méprise ?

« Il méprise toutes les femmes », lui a dit Hélène. « Les hommes aussi », a-t-elle ajouté. Mais qu'est-ce qui lui donne le droit de mépriser ?

Et d'ailleurs non. Ce n'est pas vrai. Il espère toujours ; il est toujours prêt à faire confiance, à aimer.

— Parlez-moi de votre pièce, dit-elle.

— C'est l'histoire d'un débauché. Gilles était le frère cadet du duc François. La Bretagne était alors indépendante... Que peut faire un cadet, s'il n'a aucun rôle politique à jouer et se sent fait pour de grandes choses ? Il met dans les plaisirs le besoin d'absolu qu'il porte en lui. C'était un peu un Lorenzaccio, mon Gilles !... Et sa femme avait cinq ans, quelle époque ! Il jouait l'alliance anglaise contre l'alliance française voulue par son frère : les deux tendances de la politique bretonne. On l'accusa de trahison.

— Et que lui est-il arrivé ?

— C'est une histoire tragique. Il y a longtemps que

je songe à en faire le sujet d'une pièce... J'y crois, et je sens mon personnage. C'est peut-être parce que j'étais moi-même un cadet ?

— Vous avez un frère ?

— J'avais un frère, Yves. Il a été tué à la guerre. Ma mère ne s'en est jamais consolée. La « Compagnie de l'Ouest » m'a commandé la pièce et veut la jouer au printemps prochain. Aimez-vous le théâtre ? C'est un monde fascinant. Je me réjouis à l'avance d'avoir à conseiller les acteurs, à suivre les répétitions, à m'occuper du décor, des costumes.

— Les ferez-vous dessiner par Ronan ?

— C'est une idée, dit Guillaume. Je n'y avais pas pensé. Mais la pièce est encore à écrire. Elle tourne autour du meurtre du prince.

— Racontez-moi ce meurtre.

Ils se sont assis sur un rocher, face à la mer. Et Guillaume raconte.

LE MEURTRE DE GILLES DE BRETAGNE

Il avait été élevé en Angleterre, avec son cousin, le futur Henri VI. Ils avaient les mêmes goûts, aimaient les vers, la musique, les belles reliures. Henri détestait la violence ; la vue d'une épée lui faisait peur.

Ébloui par le faste de la cour de Londres, surtout si on la comparait à celle, fort simple, de son père le duc Jean V, Gilles en garda toute sa vie le souvenir et le goût des choses anglaises.

Il devait retourner en Angleterre, pour essayer d'entrer en possession du comté de Richemont, qui appartenait au duc de Bretagne. Mais il ne put y parvenir.

De retour en Bretagne, il reçut en apanage Chantocé et Ingrandes, châteaux qui avaient appartenu à Gilles de Rais. Ils ne lui convenaient pas. Il essaya de les échanger contre des terres proches des siennes. En fin de compte, on les lui enleva pour le punir des propos antifrançais qu'il tenait sans mesure.

Dans son château, au fond de la rade sinistre du Guildo, Gilles se chauffait à cheval devant la cheminée de la salle d'armes.

Il faisait enlever les filles des paysans voisins pour en faire ses maîtresses. Il les offrait à ses compagnons de débauche.

Il avait une garnison anglaise.

Les orgies du Guildo étaient connues dans toute la région.

Un jour, François tomba sur une correspondance où Gilles déclarait : « Toujours, j'ai tenu et je tiendrai le parti anglais. » Il fut arrêté, remis aux états de Bretagne qui refusèrent de le juger.

Un conseil de famille fut convoqué, à l'instigation du roi Charles de France, Gilles arrêté de nouveau et emprisonné. L'opinion était pour lui. Il était séduisant, gai, exubérant. On oublia les mœurs dissolues, on ne crut pas à la trahison. Henri VI d'Angleterre intervint pour le sauver — démarche qui ne pouvait que le perdre.

De château en château et de geôle en geôle, Gilles connut alors l'existence misérable de prisonnier d'État. Il tomba entre les mains d'un ennemi, Arthur de Montauban qui avait convoité la main de sa femme, la petite Françoise de Dinan.

Sur l'ordre de son frère le duc, Gilles fut enfermé à la Hardouinaie dans un cachot situé au-dessous du niveau de la mer, éclairé par une meurtrière.

Gilles tirait des sons mélancoliques d'une flûte champêtre.

Les bûcherons de la forêt, les manants qui passaient

près du château, s'arrêtaient pour écouter le chant de la flûte.

Une vieille femme put descendre dans le fossé et faire passer au prisonnier du pain et de l'eau.

Un cordelier le confessa, à travers la grille du soupirail. « Lorsque vous serez averti de mon décès, lui dit Gilles, allez trouver le duc mon frère, et, en mon nom, assignez-le, cinquante jours plus tard, à comparaître au tribunal de Dieu. »

« Ce Gilles, dit le duc devant Montauban, j'aimerais bien le voir en Paradis ! »

On décida d'empoisonner le prince. Montauban avait envoyé naguère un homme à l'Académie des empoisonneurs, c'est-à-dire en Italie, exactement en Lombardie, la province la plus sanguinaire et la plus cruelle après la Sicile, là « où se fait le plus grand trafic de venins et où les baisers mêmes empoisonnent, où les hommes sont autant de basilics qui poignardent de leurs regards et où la poudre mortelle est autrement assurée que celle des armes à feu ».

On essaya le poison sur des chiens, qui moururent foudroyés.

C'était de l'arsenic jaune, ou orpiment.

On mélangea la poudre à une soupe de viande que l'on donna à Gilles. Il la mangea mais, dans la nuit, malade, il rendit tout.

Trois fois l'on recommença ; trois fois il rendit la nourriture.

Alors, on décida de l'étrangler.

Dans la nuit du 24 au 25 avril 1450, des assassins entrèrent dans la geôle, se jetèrent sur Gilles ; on lui passa une serviette autour du cou et l'un « tirait decza, l'autre de là de toutes leurs forces, les deux autres tenaient le corps ».

L'infortuné parvint à se dégager. Les tueurs se

saisirent d'un matelas, le jetèrent sur Gilles et, se couchant dessus, ils l'étouffèrent. Le sang lui sortit par la bouche, le nez et les oreilles, « et aussi par les autres conduits du corps ».

On prétendit que la mort était naturelle. Mais personne ne le crut.

Le prieur de l'abbaye cistercienne voisine de Boquen vint avec ses moines prendre la dépouille.

De grands honneurs lui furent rendus.

On attacha quatre bœufs à un char rustique et le cercueil se mit en route au chant des psaumes funèbres, à travers bois, landes et prairies.

Une foule suivait.

Nulle charrette, depuis, n'a pu emprunter la route que prit le cortège.

Il y eut des prodiges. Les bœufs refusèrent d'avancer. L'un d'eux frappa le sol de son sabot et le prieur comprit que l'âme de Gilles demandait que l'on dise en cet endroit des prières. Il décida d'y bâtir un sanctuaire.

Le corps fut « ensépulturé » dans l'abbaye, sous une lame d'ardoise avec une effigie de bois représentant les traits du malheureux prince.

Sa mémoire s'idéalisa. La pensée populaire fit de lui un martyr, presque un saint. On crut que la chapelle votive, élevée à la place où le bœuf avait frappé le sol, avait été élevée à « saint Gilles de Bretagne ».

Les pèlerins accoururent. Saint Gilles avait la réputation de guérir la peur, chez les enfants.

Quelques jours après le meurtre de son frère, le duc François, retour de Normandie, traversait la grève désolée du Mont-Saint-Michel, s'en retournant dans ses États.

Un cordelier surgit sur la grève, saisit la bride du

cheval et fit au duc la commission de Gilles assignant son frère au tribunal de Dieu.

Trente jours plus tard, le duc rendit l'âme.

— C'est une belle histoire, dit Grace après un silence.

Ils ont repris leur marche sur le sentier qui suit le rivage ; ils ont contourné des rochers comme des bêtes couchées dans la nuit. Des arbres tordus entre les rochers tout ronds. Les vaguelettes de l'eau à marée montante viennent se briser au-dessous du sentier. La nuit est claire. On voit les tours d'un château bâti sur une île rocheuse, au milieu de la baie.

— Je me demande ce qu'ils font, en ce moment à Lesguivy, dit Guillaume. Mr. et Mrs. Smallcat vont au Casino. Ils ont invité à dîner Son Excellence Jules Bataillard. S'ils pouvaient nous voir ! Si Antoinette, si Andrée Vidal pouvaient nous voir ! Elles seraient folles de jalousie.

— Elles doivent bien se douter de quelque chose, dit Grace.

— Racontez-moi la visite d'adieu que vous leur avez faite.

— Je vous l'ai déjà racontée.

— Racontez encore.

— Antoinette m'a dit qu'elle regrettait de ne pas m'avoir connue davantage.

— Ont-elles dit du mal de moi ?

— Bien sûr.

— Elles ont dit que j'avais rendu ma femme malheureuse. Que j'étais un tyran.

— Tout le monde sait que vous êtes un tyran.

Guillaume réfléchit à ce jugement qu'il a provoqué et qui le laisse rêveur.

Ils avancent en contournant les bêtes immobiles, assoupies sous les pins.

— Qu'est-ce qui compte le plus pour vous, dans la vie ? dit Grace.

Guillaume, qui la devance sur le sentier, s'est arrêté brusquement. Elle a presque buté contre lui.

Il la prend dans ses bras, met la tête contre son cou et elle le sent qui tremble.

— Mon fils, dit-il. Et mon travail. L'amour, c'est-à-dire toi, et le travail. Il n'y a rien d'autre.

Il parle contre son oreille, à voix basse. Il est coutumier de ces volte-face, et passe d'un état d'âme à un autre, sans transition.

Elle pose la main sur son cou, sa tête, pour l'apaiser.

— Je m'attendais à cette réponse, dit-elle. Je ne viens qu'en troisième lieu.

— Mais...

— Ne dites rien. C'est bien ainsi.

— Je suis heureux, dit-il.

Elle sent son désir pour elle. Elle songe à Gilles de Bretagne qui a vécu dans ce pays, au bord de cette mer. Il a connu au Guildo des nuits d'été pareilles à celles-ci, douces et calmes, et il a entendu ce bruit de papier froissé que font les vagues en montant sur la grève.

6

Sur le mur du port, là où les jeunes gens et jeunes filles se retrouvent le soir, Ronan est assis, les jambes pendantes.

Il a laissé la bande se rendre au Casino. Il a promis de la rejoindre. Martine lui a dit : « Je te retrouverai ce soir au port. Je ne resterai pas longtemps... »

Il l'attend. Il commence à douter de sa venue.

Que de changements en elle ! Elle est évasive, capricieuse. Que fait-elle à cette heure du soir ?

Ronan n'a plus d'illusions. Hier, Martine et lui se sont promenés à la pointe, comme autrefois. Mais elle ne veut plus se laisser embrasser, caresser, et elle ne veut plus le caresser. Elle lui dit : « Cela ne mène à rien... Comment n'as-tu pas compris que cela ne pouvait continuer ainsi ? »

Il a dix-neuf ans. Elle en a vingt-deux. Il sort du collège, chez les Pères.

Il sait qu'elle voit Xavier chaque jour. Il les a vus partir en mer. Mais Xavier ne doit-il pas quitter bientôt Lesguivy ? N'a-t-il pas parlé d'un voyage en Alsace, pour visiter ses partisans ? Ronan met son espoir dans ce voyage. Il pense qu'alors Martine lui reviendra.

Il se méprise. Comment n'a-t-il pas plus de fierté ? Comment a-t-il pu la supplier, après cet aveu qu'elle lui avait fait, ou ce qui correspondait à un aveu, de lui accorder encore un instant, ce soir même ?

Elle a accepté. Et il se contente de cette aumône. Il n'a pas le courage de rompre. Il a dix-neuf ans.

Débouchant sur la place du port, voici l'ambassadeur, la canne à la main. Il aperçoit Ronan et vient vers lui. Il a vieilli de dix ans, l'ambassadeur, depuis la mort de Mme Le Cormier. Il semble toujours inquiet, tourne des regards à droite, à gauche, comme s'il redoutait une attaque.

Celle d'un taureau, peut-être ?

Tout le monde l'a remarqué : Jules Bataillard n'est plus le même homme depuis la triste corrida du château de Kerboulic. Sa mise, elle-même, n'est plus impeccable, comme elle l'a toujours été. La pince qui retient les pointes de son col, sous la cravate, pend d'un côté. Il a une tache sur le revers de son veston.

— Bonsoir, mon cher Ronan, dit-il d'un air navré.

Ronan s'est laissé glisser du mur et s'incline légèrement.

— Votre chère grand-mère, quelle chose affreuse ! Le Vieux Moulin doit vous sembler bien vide. Je comprends que votre père ait eu l'envie de s'en aller quelques jours... Je n'ai rien pu faire, comprenez-vous ? La bête fonçait sur nous. Je revis la scène, seconde par seconde. J'en rêve la nuit. J'aimais tant votre grand-mère !... Et cette commode-tombeau ?

— Elle est au Vieux Moulin, dit Ronan.

— Ah ! j'aimerais la voir.

Ronan s'ennuie. Cette oraison funèbre le gêne considérablement. Que lui font les cauchemars de Jules Bataillard ? Ses remords peut-être ?

Mais quoi ! Il est neuf heures passées. Elle ne viendra pas.

7

On s'enfonce dans une vallée, un abîme feuillu. Des chênes, des noyers, surtout des chênes. Ils poussent sur les talus de plus de deux mètres de haut, de chaque côté de la route. On s'enfonce toujours. Les branches forment une voûte au-dessus de la route, le toit de la traction avant frôle les branches, on descend toujours, pourra-t-on remonter ? Retrouver le chemin ? Échapper à l'étreinte du végétal ? On tourne et l'on tourne encore. C'est un gouffre vert, à peine si l'on aperçoit, tout en haut des grands arbres, des échappées de ciel bleu et soudain on débouche sur un cirque dominé par les hauteurs feuillues et, au milieu du cirque, couverte de mousses, enfoncée dans les ronces, dévorée par le lierre, la ruine.

Il y a des pans de murs, des escaliers de pierre, un pont-levis franchissant une douve, c'est un château de sable déjà à demi investi par la mer qui monte, la mer d'arbustes, d'herbes et de lichens, les tours se sont effondrées, il n'y en a plus qu'une — un château de sable, le soir, sur la plage déserte et grise et qui bientôt n'a plus de forme, n'est plus qu'un tas où il est difficile de distinguer un plan d'ensemble : une ébauche, l'idée d'un château fort, un rêve venu du fond des siècles au creux de ce vallon étouffant, c'est Tonquédec.

Sûrement, au Moyen Age, ce n'était pas désert comme cela, il devait y avoir des femmes alentour, un village, toute une vie paysanne et guerrière, des chariots à roues pleines tirés par des bœufs et, s'élevant du fond de ce vallon, en même temps que les fumées des cheminées, les mille bruits de la vie champêtre, les cris des animaux de basse-cour, le hennissement des chevaux, les cris des gens d'armes, le son d'un cor, et peut-être, si l'on y prêtait l'oreille, celui d'un luth, et des abois de chiens.

Ils sont descendus de la voiture garée au bord de la route et contemplent la merveille de pierre moussue, dans ce cirque silencieux depuis cinq siècles.

On s'attendrait à recevoir une volée de flèches. C'est la forêt de Sherwood, Dick Shelton et Jack son compagnon, la fille déguisée en garçon (et Grace, aujourd'hui, porte un pantalon de plage), ce sont eux. C'est encore une autre Bretagne que celle de l'autre jour, cléricale et studieuse, une Bretagne militaire et seigneuriale, tellement enfoncée dans le passé que l'on a peine à l'imaginer, que l'on s'efforce en vain de la reconstituer à partir de ses ruines. Qu'est-ce qu'ils faisaient ici, les seigneurs bretons ? Qui défiaient-ils, protégeaient-ils ?

Contre qui guerroyaient-ils ? Les paysans des alentours cherchaient refuge au château, à chaque incursion des bandes de reîtres, pillant, rançonnant, violant et tuant, compagnies de mercenaires venues d'Anjou et d'Aquitaine, espèces de Sarrasins à la peau mate, au poil noir, accourus d'au-delà des Pyrénées et que le Connétable a rameutées et ramenées d'où elles venaient ; ou bien des invasions d'archers anglais débarquant dans le Trieux, remontant jusqu'au fond de la rivière en brûlant tout sur leur passage : un garçon de ferme saute sur un cheval de labour qu'il monte à cru, il traverse villages et hameaux criant : « *Ar Saozon !* » : les Anglais, que l'on appelait les Saxons car on avait gardé la mémoire des pirates saxons et normands, il criait « *Ar Saozon !* Ils arrivent ! », le tocsin sonnait à tous les clochers des églises et les paysans entassaient leurs hardes dans une carriole et se hâtaient vers le château — oui, cela devait se passer ainsi, au XIVe siècle, je crois entendre le pont de bois trembler sous les roues des chariots, avant qu'on ne le relève, qu'on n'abaisse la herse, les avant-gardes anglaises arrivaient en vue du château, lançaient une volée de flèches, puis s'en retournaient et le comte rassemblait ses hommes et se lançait à la poursuite des envahisseurs.

Ils n'avaient pour artillerie, à l'époque, que des boulets lancés par des couleuvrines, c'était curieux d'avoir bâti ce château dans ce creux, non sur un monticule, dominé de partout, il était tenu sous les canons des assaillants. C'est Richelieu qui l'a fait démanteler et brûler.

— Vous n'en avez pas en Amérique, dit Guillaume Le Cormier.

— Il y en a de bien plus beaux, tout neufs, à Hollywood, dit Grace.

— Mais ils sont en carton-pâte ! Allons voir cela de plus près. Montjoie Saint-Denis !

Il se laisse glisser le long du talus, il traverse un terrain découvert, court à l'assaut, franchit le pont-levis...

On s'est battu, ici, pendant la guerre de Cent Ans, des combats singuliers, des tournois, Beaumanoir contre Réginald Front-de-Bœuf ! Il y a eu ici des combats comme le combat des Trente, dans la plaine de Mivoie. Et l'on s'est battu au temps de la guerre de succession de Bretagne et des deux Jeanne, qui est notre guerre des Deux-Roses. Cette Bretagne est morte comme l'autre, celle de Tréguier, comme celle de la chouannerie, il n'en reste que des ruines. Tout s'en va, la langue bretonne s'en va, on ne donne plus la quenouille de lin, l'ancien recteur de Lesguivy disait le prône en breton, ma grand-mère parlait le breton et moi je ne sais dire que *Tamm'bara mar plij* et *D'ar gwele* ma jolie, c'est encore là qu'avec toi je suis le mieux.

Ils grimpent un escalier à vis à l'intérieur du donjon. Voici les restes d'une salle voûtée, la fenêtre à meneaux et, de chaque côté, dans l'épaisseur des murs, deux bancs de pierre comme ceux du porche de la chapelle Sainte-Barbe. Au sommet de la tour, l'herbe a poussé.

— Tu permets que je retire mon heaume ? Par cette chaleur ! Rude journée ! Rude chevauchée... ! Étends-toi. Regarde la vallée et le ciel au-dessus de nous.

Guillaume s'étend sur l'herbe, au sommet de la tour. Grace s'est assise près de lui. Elle cueille une herbe, la met dans sa bouche.

Il a fermé les yeux. Elle regarde son visage, les rides qui le marquent, deux d'entre elles partent des narines, descendent jusqu'à la commissure des lèvres, d'autres barrent le front, d'une tempe à l'autre et deux autres rides creusent le bas du front, entre les sourcils.

Elle lève la main, l'abaisse vers le visage de Guillaume pour suivre du doigt tendu les rides transversales, mais elle s'arrête à quelques centimètres du front, pour ne pas le déranger.

Il semble dormir.

Ils sont seuls, tous les deux, au sommet de la plus haute tour.

8

— Je crois que j'ai dormi, dit-il.

Un doigt parcourt les rides de son front. L'ongle du doigt gratte la peau.

— J'ai beaucoup de rides, dit-il.

Il ferme les yeux, saisit le doigt, la main, les porte à ses lèvres.

— Je les aime, dit Grace. Tu as un beau visage.

Il s'est relevé brusquement, paraît surpris, troublé.

— Je l'ai eu, dit-il. J'ai eu un beau visage. Je ne le savais pas alors. C'est maintenant que je m'en rends compte. J'étais jeune alors...

— C'est maintenant que tu me plais. Je ne t'aurais peut-être pas trouvé beau, quand tu étais jeune.

Il s'est recouché. Il a pris la main de Grace et la tient serrée contre son cœur.

Penchée au-dessus de son visage, elle voit une larme qui s'est formée au coin de l'œil clos. Elle glisse lentement le long de la tempe.

— Comme la vie passe vite ! dit-il.

9

Après le dîner, ils font un tour sur la promenade, le long de la plage. Ils croisent des couples qu'ils reconnaissent. L'on se salue presque. C'est ce monsieur si respectable avec cette jeune femme. Sa femme ? Sa fille plutôt. Mais ils ont l'air du *dernier bien*. Alors, sa maîtresse ?

Déjà, ils se sentent adoptés par la communauté, par les Estivants de Marque du cru. Bientôt, il faudra fuir, s'ils veulent être tranquilles et demeurer incognito. De toute façon ils partent demain, il va la conduire à Saint-Brieuc où elle prendra le train pour Paris, lui rentrera à Lesguivy.

Ni vu, ni connu, le temps d'un sein nu...

Guillaume n'a pas beaucoup pensé à cette séparation si proche. Il a vécu ces six jours comme s'ils devaient toujours durer. Mais demain, à cette heure-ci, elle sera partie. C'est mieux ainsi. Cela aura été, dans sa vie, une belle flambée vers la fin du jour. Il a été amoureux comme à vingt ans ; maladroit comme à vingt ans ; heureux comme à cinquante, quand on connaît le prix des choses. Il a trouvé le bonheur à donner plus qu'à recevoir. Il demandait, en échange, peu de chose — et c'était tout : sa présence, sa gentillesse, son corps. Il ne peut l'épouser — et, de toute façon, elle ne le voudrait pas. A-t-elle compris ? A-t-elle apprécié la valeur de ce qu'il lui a donné (et dont il est, lui, très conscient) ? Lui aussi, autrefois, a reçu plus qu'il n'a donné. C'est son tour. Elle a été une partenaire rêvée, patiente, indulgente, devant laquelle il a joué pendant cinq jours une *commedia dell'arte,* se laissant aller à sa verve, improvisant, prodiguant ses forces, son talent. Elle a été *bon public*. Que pouvait-il demander de plus ?

Ils avancent sur la promenade ; elle a glissé la main sous son avant-bras et il a replié celui-ci. On ne peut pas dire qu'ils avancent bras dessus, bras dessous — et pourtant, il y a de cela. Et ce geste, qui aurait pu l'agacer, il l'a trouvé amusant. La main pèse un peu sur son bras. Il y a là une attitude qui ne correspond en rien, dans son ostentation bourgeoise, à ce qu'ils sont l'un pour l'autre. C'est l'équivoque qu'il aime. Puisque tous les rapports entre les gens sont faux, autant souligner cette fausseté par quelque geste.

— Qu'est-ce que tu crois que les gens peuvent dire, en nous voyant ?

— La plupart des gens ne sont pas comme toi, toujours à se poser des questions sur les autres. Ils nous regardent, c'est tout. Ils ne se disent rien.

Arrivés au bout de la promenade, ils font demi-tour et repartent, en sens inverse, du même pas.

Ils croisent les mêmes couples, en sens inverse.

— Tu auras manqué la kermesse de Lesguivy, dit-il. Elle a lieu demain. J'ai bien cru que le nouveau recteur allait la supprimer cette année. Mais non : il l'a maintenue. J'aurais été obligé de m'y montrer. Grâce à toi, je coupe à cette corvée... Prenons la voiture et allons boire un verre. Il y a un manoir, pas très loin d'ici, où nous pourrons avoir des drinks. Dîner, peut-être.

Grace est rentrée à l'hôtel se changer.

Il s'assied sur un banc. Pour la première fois, depuis cinq jours, il est seul. Il tourne la tête à droite, à gauche. Tiens une jolie fille ! Elle est seule. Elle avance en faisant tournoyer sa jupe, les jambes haussées sur d'invisibles talons. Quelle grâce ! Une solitude provisoire est bien douce. Elle autorise toutes les rêveries —

ces rêveries si pénibles, quand on sait que rien ne viendra la rompre, la solitude. Mais, dans quelques instants, il en sera débarrassé, il pourra reprendre son monologue. Peut-être Grace en est-elle un peu lasse ? Peut-être n'est-elle pas fâchée de s'isoler, sans doute change-t-elle de robe, comme elle le fait chaque soir, et elle prolonge cette absence, elle se recueille, reprend des forces pour la soirée pour pouvoir mieux l'écouter, le supporter ?

Mais changer de robe prend-il tout ce temps ? Ou bien s'ennuie-t-elle avec lui ? A-t-elle rencontré quelqu'un, sur le chemin de l'hôtel, dans le hall de l'hôtel, dans le couloir de leur chambre ? Il suffit d'un regard, de deux mots : « Après-demain — Paris. Café de Flore... » La voilà la trahison ! Ce n'est pas possible qu'elle n'en ait pas un peu assez, de ses plaisanteries, de ses discours, de ses exigences... Elle devrait être là. Va-t-il la chercher ? Voici, de nouveau, passant devant lui, la danseuse de tout à l'heure sur ses talons invisibles. La suivre. Deux mots suffiraient. « Après-demain... »

— Jolie fille, dit la voix de Grace, derrière lui. Tu ne peux t'empêcher de regarder une jolie fille.

— Tu en as mis du temps !

— J'ai changé trois fois de robe. Je ne me décidai pas... Je voulais être belle, pour notre dernière soirée.

— Tu es belle !

10

« A quatre heures, sur le port, devant Ker Izel », lui a dit Martine. Il est cinq heures ; elle n'y est pas.

Ronan entre dans le jardin de la villa où se tient la kermesse au profit des œuvres de la paroisse. C'est elle qui voulait y aller. Lui s'en serait bien passé. Sa tante Évelyne qui part demain tient un comptoir, il lui aurait suffi d'aller la saluer, et puis bonsoir ! Martine voulait se faire dire la bonne aventure par la cartomancienne. La cartomancienne, c'est Nico, déguisé en vieille gitane, qui, dissimulée à moitié derrière un rideau, lit les lignes de la main et bat les cartes. C'est son numéro. Il le fait tous les ans avec le même succès. Il y a queue devant son stand. On l'invite dans d'autres fêtes des environs, sa réputation s'étend.

« L'un des divertissements les plus courus a été sans conteste le stand de *La Bonne Aventure* où Mme Putiphar, la célèbre cartomancienne, dispensait ses lumières aux jeunes et vieux. »

Ronan entre dans le jardin, transformé en parc d'attraction. La foule s'y presse. Il a plu et il va pleuvoir encore. Il pleut toujours pour la kermesse. Enveloppée dans sa cape jaune, Mlle Trébabu, propriétaire de ces lieux, se tient à l'entrée comme pour accueillir ses invités. (« Cet après-midi, a dit le recteur en chaire, dans le parc de Ker Izel et les salons de Mlle Trébabu, kermesse, au profit de... » « Les salons de Mlle Trébabu » provoque toujours, chez les Estivants de Marque, les mêmes commentaires ironiques.)

— Ronan, dit-elle, s'avançant vers le garçon, qui n'a pu l'éviter. Je n'ai pas vu votre père... Comme votre pauvre grand-mère nous manque, elle qui toujours *prêtait son concours* à notre fête !

Mal équilibrée sur ses jambes, Mlle Trébabu, dans son mouvement d'amitié envers Ronan, manque de tomber et il doit la retenir, la prendre à bras-le-corps, la remettre d'aplomb.

Elle lui souffle au visage son haleine qui pue l'alcool. C'est la Chartreuse, tout Lesguivy le sait.

Ronan s'enfonce dans la foule, cherchant Martine. Il aperçoit Jules Bataillard qui erre, lui aussi, désemparé, la cravate de travers.

— Ah ! Ronan, dit l'ambassadeur. Quelle foule ! Avez-vous vu la cartomancienne, Mme Putiphar ? Cela vaut le dérangement ! Les demoiselles Vidal donnent un concert, dans les écuries. Mlle Andrée joue de la scie, vous connaissez la scie musicale ? C'est étonnant, étonnant !

L'on se presse aux alentours de l'écurie. Mlle Andrée et Mlle Antoinette sont juchées sur une scène improvisée. Mlle Antoinette prélude au piano. Mlle Andrée, jambes écartées, le regard courroucé, a coincé contre son genou gauche l'extrémité d'une scie en acier — ou ce qui affecte la forme d'une scie privée de ses dents. De la main gauche, elle tient en l'air le manche de bois où s'encastre l'autre extrémité de la scie qu'elle courbe, redresse, courbe davantage tandis qu'elle en racle le fil à l'aide d'un archet de violon. Elle tire de cet instrument des miaulements de chats, des pleurs d'enfants, des gémissements, des soupirs, évocateurs d'étranges affrontements. Au bout d'un moment de ce duo geignard et pathétique où l'on reconnaît, gémissante, susurrée, la mélodie du *Chaland qui passe...*, audacieuse pour une kermesse paroissiale, Ronan s'enfuit.

Il fait le tour du parc. De la terrasse, devant la mer,

on voit deux voiliers qui croisent dans la baie. Les veinards !

Les appels désespérés de la scie, qui s'entendaient de tous les points du parc, se sont tus. Ronan retourne aux écuries.

Debout sur la pointe des pieds, il voit par-dessus la foule le commandant Rouzic, assis sur l'estrade, en train de lire son journal.

Un petit garçon, c'est Richard, le petit-fils du commandant, se tient devant lui, un arrosoir vert pomme à la main.

— Grand-père, dit le petit garçon, il y a un trou dans l'arrosoir.

— Eh bien ! dit le commandant Rouzic, sans cesser de lire son journal, bouche-le.

— Avec quoi ?

— Avec du ciment.

— J'ai pas d'eau.

— Va en chercher.

— Avec quoi ?

— Mais avec l'arrosoir.

— Mais il y a un trou dans l'arrosoir.

— Eh bien, bouche-le ! (La voix monte, excédée.)

— Avec quoi ? (L'enfant pleurniche.)

— Avec du ciment !...

Rires dans l'auditoire. Cet enfant, ce qu'il est drôle. Ce n'est rien, mais c'est enlevé, faut voir !

Le commandant s'est levé, il a pris par la main son petit-fils. Tous deux saluent deux fois, trois fois. Applaudissements.

Et revoici la scie musicale.

Derrière l'écurie, on se bouscule autour des anneaux. Tiens ! il y a des bouteilles de vin à gagner ! On lance un anneau de rideau qui doit s'enfiler sur le goulot d'une bouteille et l'on gagne la bouteille.

Sauternes, bordeaux, muscadet, arbois, anjou.

Quelle idée d'avoir mis Mme de Vergerennes à surveiller ce jeu d'adresse !

Elle a affaire à une dizaine de gars qui la bousculent, veulent tenter leur chance, ma parole, ils ont déjà bu leurs gains.

— Eh ! la petite mère !

C'est ainsi que l'on interpelle Mme de Vergerennes qui ne sait plus où *donner de la tête.* La pression, autour d'elle, s'accentue, et voici qu'un loustic, qui se tient derrière la rangée des bouteilles, se baisse, en saisit une, puis deux, par le goulot.

— Monsieur ! glapit Mme de Vergerennes. Monsieur, c'est du v... Remettez la b...

D'autres loustics suivent l'exemple du voleur. Eux aussi saisissent des bouteilles par le goulot. Deux minutes après, la place est nette.

— Qui sont ces voyous ? dit-on. Ce ne sont pas des garçons du pays. Personne ne les connaît. Il faut prévenir les gendarmes.

— Est-ce que ce ne sont pas des gars de Xavier Lenfant ? lance quelqu'un.

Justement, voici Xavier Lenfant. Il domine la foule de sa taille, avance de son grand pas chaloupé. Martine Parlieu marche à ses côtés et lui tient le bras.

On s'écarte sur leur passage. On se détourne. On chuchote. Il fait un peu peur.

— On te cherche partout, dit Martine à Ronan. Où étais-tu ?

Un commissaire, un responsable, porteur d'un brassard, s'approche de Xavier.

— Ce sont vos hommes, dit le commissaire, le responsable. Des garçons de votre groupe qui étaient ici il y a un instant et ont volé les bouteilles.

— Quoi ? dit Xavier Lenfant, de toute sa hauteur.

Il ne s'abaisse même pas à discuter avec le commissaire, le responsable. Il le bouscule, le repousse de la main, veut continuer son chemin.

Il y a un attroupement autour d'eux. Les gens sont hostiles. Qu'est-ce qu'il croit, ce fasciste ? Voilà le grand mot lâché. Fasciste ! Il se croit tout permis ! Quel culot de se montrer ici, alors qu'il y a un mandat d'arrêt lancé contre lui. Un mandat d'arrêt ? Oui, depuis plus d'un mois. Motif : reconstitution de ligue dissoute. Mais non ! Il ne serait pas là.

Xavier repousse le responsable, le commissaire, qui perd ses lunettes, et se fraie un passage à travers la foule.

Il s'arrête sur le port, se retourne vers les jeunes gens qui l'ont suivi. Il éclate d'un rire méprisant.

— Qu'est-ce que c'est que ce zozo ! C'est une chienlit, cette kermesse. Je n'ai jamais pu blairer les « bonnes œuvres ». Allons boire une jec chez Tomasine pour nous remettre.

Près du débit de Tomasine, un groupe de jeunes gens qui se passent des bouteilles à tire-larigot, et boivent à même le goulot. Julienne est parmi eux ; ils la font boire et se moquent d'elle.

L'un d'entre eux ramasse un galet et le lance de toutes ses forces contre le mur du port, qui surplombe la grève.

D'autres l'imitent et c'est maintenant un tir sauvage qui se déclenche. Contre quoi ? La cible doit se déplacer le long du mur, si l'on en juge par les gesticulations et les exclamations des voyous. C'est une cible vivante qui fait des bonds, un chat noir que les projectiles manquent de peu. Mais l'une des pierres atteint la bête au cou et elle tombe le long du mur, ne parvient pas à se relever et Ronan a reconnu Fridu.

— Arrêtez ! s'écrie-t-il. Brutes, arrêtez !

Il se jette sur l'un des garçons, lui arrache la pierre des mains.

Xavier l'a suivi et lui aussi agrippe l'une des brutes par le bras.

Sous cette attaque, les voyous, distraits de leur jeu cruel, se regroupent pour faire front. Ils sont cinq. L'un d'entre eux, déjà, a valsé sous le poing de Xavier. Une mêlée s'engage, confuse et brève, les brutes, pleines de vin, sont incapables de résister à l'assaut furieux de Xavier et de Ronan ; ils lâchent pied, s'éloignent en proférant des insultes. Que disent-ils ? « On ira te corriger... » : Ronan est sûr d'avoir entendu ces mots.

Il court vers Fridu qui gît le long du mur et remue à peine. Une tache de sang poisse son poil noir, à la jointure d'une des pattes de devant, qui doit être cassée.

— Fridu, mon Fridu, dit Ronan.

Il prend la chatte dans ses bras, lui parle doucement, la berce comme un enfant.

— Qu'est-ce que tu faisais dans le port ? dit-il. Pourquoi as-tu quitté la maison ? Dis-moi. Pourquoi... ? Pourquoi... ?

Il a du mal à prononcer ces paroles, les sanglots l'étouffent. Dans le regard qu'il jette à ses amis, il y a un appel, le désespoir de ne pas comprendre.

— C'est mon chat, dit-il.

— Allons chez Tomasine, dit Xavier. On lavera la plaie.

Ah ! l'on s'en souviendra de cette kermesse !

11

En sortant de chez Tomasine, la bande de voyous a disparu. Il n'y a plus que Julienne, assise dans la vase et les détritus, appuyée contre une vieille barque noire.

— Je vais ramener mon chat au Vieux Moulin, dit Ronan.

— Veux-tu que je te reconduise en voiture ? dit Xavier.

L'invitation est faite sans conviction. Martine, déjà installée dans la Chrysler, regarde devant elle, montrant son impatience de partir.

— C'est inutile, dit Ronan. Ce n'est pas loin...

Il tourne le dos à ses amis. Il préfère être seul. La tête baissée, il parle à Fridu, qu'il porte dévotement.

Le nez dans la fourrure de la bête, il avance sur le chemin des douaniers. Des images se pressent dans sa tête : Martine dans les bras de Xavier, comme il les a surpris à Hauteville House ; Martine et Xavier allongés dans un creux de dune, à l'endroit même où il se trouvait avec elle.

Il a été l'artisan de son malheur.

Comment Hélène, qui savait tout, comprenait tout, pouvait-elle accepter la liaison de sa fille ? Quoi ! Xavier avait au moins le double de son âge !

L'idée d'aller trouver Hélène, de lui parler, de savoir par elle ce qu'il avait encore du mal à admettre, d'obtenir son alliance, effleure Ronan. Il y renonce.

Le Vieux Moulin est vide.

Ronan dépose la chatte au creux du panier douillet où elle a l'habitude de dormir. Fridu bouge faiblement, mais elle bouge : il n'y a rien d'autre à faire, depuis que la plaie a été lavée et qu'un pansement de fortune lui entoure le torse. Ronan verse du lait dans une soucoupe, place celle-ci près de la tête de la chatte.

Sous sa main, Ronan sent battre le cœur de la bête.

Il s'assied sur une chaise et reste devant Fridu, épiant un mouvement plus vif. Dès que son père sera revenu, il la conduira chez le vétérinaire de Saint-Yvinec.

Il pense à Martine, qui le méprise. Il n'est qu'un petit étudiant de première année de droit. Et il est en retard dans ses études, c'est vrai. Et il ne fera rien de son diplôme. L'apparence est contre lui. Mais un jour...! Un jour il leur montrera, à tous, ce qu'il est capable de faire.

La politique, c'est la vulgarité. Elle est dans les propos, les slogans, les programmes, les promesses... Il commence seulement à en être conscient. Il comprend ce qu'a d'extérieur, de facile, un rôle de chef politique. De quels à-peu-près il faut se contenter pour le jouer. Quel mépris des autres il suppose.

Pourtant, il aime Xavier. Il aime l'homme à la barre de son bateau, avisé, prudent, fort comme la mer.

Mais ce qu'il cherche pour lui-même est sans commune mesure avec ce qu'a réalisé Xavier Lenfant. C'est quelque chose de plus subtil qu'il veut entreprendre, il mettra du temps à l'obtenir, il y faudra courage et patience... Il n'est pas sûr de jamais y parvenir et, s'il y parvient, cette chose réalisée par laquelle, enfin, il existera, sera toujours remise en question... Et il ne sait pas même ce que sera cette chose, toujours à réinventer. Ce sera peut-être par des lignes sur une toile, des couleurs, des masses, qu'il exprimera cet élan qu'il sent en lui ; ce sera peut-être par des mots. Pas les mots dont use Xavier, d'autres mots, versés dans une matrice qu'il faudra ensuite détruire. Il est habité par des formes vagues et puissantes : l'arche d'un pont jeté vers la rive opposée ; une tour échafaudée ; un labyrinthe ; l'ordonnance sévère d'un jardin où les massifs, les urnes, les colonnes se répondent... Martine aurait pu l'aider à accoucher de ces formes. Elle n'a pas compris ce qu'il a essayé quelquefois d'expliquer. Elle n'a pas cru en lui. Elle n'a eu ni la patience ni la foi, et elle est allée au plus facile. Elle est pressée, toutes les femmes sont pressées. Elles veulent se marier tôt, s'établir, prendre des assurances. Contre la vie. Contre le malheur. Peut-être cela tient-il à ce qu'elles ont une conscience plus aiguë du malheur ?

Fridu a soulevé la tête et regarde son maître de ses yeux jaunes. Ronan se penche, caresse le crâne de la chatte, passe un doigt le long du cou, sous le menton. Avec peine, la chatte se dresse sur une patte, retombe, le museau à hauteur de la soucoupe de lait et sortant sa langue rose, elle le lape.

Elle est sauvée !

Ronan recouche la bête, la couvre d'un châle qui pendait au portemanteau de l'entrée. Il sort dans le jardin. Il est seul. Depuis son enfance, il est seul. Au collège où, à douze ans, l'ont mis ses parents séparés, il était seul. Il a pris l'habitude de dissimuler, de composer. De rêver. Mais la solitude où il se trouve en cette fin de journée de vacances est plus lourde.

Il avance dans les allées du jardin, casse une branche au passage ; un air de danse médiocre, sentimental, chante dans sa tête ; il y puise un plaisir sournois, c'est comme un onanisme de sa tristesse. S'il pouvait dire ce dont son cœur déborde !

Il songe à retourner au bourg, à se plonger dans la foule de la kermesse. Il y trouvera quelqu'un à qui parler. Jules Bataillard, peut-être ? Il lui semble que l'ambassadeur pourrait le comprendre, sans qu'il ait à s'expliquer beaucoup. Son père ne lui a-t-il pas rapporté l'éloge qu'un jour l'ambassadeur a fait de lui ? Il l'avait donc remarqué ? Mais comment faire, sans être ridicule ? Comment se confier, appeler à l'aide ?

Ronan est parvenu devant le kiosque de son père. Il n'y entre jamais et peut-être n'est-il pas passé deux fois devant, depuis le début des vacances. Il monte les deux marches, tourne le bouton de la porte. Elle est ouverte. Il entre dans la pièce pleine d'ombre. Il voit les armes qui luisent, les livres, les gravures de bateaux, la grande table qui sert de bureau, avec les dossiers, d'autres livres.

Il s'assied dans le fauteuil de son père, met les bras, à plat, sur la table, et enfonce la tête dans les bras en sanglotant. Son père, où est-il ?

12

Guillaume sait que les choses ne durent pas, que l'amour s'en va. Il sait qu'il n'y a que des instants de bonheur ; que six jours de bonheur, comme ceux qu'il vient de vivre, c'est beaucoup, c'est unc victoire sur la mort. Il sait cela, que Grace ne sait pas encore. C'est ce qui l'aide à supporter l'idée de la perdre.

C'est le milieu de la nuit. Il s'est endormi près d'elle, comme il l'a fait chaque soir, dans le lit rustico-normand où ils sont serrés l'un contre l'autre, et il a gagné l'autre lit jumeau où il dort jusqu'au matin. Elle a bougé quand il s'est séparé d'elle, c'est, chaque nuit, un arrachement, mais il connaîtra plus tard la joie de la retrouver.

Il revit les moments de bonheur de ces six jours ; il se

revoit, allongé près d'elle au sommet de la plus haute tour et il revoit la place de Tréguier dans le soleil et la plage dans l'ombre, le soir où ils se sont baignés et le premier bain sur l'autre plage déserte, dans le soleil. Ils ont eu du soleil pendant toutes ces journées. Les dieux étaient avec eux. Il va souvent revivre ces images, peut-être les dernières images de vrai bonheur de sa vie. Il ne pourra plus aimer ainsi, il n'en aura plus le courage. Il faut de la patience, savoir s'oublier, savoir *perdre son temps*. L'amour, c'est aussi une perte de temps. Sans arrêt penser à l'autre, au plaisir de l'autre, combiner, prévoir, convaincre, se soucier des détails matériels, aplanir les difficultés. C'est pourquoi le meilleur, ce sont les premiers moments, quand rien n'est prévu, que c'est le hasard qui commande. Il a l'expérience de ces choses.

Dans quelques heures, il va conduire Grace à Saint-Brieuc où elle prendra le train pour Paris. Il rentrera ensuite à Lesguivy par les routes de la côte. Et peut-être s'arrêtera-t-il sur la plage du premier jour, pour s'y baigner.

Il contemple Grace endormie. Son type oriental le frappe, une fois de plus, sa noirceur, la noirceur de sa chevelure répandue autour d'elle, de ses cils clos, de ses sourcils fournis. Puissance des ténèbres. Elle dort nue.

— Viens, dit-elle d'une voix faible. Viens près de moi.

Il s'allonge contre elle.

— Tu ne m'oublieras pas ? dit-il. Tu penseras à moi ? Tu te rappelleras ?

— Mais bien sûr.

— Je te remercie de m'avoir donné ces quelques jours...

— Ne sois pas triste. Je n'aime pas te voir triste.

— Avec toi, je suis gai. Tu m'as rendu la gaieté. Et je vais la perdre de nouveau...

— Il ne faut pas.

Guillaume éprouve pour la dormeuse une gratitude qui gonfle son cœur.

Ce qu'elle lui a donné est sans prix, et c'est parce qu'elle en ignore le prix qu'elle le lui a donné si généreusement. Elle n'a pas été avaricieuse de son corps ; elle s'est laissé aimer.

Quand la reverra-t-il ?

13

— Ne bougez pas, dit Xavier Lenfant.

Il s'est dressé sur le lit, a posé la main sur sa bouche.

— Chut, dit-il. Il y a des gens en bas.

Martine s'est dressée à son tour. Elle entend des bruits qui viennent de la salle commune, située sous la chambre.

— Habillez-vous, dit-il.

Il est debout et s'éloigne du lit.

Elle se lève, cherche ses vêtements cn tâtonnant dans le noir. Ellc devine la forme de son amant qui se déplace dans la chambre. Le parquet craque.

— Qui est-ce ? dit-elle faiblement.

Xavier ne répond pas. Elle entend le bruit sec de la culasse du fusil de chasse, pendu au mur, au-dessus de la commode, et qu'il est allé décrocher. Elle l'entend qui ouvre le tiroir de la commode, palpe de la main ce qui s'y trouve, ouvre une boîte. Puis elle entend le bruit de la culasse refermée : le fusil est armé.

Il fait si noir qu'elle ne voit plus Xavier, qui a gagné

l'autre extrémité de la chambre : seuls les bruits la renseignent sur ses mouvements. Elle fait deux pas vers l'endroit de la pièce où elle croit qu'il se tient.

— Ne bougez pas, dit Xavier.

Elle remarque qu'il la vouvoie comme il le fait toujours, sauf après l'amour. C'est comme s'il la rejetait hors d'une aventure où elle n'a que faire.

La chambre est presque vide de meubles. Un lit, deux chaises et une commode, au-dessus de laquelle était pendu le fusil de chasse. Et une glace piquée, au cadre dédoré, au-dessus de la cheminée. Hier soir, ils ont fait du feu, ils étaient étendus sur le plancher, devant le feu, il l'a mise nue : il n'y avait que la lumière des flammes pour éclairer cette grande pièce vide. Il lui a fait l'amour avec une hâte brutale, sans même se déshabiller complètement. Sur sa peau, elle avait le contact brûlant de la laine de son chandail.

Quelle étrange maison ! Un vrai repaire, disait Ronan. Xavier vit ici campé sans le moindre confort, comme s'il s'apprêtait à vider les lieux, à fuir devant un ennemi. Quel ennemi ? Il en a beaucoup. On dirait qu'il aime s'en créer.

Des bruits plus précis viennent de la grande pièce, en bas. Ils sont plusieurs. Ils ne cherchent même plus à dissimuler leur présence. Croient-ils la maison vide ? La Chrysler, dans la cour, a dû les avertir de la présence d'un habitant. Alors ? Qui sont-ils ? Des voleurs ? Des ennemis politiques ? Plutôt des ennemis. Mais que veulent-ils ?

Elle n'a pas vraiment peur. Elle sait qu'avec lui, elle n'aura jamais peur. Elle se confie à lui, comme sur son bateau.

Elle devine qu'il s'est approché de la fenêtre. Il a ouvert le volet intérieur qui était seulement poussé. Une lueur pâle entre dans la pièce.

— Il y en a aussi dehors, murmure-t-il.

Elle se colle à lui, touche l'arme de la main.

— Allez dans le cabinet de toilette, dit-il.

C'est une petite pièce attenante, où il y a un lavabo avec de l'eau froide (il doit faire chauffer de l'eau dans la cuisine, monter un pot d'eau chaude, pour se raser) et un bidet en fer, à l'émail ébréché.

— Non, dit-elle. Je reste avec toi.

On entend remuer des chaises en bas. Ils vont et viennent de la salle à la cuisine. Ils ouvrent des bouteilles. Ils ne se gênent plus à présent. Un éclat de rire. Une voix au-dehors : « ... Tu es là. On sait que tu es là. »

Xavier a saisi la torche électrique qui lui sert d'éclairage, avec les lampes à pétrole. Il s'assure, par un éclat bref contre la porte, que la pile fonctionne.

Des craquements. Ils montent l'escalier. Ils sont plusieurs. Que va-t-il faire ?

— Allez ! dit Xavier sans plus chercher à ne pas être entendu.

Il lui saisit le bras, la pousse dans l'encoignure, près de la fenêtre, et se met devant elle. Ils montent toujours. Ils doivent être sur le palier.

Elle sent Xavier qui s'affermit sur ses jambes, comme prêt à bondir.

Il a soulevé doucement le loquet de la porte, qui est maintenant ouverte.

D'un coup brusque il pousse la porte qui claque contre le mur, il projette le fuseau de la torche et, en même temps, le fusil contre la hanche, il a tiré.

Elle a vu un, deux visages, les bouches ouvertes, les yeux dilatés par la surprise.

La détonation lui a déchiré les tympans.

Un cri, suivi d'un bruit de chute, d'une dégringolade. Il y a en bas un remue-ménage, des exclamations. A travers la porte que Xavier a vivement ramenée vers lui, elle entend, venant d'en bas : « Salaud ! » Elle entend geindre. Des portes claquent. Il y a un bruit de fuite. Des voix dans la cour. C'est maintenant dans la cour que cela se passe. Xavier a franchi l'espace qui le sépare de la fenêtre. Il a ouvert celle-ci et a tiré un second coup de feu au-dehors.

— Non, Xavier ! crie-t-elle, s'élançant vers lui.

Au-dehors, c'est la panique.

Dans la lumière de l'aube, elle voit des ombres portant un fardeau, un corps.

Xavier a fait jouer la culasse de son fusil de chasse, éjectant les douilles, il se courbe pour recharger son arme.

— Non, crie-t-elle. Ils s'en vont.

On entend un moteur mis en marche. Une voiture qui débraye, accélère, s'éloigne, et elle voit des phares qui s'allument, éclairent les grands arbres de l'allée, disparaissent...

Xavier est retourné vers la porte de la chambre. Il la repousse violemment, braque le faisceau de sa torche électrique sur l'escalier.

— Attention ! crie-t-il. Je tire. Foutez le camp ou je tire.

De la fenêtre, elle voit une seconde voiture qui s'en va.

Le silence. La nuit et le silence.

— Je vais voir en bas, dit Xavier.

— Non !

Le mot lui a échappé. Il lui semble que, dans cette chambre où l'on ne peut accéder que par l'escalier, ils sont à l'abri. Il y en a peut-être d'autres en bas, qui attendent, de ses ennemis.

— Ne bougez pas, dit-il. Il faut que j'aille voir.

De nouveau, il pousse la porte qui frappe le mur avec

force. Silence. Craquement du bois. Éclat bref de la torche électrique. Silence.

Et elle l'entend descendre d'un pas qui fait vibrer tout l'escalier. Il dégringole les dernières marches. Silence.

— Il n'y a personne, crie-t-il. Venez.

Quand elle entre dans la pièce, il est en train d'allumer la lampe à pétrole. Il met le verre, règle la mèche. Il élève la lampe au-dessus de sa tête et projette la lumière sur tous les murs de la pièce.

Il abaisse la lampe vers le plancher. Il marche vers la porte d'entrée, la tête penchée, ayant l'air de suivre une piste, et c'est alors qu'elle voit les traces de sang.

Sur le seuil, il élève haut la lampe, éclairant la cour.

Il passe dans la cuisine. Elle le suit.

— Ils sont entrés par la cuisine, dit-il. La porte était ouverte.

— Pourquoi as-tu tiré par la fenêtre ? dit-elle.

— Pour leur faire peur. J'ai tiré en l'air.

Il va fermer un volet qui était ouvert.

— Je me demande qui sont ces salopards, dit-il. On le saura bientôt... Ou on ne le saura pas : ils ne vont pas se vanter de leur expédition.

Rentré dans la chambre il pose l'arme sur la commode, puis la lampe. Il sourit. Il paraît très maître de lui.

Il s'approche d'elle, encore remplie de frayeur. Elle connaît cette lueur, dans son regard.

CINQUIÈME PARTIE

1

Deux jours après l'enterrement de Mme Le Cormier, Marie du Bilou fit son bagage et prit le car pour Lannion. Un peu de l'âme du Vieux Moulin partit avec elle. Elle n'était plus là, le matin, pour servir à Guillaume son petit déjeuner et lui raconter les potins du bourg. Une fille du village la remplaçait, qu'Évelyne, avant de partir à son tour avec sa fille — elle passait la seconde partie des vacances dans une villa que son mari avait fait construire dans le Midi — avait engagée.

Guillaume et son fils étaient seuls à présent dans la grande maison.

Le lendemain de son retour, Guillaume faisait sa promenade matinale dans le jardin, quand il vit déboucher, au tournant de la grande allée, une fille de salle de l'hôtel d'Armor qu'il avait remarquée quand il était allé y prendre des repas (c'était elle qui avait servi le déjeuner, le jour de l'enterrement). Grande et brune, le regard plein de hardiesse, c'était une « copine » (comme disait Marie du Bilou en y mettant une nuance de mépris) de Joëlle, la nouvelle bonne, à qui elle venait rendre visite.

— Est-ce que Joëlle est là ? demanda la visiteuse, confirmant la supposition de Guillaume.

Mais avant que Guillaume Le Cormier ait pu répondre affirmativement à la fille de salle, lui donnant par là même l'autorisation de voir son amie, elle déclara :

— Monsieur sait ce qui est arrivé avec Xavier Lenfant ?

Et comme Guillaume répondit par la négative, la fille de salle se lança dans un discours dont Guillaume retira seulement la phrase suivante : « Il a tué un homme. »

Guillaume remonta avec la visiteuse jusqu'à la maison, pour savoir si son fils était là. M. Ronan avait déjeuné de bonne heure, dit Joëlle, et il était parti aussitôt après.

Guillaume redescendit sur la terrasse.

La mer, dans la baie, était houleuse, grise et verte avec des traînées couleur de sable et des moutons se chevauchaient, poussés par un fort vent d'ouest. On approchait de l'équinoxe. Il devait y avoir tempête au large. Les mouettes s'élevaient dans le ciel en criant et les corbeaux leur répondaient dans les hautes branches des arbres. Le baromètre avait quitté le « variable » où il se tenait d'habitude pendant toute la saison, qu'il fît beau ou mauvais temps, et il allait à une vitesse inquiétante vers « tempête ».

Guillaume regarda la mer un instant, puis se rendit à son kiosque. L'aventure survenue la nuit passée à Kerisit, le repaire de Xavier Lenfant, le touchait peu. A travers les explications de la fille de salle qui n'avait cessé, pendant tout son discours, de le fixer de ses grands yeux noirs, Guillaume avait compris que Xavier avait tiré sur des assaillants. Qui étaient-ils ? Et que voulaient-ils en s'attaquant au chef du Front patriotique ? Guillaume n'arrêta pas longtemps son esprit sur ces questions. Il avait faim de son travail. Plus d'une fois, au cours des deux derniers jours, il y avait songé, au point que la séparation d'avec Grace lui était apparue comme un retour à sa liberté. Pendant six jours, il avait vécu à la surface de lui-même, pris tout entier par ses sensations, ses émotions, devenu machine à jouir et à aimer : il allait rentrer dans sa vérité. Il retrouvait avec joie l'univers clos du kiosque, les panoplies d'armes, les livres. Il s'assit à son bureau, ouvrit ses dossiers, toucha les crayons et stylos entassés dans le gobelet d'argent, déboucha la bouteille d'encre, ouvrit un tiroir et en tira une rame de papier vierge qu'il fixa à l'aide d'une pince à ressort sur une planchette de carton durci, ramenée d'Amérique, dont il avait pris l'habitude : tous ces gestes lui procuraient une ivresse légère. Il ouvrit *Les Grandes Chroniques de Bretagne,* d'Alain Bouchart, au chapitre sur le règne de François II. Il retrouvait Gilles de Bretagne, son frère François, les intrigues de la cour ducale, les orgies du Guildo, il était transporté dans cette Bretagne du XVe siècle dans laquelle il avait vécu tout l'hiver, qui lui était devenue si familière qu'il la mêlait à la Bretagne d'aujourd'hui, au point de se croire un compagnon de débauche de Gilles guettant d'une fenêtre de son château l'arrivée d'un vaisseau anglais dans la rade du Guildo.

Un coup de vent qui fit trembler les vitres du kiosque et claquer un volet tira Guillaume hors de son travail.

Levant les yeux, il vit la baie où les moutons étaient de plus en plus nombreux. Il pensa à Ronan, espérant qu'il n'aurait pas pris la mer. Mais où était Ronan ? Comment avait-il réagi à l'incroyable aventure de son ami, telle que l'avait rapportée la fille de salle au regard hardi. Et que s'était-il passé exactement ?

Soudain, la pensée que Ronan s'était peut-être trouvé en compagnie de Xavier le traversa, et il se rappela comment un jour, sur la plage (Ronan était alors un enfant), il avait connu pareille angoisse en voyant de loin le corps d'un baigneur que l'on sortait de l'eau et allongeait sur le sable, et comment il avait couru vers le groupe de sauveteurs qui s'employaient à le ramener à la vie. Il revoyait le corps du noyé, les yeux entrouverts et fixes, la mousse aux lèvres, la chair blême et grise, qu'il avait pris, l'espace d'un instant, pour son petit garçon.

Un pressentiment de même nature saisit Guillaume Le Cormier. Il se reprocha la quiétude dans laquelle il avait passé la matinée. Il fallait savoir, se renseigner, retrouver Ronan. Guillaume sortit du kiosque, se dirigea en hâte vers la grille du jardin, s'élança en direction du port.

Il était midi. Passant devant l'hôtel d'Armor, Guillaume pensa au groupe des Estivants de Marque, ou ce qu'il en restait, qui devait s'y trouver.

Il entra dans le jardin de l'hôtel.

La mer était haute et la Roche Plate presque entièrement recouverte. Près du mur, Guillaume reconnut Mme de Vergerennes et ses chiens, et Jules Bataillard qui dessinait avec sa canne des ronds dans la poussière.

— Il n'y a plus que nous, dit Jules Bataillard. Le dernier carré... Notre amie s'inquiète pour ses bridges. Il ne sera pas facile de trouver un quatrième.

— Oh! mais Guillaume, j'en suis sûre, viendra à mon secours, déclara Mme de Vergerennes.

— Avez-vous des renseignements sur ce qui s'est passé cette nuit ? demanda Guillaume. Xavier Lenfant a encore fait des siennes ?

L'ambassadeur connaissait toute l'affaire. Il venait de rencontrer M. le maire qui l'avait informé de ses derniers développements. C'était un cas de légitime défense, on ne pouvait en douter. Xavier Lenfant, entendu le matin même par le juge d'instruction de Lannion, avait été laissé en liberté. Il devait seulement se tenir à la disposition de la justice. Qui étaient ses assaillants ? Des voyous qui s'étaient querellés avec lui à l'issue de la kermesse. On les avait vus à la kermesse où ils avaient fait du bruit, volé des bouteilles. Mme de Vergerennes pourrait en témoigner.

A l'évocation de ce mauvais souvenir, Léontine de Vergerennes pâlit et se laissa tomber sur une chaise de jardin qui, heureusement, se trouvait là, mais d'où ses chiens, tirant désespérément sur leurs laisses, la firent lever aussitôt.

Jules Bataillard pensait, lui, qu'il s'agissait d'adversaires politiques. Des adversaires politiques pouvaient avoir bu et s'être conduits en voyous : la chose n'était pas incompatible. Cependant la victime, qui était de Plouvarneiz, n'était inscrite à aucun parti. Ses camarades, qui l'avaient ramené chez lui, pas davantage. Le maire parlait de « provocation ». Mais de la part de qui ? Et dans quel but ? L'époque était à la violence. Qui pouvait dire si l'on ne verrait pas ici ce que l'on voyait en Espagne ? Évoquant les horreurs possibles d'une guerre civile, l'ambassadeur se lança dans un exposé historique sur la « tradition des luttes civiles » fortement établie dans ce pays, et qui, selon toute apparence, devait continuer — exposé que Guillaume écouta distraitement.

— Il n'était pas seul ! dit Jules Bataillard pour réveiller l'attention de son auditeur.

— Quoi ? De qui parlez-vous ? dit Guillaume.

— Xavier Lenfant n'était pas seul, chez lui, la nuit dernière. Il y avait une femme.

Guillaume avait tout de suite pensé à Ronan comme au compagnon possible de Xavier Lenfant. L'annonce d'une présence féminine le rassura et il n'éprouva nul besoin de connaître son identité. Ce manque d'intérêt ne faisait pas l'affaire de son informateur.

— Vous ne me demandez pas qui c'est ? dit-il. Vous n'avez pas été sans remarquer que Lenfant et la jeune Martine Parlieu... On les a vus ensemble à la kermesse.

Guillaume Le Cormier ne parut pas intéressé comme il aurait dû l'être. Tournant les yeux vers la mer, il vit un voilier qui se dirigeait vers le large. Fortement secoué par la houle, il avait le vent dans le nez et sa toilure, réduite par des tours de rouleaux, lui permettait à peine d'avancer. Protégé par la terre, il ne souffrait pas trop des assauts du vent, mais qu'adviendrait-il quand, ayant doublé la Roche Plate, il affronterait la haute mer ? L'incertitude de Guillaume ne dura qu'un instant.

— Mais c'est le *Coantik !* s'écria-t-il. Ronan est fou d'être sorti par un temps pareil.

En hâte, Guillaume Le Cormier prit congé de ses interlocuteurs et se dirigea vers le port : il avait besoin de commenter avec un marin la sortie de son fils.

Le port était vide. Chez Tomasine, il n'y avait que deux pêcheurs qui ignoraient que le *Coantik* eût pris la mer. Mais Ronan était bon marin, il savait qu'avec un vent d'ouest de cette force, il ne pourrait dépasser Gaouïat. Sûrement, celui-là allait rentrer.

Guillaume n'était pas rassuré.

Il erra un moment sur le port, s'avança jusqu'au bout du môle, d'où l'on avait sur la baie une vue plus vaste. La visibilité était mauvaise, la mer et le ciel confondus en une masse laiteuse et grise dans laquelle on ne distinguait aucune tache blanche. Guillaume se dit alors que Ronan allait s'abriter dans le petit port de pêche de Locquémeau. Il songea à prendre sa voiture pour aller jusqu'à Locquémeau et ramener son fils : ils attendraient un temps plus clément pour ramener le bateau à Lesguivy.

Mais ce voyage en voiture était inutile : il n'y avait pensé que pour tromper l'inaction forcée qui lui pesait. Ronan, en ce moment même, avait sans doute viré de bord et rentrait au port à vent arrière. Son équipée n'en était pas moins insensée. Guillaume était bien décidé à le lui faire comprendre et à désarmer le *Coantik*.

Soudain Guillaume pensa que Martine Parlieu, qui peut-être avait vu son fils dans la matinée, pourrait le renseigner sur cette sortie en mer, si peu en accord avec la prudence coutumière de Ronan.

Il retraversa le port et s'élança dans la vieille côte, où se trouvait la maison d'Hélène.

2

Hélène était dans son jardin.

Elle accueillit Guillaume comme s'ils s'étaient vus la veille. Mais il y avait deux ans qu'ils s'étaient rencontrés, par hasard, sur le sentier de la pointe. Hélène, depuis lors, n'avait pas changé, mais Guillaume Le Cormier retrouva le sentiment de gêne, presque d'effroi, qu'il avait éprouvé, deux ans plus tôt, en constatant les ravages que le temps avait accomplis sur la jeune fille d'autrefois. Les traits avaient épaissi ; les yeux se cachaient sous les paupières pesantes. Ce n'était pas encore le visage d'une vieille femme ; la chevelure était intacte et sans trace de cheveux blancs ; la taille était encore imposante, le port de tête plein de hardiesse et le regard avait gardé son éclat. Mais les chairs des joues et du cou s'étaient affaissées, les rides s'étaient creusées et il était plus tragique, aux yeux de Guillaume, que cette femme fût encore assez belle : il aurait préféré qu'elle eût vingt ans de plus, enfoncée, comme il le serait alors lui-même, dans une vieillesse irrémédiable. Alors, le souvenir de la jeune fille qu'il avait aimée aurait disparu, tandis qu'il la retrouvait encore, dégradée par le temps. Il s'était dit, deux ans plus tôt : cette déchéance est la tienne et sans doute se fait-elle, à ton sujet, des réflexions identiques. Mais non ! Il savait que l'homme vieillit moins vite que la femme et que la déception d'Hélène, en le retrouvant après tant d'années, ne pouvait pas être comparable à la sienne. Elle l'avait accablé de compliments sur sa bonne mine : il n'avait pu se résoudre à lui rendre la monnaie de sa pièce.

Aujourd'hui, Guillaume s'efforce de ne pas montrer sa déception. Il hait la vieillesse ; il ne se plaît qu'en compagnie de jeunes filles et de jeunes gens ; il sait qu'il cache mal ses sentiments et détourne les yeux pour poser à Hélène la question qui le préoccupe.

— Martine n'est pas là, dit Hélène.

Elle se tient debout dans l'allée de son jardin. Elle sourit. Elle ne peut cacher le plaisir que lui cause la visite de Guillaume. Quel espoir nourrit-elle ? Qu'ils se revoient, comme autrefois ? Qu'ils s'écrivent ? L'idée seule de renouer des liens avec Hélène Parlieu fait frémir Guillaume. Eh quoi ! n'a-t-elle pas compris que tout l'été il s'est gardé de lui rendre visite ? Il a le souvenir d'avoir évité des chemins où il craignait de faire sa rencontre. Que faut-il dire, quelle grossièreté faut-il commettre pour se faire comprendre ?

— Et vous savez très bien où elle est, dit Hélène. Et ce que je peux en penser.

— Mais...

— Martine a vu Ronan, ce matin, vers dix heures. Ronan est venu ici tout l'été, presque chaque jour. Il vous ressemble. C'est vous, tel que vous étiez à son âge... Eh bien, dit Hélène, ils ont eu une explication. Entre eux, c'est fini. Et c'est bien mieux ainsi. Vous le pensez comme moi, n'est-ce pas ? Je n'ai pas vu leur amitié sans l'inquiétude que vous imaginez. Si les choses avaient été plus loin, j'aurais agi. Vous n'en doutez pas, j'espère.

Guillaume comprend à peine ce que signifient ces paroles. Ronan et Martine se sont disputés, c'est-à-dire qu'ils se sont brouillés : il n'a retenu que cela de ce qu'on vient de lui dire : il y pressent l'explication de la folle sortie en mer de son fils. Dieu veuille qu'il n'y ait pas de désespoir dans son acte ! Qu'il n'ait pas voulu punir cette petite Martine qui ne le vaut pas.

— Vous n'en doutez pas ? répète Hélène et elle met, dans le regard qu'elle lui jette, une intention qu'il se refuse à comprendre.

Ah ! oui, il y a eu, autrefois, cette comédie, car ce fut une comédie ! Qu'a-t-elle voulu lui faire croire, lors de leur dernière entrevue, alors qu'elle avait décidé d'épouser son médecin ? Qu'elle était enceinte. Et de lui, Guillaume. C'était pourquoi elle se mariait, puisqu'il refusait ses responsabilités. Il n'a pas cru une seconde cette fable, pur chantage par lequel Hélène avait cherché à faire entrer un doute dans son esprit, à lui donner mauvaise conscience. Elle n'avait pas insisté beaucoup, à l'époque. Et voici qu'elle agitait le spectre de l'inceste ! Dans quel mauvais roman vivait-elle ? Pauvre femme, déjà flétrie...

Guillaume a appris ce qu'il voulait savoir. Il ne songe qu'à s'en aller pour téléphoner à Locquémeau et demander si un voilier est entré dans le port.

— Martine ? dit-il.

— Martine est repartie avec Xavier Lenfant. Il est passé la prendre, en revenant de chez le juge. Il est en liberté.

— Et la nuit dernière ? dit Guillaume. Est-ce qu'elle était...

— Elle est folle, dit Hélène. Moi je pars pour Paris, aujourd'hui même. Je ne reviendrai plus ici.

3

Il a quitté Hélène. Son départ a ressemblé à une fuite. Il veut téléphoner. Le bureau de poste est fermé, c'est un samedi : il va demander à l'hôtel d'Armor de se servir du téléphone.

A présent, il bruine. Il accueille cette pluie avec joie : le vent va peut-être faiblir ? Ronan aura moins de mal à entrer dans une crique pour s'abriter. A moins qu'il ne soit déjà sur la route du retour ?

A l'hôtel, il est accueilli par la fille de salle. Quelle fille ! Elle lui procure toujours le même émoi. Elle le sait. Elle le conduit à la cabine téléphonique. Il voit le grand corps serré dans une robe noire onduler devant ses yeux.

L'hôtel du Port, à Locquémeau, ne répond pas. Il demande à la standardiste d'insister. Elle insiste. Enfin, une voix lui parvient à travers des épaisseurs de brume et le déchaînement de la tempête. Un navire dans le port ? Qui vient d'entrer dans le port ? On n'a vu aucun bateau entrer dans le port. Il y a tempête, il n'y a pas un seul navire en mer... On va demander, on va aller voir si un voilier... Un voilier à la coque blanche ? Qu'il attende, on va se renseigner...

... Il n'y a pas de navire entré dans le port. Mais peut-être est-il resté à l'abri des Charpentiers ? Le port n'est pas d'un accès facile, par un temps comme celui-ci. Il le sait ? Il y a des rouleaux... Non, il n'y a pas de voilier...

Bon. Merci.

L'inquiétude gagne Guillaume, tandis qu'il attend que la standardiste rappelle pour dire le prix de la communication. La fille de salle le regarde.

Que faire ?

Attendre en se fiant aux talents de navigateur de Ronan.

Guillaume reprend le chemin du port, dans l'espoir de récolter quelque avis. Les idées, les suppositions, les craintes se mêlent dans sa tête. Parler avec des marins. Parler.

Il passe devant l'église et soudain se détourne de son chemin pour y entrer. Il reste près de la porte, debout, un pilier lui cache l'autel. Mais il voit une statue de la Vierge tenant dans ses bras l'Enfant-Dieu et, autour, les rois d'Israël les uns au-dessus des autres, sceptre en main, couronne en tête. Le pied nu de la Vierge écrase une bête immonde, énorme araignée au corps gonflé, terminé par une queue de reptile.

Guillaume reste là, dans l'ombre de l'église. Une bougie est allumée devant une statue qu'il ne peut distinguer. La pluie au-dehors frappe le vitrail dans le mur de l'ouest.

Une prière se forme dans la tête de Guillaume. Prière muette, supplication vague où naissent des mots comme : SAUVEZ-LE... MON DIEU, SAUVEZ-LE... ! et il ne peut que les répéter mentalement, SAUVEZ-LE..., c'est comme une litanie maniaque dont le sens ne lui apparaît pas vraiment, dans le vide de son esprit.

Une pensée qu'il ne formule pas bien — mais il est

sûr que c'est alors qu'elle s'est présentée à lui, dans la paix du sanctuaire — lui vient : c'est une promesse, l'esquisse d'une promesse, un don, il fera un don en espèces, une obole, pour remercier, pour reconnaître, pour saluer une grâce, celle du salut de son fils. Il ne sait pas quelle forme prendra ce don. Ni à qui il le fera. Ni où... Mais il veut donner *quelque chose* (de l'argent ?) en remerciement pour le salut de Ronan. L'idée l'émeut, il la trouve étrange et belle, elle lui procure un contentement de soi, une estime qui apaise un instant son inquiétude — et il doit résister à l'entraînement de son imagination qui lui propose déjà des œuvres à accomplir à la gloire de Dieu (et à la sienne ?).

Il chasse ces pensées d'orgueil, qui sont des pièges, il se veut humble, il demande seulement que son fils soit épargné.

Guillaume sort de l'église et foule les dalles funéraires — « ... péri en mer » ; « ... péri en mer » — qui forment une chaussée des morts jusqu'au portail du cimetière. Il s'éloigne à grands pas vers le port.

Il entre chez Tomasine. Il y a Tityve. Il y a le commandant Lelgouach. Il y a Heurtaux. Il y a Fiacre Helgoat. A son arrivée, tous se taisent.

— Mon fils est en mer, dit Guillaume Le Cormier. L'un d'entre vous l'a-t-il vu partir ?

— Moi, je l'ai vu, dit Fiacre.

— Il ne pourra pas dépasser Gaouïat, dit le commandant Lelgouach... Pas sur un dériveur comme le sien.

— Celui-là doit être en train de rentrer, dit Tityve. Il va être là avant une demi-heure, je parie.

— Je suis inquiet, dit Guillaume Le Cormier. Je ne comprends pas ce qui lui a pris ? Je ne comprends pas... Je vais voir sur le môle.

Il avale le café brûlant qu'il a commandé. Il n'a pas déjeuné.

Il sort sur le port. Les trois hommes l'accompagnent tandis qu'il se dirige vers le môle.

4

La grand-voile s'est déchirée.

Quatre tours de rouleaux ! Quatre tours de rouleaux !

La drisse a pété et la voile s'est fendue, elle reste fixée à la bôme et s'effiloche dans le vent.

Ce pan de toile blanche qui traîne dans l'eau à bâbord ! Impossible de l'enlever.

Le gouvernail tient. Ronan l'entend qui joue et fait entendre son bruit sourd, bois contre bois. Il a réussi à border l'écoute de grand-voile, à ramener la bôme qui foutait le camp.

Mais qu'est-ce qui lui a pris ?

Le foc tient. Il peut encore manœuvrer.

Un mètre, deux mètres de creux ? C'est une mer hachée, elle n'a pas eu le temps de se former, ce n'est pas la grande houle venue du large.

La pluie. Il la reçoit sur le visage. Elle est tiède. Il est trempé. Ses pieds, dans des chaussures de tennis, sont dans l'eau. Il est fou de n'avoir pas mis ses bottes ! Qu'est-ce qu'il embarque ! A chaque lame, de l'eau passe par-dessus le bordé, entre dans le cockpit.

Et par le trou de dérive, ça il le sait depuis longtemps.

Rafiot, vieux rafiot. Folie de naviguer sur...

Il gîte, pique du nez dans la vague, se relève et retombe.

Coantik ! Sacré *Coantik !*

En se baissant, Ronan a trouvé une moque, dans le coffre, sous la barre. Il a commencé à écoper. Mais il entre plus d'eau qu'il n'en peut jeter par-dessus bord et il a du mal à barrer d'une seule main, le bateau a des mouvements brusques qui le gênent. Il a jeté la moque, elle flotte dans l'eau, à ses pieds.

Drôlement branlé.

La mer est jaune. Aussi loin que sa vue porte, il voit des vagues qui déferlent.

Il ne distingue plus la côte.

Il se demande si l'on s'est aperçu de son départ à Lesguivy. Son père ? Il sera étonné de ne pas le voir au déjeuner. Mais non : ce n'est pas la première fois qu'il s'absente sans prévenir. Et son père, de toute façon, ne s'aperçoit de rien. Il doit être dans son kiosque, plié en deux sur ses bouquins, ses paperasses... On lui parle, il n'écoute pas.

Ou alors, ses « bonnes amies » (Mam disait ses « bonnes amies... »).

Martine.

Il a cru qu'elle lui reviendrait. Mais elle a annoncé qu'elle accompagnerait Xavier en Alsace. Il aimerait avoir Xavier avec lui, en ce moment. Mais...

... Celle-là, il l'a reçue en pleine gueule. Ce n'est pas la première ! L'eau lui dégouline le long du visage, pénètre par le haut du ciré, qui n'a jamais très bien fermé, lui coule dans le dos, l'aveugle. Brrran !

Ils ne vont pas croire que c'est par désespoir... ! Ce serait le comble ! Il rit tout haut dans le vent, à cette pensée. Le son de sa voix, qu'il entend à peine dans la tempête, lui procure un sentiment de délivrance, comme de réconfort. Il se met alors à crier, il exorcise sa peur en criant ; il se rassure et s'affermit sur lui-même. Il hurle :

« MALASDOUÉ... ! MALAS... »

Cela lui fait du bien. C'est comme au collège quand il hurlait à tue-tête les cantiques, à la messe de six heures. Quel soulagement ! Quelle joie !

Aucun désespoir, ah ! non. Il n'en est pas question.

« PAS QUESTION ! »

Il ne sait pas ce qui l'a pris. La discussion avec Martine l'avait vidé. Il avait honte.

« HONTE A TOI QUI LA PREMIÈRE... »

Il a eu besoin de se détendre.

Il est servi.

« SERVI... TU ES SERVI... »

Ça suffit, cette plaisanterie. Ça suffit comme ça. « ÇA SUFFIT... ASSEZ COMME ÇA... ! » Il faudrait virer de bord. Il n'ose pas. La vérité, c'est qu'il n'ose pas. Une lame par le travers, et il est à la baille. Le bateau peine. La dérive... De la merde, cette dérive. Ah ! s'il avait sous lui la quille de l'*Églantine* avec ses gueuses de fonte. Il n'ose pas. Condamné à avancer, à gagner la haute mer.

Le vent le glace, colle sur lui ses vêtements mouillés. Ses mains sont glacées, gercées, il sent la peau, au bout des doigts, qui s'est rétrécie, plissée, ses ongles le brûlent. Ses lèvres le brûlent, elles aussi. C'est le sel qui les brûle. Salé des pieds à la tête. Statue de sel. Non, il ne peut pas virer vent devant sur une mer aussi grosse, avec un vent de cette force.

Six ? Sept ?

Alors, le mieux... Brrran ! Il a eu peur... Ah ! si son père...

« PAPA ! »

Son père saurait que faire. Car voilà : il ne sait quoi faire. Il ne sait qu'avancer, bout au vent, il est comme un bouchon à la surface des vagues.

Ballotté.

Il essuie ses yeux brûlants. Il aperçoit la pointe de Locquémeau. Elle disparaît. Reparaît. Disparaît. Reparaît. Disparaît...

Il va virer vent arrière. Laisser porter. C'est mieux. La mer le poussera jusqu'à la passe du port. En un quart d'heure, il y sera.

La vague charge le *Coantik* sur son dos. Il reste là-haut un temps fou. La barre à gauche. Il vire lentement au sommet de la vague, il n'en finit pas de virer... Et c'est la chute vertigineuse, freinée, dans l'abîme qui se creuse... Tiens bon. « TIENS BON...! » Heureusement, ce foc! C'est le foc qui l'a redressé, qui a pris le vent. Bon foc. Et ce lambeau de voile qui claque et se met en vrille, et qui vient le frapper comme un suaire mouillé, et... Brran!

... Alors, là, il ne s'agit pas...

La vague le charge, le soulève, cul par-dessus tête, elle déferle au niveau de la poupe, elle lui rentre dedans, elle s'écrase, un coup de barre, il file sur son erre, temps mort, temps béni, bonasse, quelle douceur, et puis en voilà une autre, immense, qui le domine et va l'engloutir, il la voit, jaune et blanche et une fois encore il est soulevé, un coup de barre, c'est chaque fois un miracle, le voilà en l'air et puis le voilà qui file, un coup de barre, qui file, et ça recommence. Il a pu saisir le morceau de la grand-voile qui s'est mis en vrille, il a cru pouvoir la tenir un moment et puis, la garce, elle a foutu le camp.

« LA GARCE... UNE GARCE...! »

Il avance ainsi, roulant d'un bord sur l'autre, redressant son navire; il ne regarde plus en arrière, les vagues qui lui bouchent l'horizon et déferlent l'épouvantaient et il concentre son attention sur la barre qu'il manœuvre sans cesse pour compenser les effets de la vague; l'eau, dans le cockpit, clapote, elle lui monte jusqu'à mi-jambes, il sait qu'il file un train d'enfer bien qu'il ait l'impression d'une marche ralentie, freinée, il sait qu'il y a un caillou à l'entrée du port de Locquémeau, il ne s'agit pas de rentrer dedans, mais il ne le voit pas et d'après ses calculs...

Il voit la passe d'entrée du port, loin à bâbord. Il est allé au large, plus loin qu'il ne pensait ; le vent a tourné, il est maintenant au sud-ouest, la rumeur de la mer est plus vaste ; il sait qu'il a raté la passe. Impossible d'infléchir sa route ; la mer le pousse droit sur la côte. C'est une côte qu'il ne connaît pas, sauvage, hérissée de rochers. Il espère qu'une crique s'ouvrira dans la falaise ou bien le *Coantik* ira se fracasser sur un caillou. Comment s'en tirera-t-il ?

Le foc a lâché à son tour. Le bateau ne se dirige plus. Ce n'est plus qu'une barque à moitié remplie d'eau que seul le gouvernail parvient à maintenir à peu près dans le lit du vent, et qui va se foutre au plein.

En fuite !

5

Sur le môle, Guillaume Le Cormier et un groupe de pêcheurs regardent la mer. Jules Bataillard est parmi eux. Tous ont les yeux fixés sur le large dans l'espoir d'y apercevoir le point blanc du *Coantik*.

La visibilité est réduite à cinq cents mètres. Au-delà ce sont des limbes jaunâtres, impénétrables, épais, derrière un rideau de pluie brillante.

Guillaume est nu-tête sous la pluie qui poisse ses cheveux.

On a téléphoné à tous les ports de la côte, de Morlaix

jusqu'à Saint-Brieuc. Aucun bateau n'a été signalé en vue des côtes.

M. le maire a rejoint les pêcheurs sur le môle.

Devant chez Tomasine, il y a un groupe composé des derniers touristes mêlés aux habitants du pays.

Le canot de sauvetage de Paimpol a pris la mer pour patrouiller autour des Sept Iles et des Héauts. Mais il est invraisemblable que le *Coantik* ait pu aller jusque-là.

— Ne me demandez pas pourquoi, dit Guillaume Le Cormier, en réponse à une question de Jules Bataillard. Je ne comprends pas. Ce bateau ne peut pas affronter une telle mer. S'il s'en tire...

— Il n'a pas pu dépasser Gaouïat, dit le commandant Lelgouach pour la troisième fois. Il a viré. On va le voir arriver.

— J'ai envie de prendre ma voiture et de suivre la côte après Locquémeau, dit Guillaume Le Cormier.

C'est aussi une phrase qu'il a prononcée plusieurs fois. Mais il ne bouge pas. Il ne peut détacher les yeux de la mer. Il ne peut quitter ce môle glissant de pluie. Il attend.

— Tiens, celui-là qui sort, dit le commandant Lelgouach.

Tous se tournent vers le point du port que désigne le commandant et voient passer, au large du môle, l'*Églantine* barré par son propriétaire. Il a pris des tours de rouleaux et paré un clinfoc à l'avant. En dépit du hurlement du vent et du fracas des vagues sur les rochers du môle, on entend faiblement le bruit du moteur.

— Qui est avec lui ? dit Tityve.

Les hommes regardent, cherchent à identifier le compagnon de Xavier Lenfant dont le visage est caché par son suroît. Debout devant le cockpit, appuyé au roof, l'homme se tient devant le barreur, tourné vers l'avant du navire.

Le grand bateau noir glisse presque sans effort sur la mer mauvaise. Il donne une impression de souplesse et de force et fait jaillir des gerbes d'écume qui viennent s'abattre sur le pont. La proue plonge dans la mer et le bateau se relève, montre l'avant de sa quille, et plonge de nouveau.

— C'est Marcel ! dit Jules Bataillard. Je l'ai reconnu !

Guillaume Le Cormier, muet, contemple l'*Églantine* qui prend le large, à la recherche de son fils.

— Il n'y avait que lui, dit Tityve.

C'est vrai que l'*Églantine* est le plus grand voilier du port, le seul à pouvoir se risquer sur une mer démontée comme celle-là. Mais quoi ! rien ne l'y forçait. Et comment a-t-il su... ? C'est bien de lui, ce casse-cou. L'*Églantine* a son corps mort au fond du port, c'est pourquoi l'appareillage est passé inaperçu.

Guillaume le voit s'enfoncer dans les limbes, s'évanouir dans la crasse, happé par la tempête et par la crasse — et bientôt il ne le voit plus.

Il est trois heures.

Ronan lutte depuis trois heures contre la mer, s'il lutte encore.

Guillaume chasse la pensée qu'il pourrait perdre son fils. Comme il s'en veut de ne pas l'avoir mieux aimé ! Quand il le retrouvera, il se promet... Quand il le retrouvera.

6

L'abbé Flohic s'en revenait de Saint-Brieuc, au volant de sa vieille Renault. Plutôt que de continuer la route nationale en direction de Brest, il avait pris la route de Lannion où il voulait s'arrêter pour rendre visite à un ami du séminaire, vicaire de l'une des paroisses de la ville.

Il voulait lui raconter son entretien avec l'évêque.

Son ami était absent.

L'abbé Flohic, qui voulait rentrer à Lesguivy avant la nuit, et la nuit tomberait vite par un temps aussi mauvais, n'avait pas attendu le retour de son ami. Il avait repris la route.

Le vent était si violent que la voiture était secouée comme une barque. L'abbé devait se cramponner au volant pour la redresser, après chaque embardée. Des rafales de pluie frappaient les vitres de mica et le conducteur devait ralentir jusqu'au point de s'arrêter sur le bord de la route pour attendre d'y voir plus clair. La voiture soulevait des gerbes d'eau en traversant les flaques qui s'étalaient sur la route. Les arbres, secoués par le vent, encensaient de leurs branches basses comme pour saluer le voyageur solitaire.

L'abbé Flohic conduisait avec une rage froide — une rage qui le possédait depuis son entretien avec l'évêque. Il s'était fait reprocher son « orgueil », alors qu'il ne ressentait en lui nul orgueil, mais seulement une juste colère contre les attaques dont il était l'objet de la part de gens qu'il méprisait, qui contrecarraient son action : ces « Bien-Pensants » dont parlait Bernanos, avec lesquels l'Église s'était compromise et qui la conduisaient à sa perte.

— Sa perte ? avait dit Monseigneur. Quelle perte ? N'est-ce pas plutôt une alliance contre nature avec des partis, des groupements dont la philosophie latente est opposée à la sienne, qui peut conduire l'Église à sa perte ?

L'évêque était un prélat d'Ancien Régime. Avec ses cheveux dont les longues mèches d'argent s'échappaient de dessous la calotte et bouclaient dans le cou, il avait une tête qui appelait la guillotine. Et ce rabat brodé de perles, plus personne ne portait le rabat ! Mgr de Parkisel, dont la famille était alliée aux noms les plus solides de la noblesse bretonne, avait quatre-vingts ans. Il était célèbre pour ses dons de prédicateur, son éloquence démodée, les longues phrases asthmatiques qu'il déroulait du haut de la chaire, avec leurs propositions incidentes, leurs tournures désuètes qu'il accompagnait d'un geste ample du bras soulevant le camail violet, la main diaphane et comme alourdie par l'améthyste sertie d'or, l'éloquence fleurie, inutile, rhétorique qui ne charriait aucune parole de vie, ronron précieux, endormant... Ça, pour avoir de l'al lure, il avait de l'allure, on écoutait bouche bée, on n'était pas sûr d'avoir compris car arrivée la fin de la phrase on avait oublié le début, on s'était perdu en route, ça n'avait d'ailleurs pas d'importance, c'était une incantation, un bel canto, alors ça, bravo, bravissimo ! Mais qu'est-ce qui pouvait sortir de ce récital, qu'est-ce que signifiaient aujourd'hui ces prosopopées, à l'heure d'aujourd'hui, à l'époque des grèves, de la misère du peuple, du fascisme, de la guerre ?

« Il y a un temps pour parler et un temps pour se taire », de quel ton Monseigneur avait dit cette phrase, quand il avait présenté sa défense, donné ses raisons, avec une conviction un peu trop chaleureuse, peut-être ? « ... Un temps pour se taire. » Bien Monseigneur, j'ai compris. Je me tais.

L'abbé Flohic se rappelle cet entretien d'une demi-heure, tandis qu'il écarquille les yeux pour voir à travers l'eau qui coule le long de la vitre le ruban de route entre les talus, les arbres échevelés, le ruban qui se perd dans la crasse.

C'est entendu, il y a eu la défense de la Bretagne, en toute occasion (l'évêque n'a-t-il pas sur ses armes l' « hermine passante » ?) mais quoi ! ce n'était là que sa haine du régime, de la Troisième République, laïque et franc-maçonne, son mépris de ses autorités officielles. L'Église dans un ghetto, et cela depuis les Inventaires. Jamais on n'avait vu Monseigneur à une cérémonie officielle, à côté du préfet (« La République envoie à la Bretagne des préfets corses » : le mot avait fait fortune et causé des ennuis à son auteur). Quels avertissements, quelles mises en garde n'avait-on pas prodigués aux pauvres recteurs du diocèse ! Ceux-ci étaient bien obligés de s'entendre avec les maires, fussent-ils socialistes ! Mgr de Parkisel avait poursuivi de ses foudres les membres de son clergé adeptes du Sillon et il montrait une faiblesse coupable envers les prêtres et fidèles connus pour leurs sympathies maurrassiennes, depuis la condamnation de l'Action française. Il en aurait des choses à dire sur ce chapitre, lui, l'abbé Flohic, et beaucoup d'autres avec lui.

... Ça y était, il s'y attendait : une grosse branche, arrachée par la tempête, lui barrait la route.

L'abbé descendit de voiture. Il saisit à pleins bras la branche dont les feuilles s'étaient répandues tout autour, parvint à la traîner sur le bas-côté pour dégager la route. Et si la branche lui était tombée dessus ? Il avait eu chaud ! Le bas de sa soutane était trempé et ses lourdes chaussures maculées de boue. Dieu soit loué ! Il aurait été ennuyé de devoir rebrousser chemin. Et qu'aurait dit Herveline, s'il n'avait pas été à l'heure pour son dîner ! Il sourit en songeant à l'accès de mauvaise humeur qu'il aurait dû essuyer, de la part de sa *carabassen*.

Ce fut cet incident, devait-il se dire plus tard (et il fallait bien y voir, encore qu'il fût peu disposé à admettre ce genre d'explication, le *doigt de Dieu*) qui amena l'abbé Flohic, quand il se trouva au prochain carrefour où se dressait un calvaire qui avait pris sous la pluie une patine de bronze, à quitter la route départementale pour emprunter les petites routes communales descendant vers la mer. Il connaissait bien ces routes, car il était de Plouvarneiz, elles longeaient les criques rocheuses qui s'ouvraient çà et là dans la côte, remontaient sur les caps, redescendaient pour remonter encore. La mer devait être belle à voir par cette tempête d'ouest. Le chemin allongeait la route de plusieurs kilomètres, mais nul arbre ne poussait sur cette lande aride d'ajoncs et de ronces.

L'abbé fit un signe de croix en passant devant le calvaire et s'engagea dans les chemins de la mer.

Les tournants nombreux, entre les muretins de pierre, obligeaient le voyageur à prêter une attention plus grande à la conduite du véhicule. Il n'en reprit pas moins ses ratiocinations sur les conséquences de son entrevue.

Le coup de crosse. Il l'avait reçu en pleine poire. « Il y a un temps pour parler et un temps pour se taire. » Le chanoine Kerzampar avait bien joué. L'évêque s'était gardé de le nommer, se contentant de faire allusion aux plaintes reçues de ses paroissiens. « Et pas seulement des paroissiens occasionnels, avait dit Monseigneur, qui ne le sont que pendant quelques mois de l'été, mais aussi des gens du village. » Ceux-là, il aurait été content de les connaître... Tous les griefs avaient alors défilé : la quenouille ; la suppression du prône en breton ; bientôt la suppression du cimetière qui entourait l'église, à laquelle — le maire s'en était vanté — il avait donné son accord ; la kermesse enfin, qu'il avait boudée et bien d'autres choses encore : son refus de vendre les légumes de son jardin, ça le regardait sans doute, ils étaient à lui, mais c'était là le signe d'une hostilité et envers qui je vous le demande ? Non pas envers les habitants du pays qui ont tous un lopin de terre où ils font pousser pommes de terre et artichauts, mais les estivants...

On a compris. En attendant, liquidé, sabré, limogé. Monseigneur n'avait aucun désir de s'aliéner des catholiques qui et qui. Ils allaient jubiler, entonner l'Alleluia, les commandants Rouzic, les Mmes de Vergerennes, les demoiselles Trébabu... Et aussi Guillaume Le Cormier, quoique celui-là fût d'une autre espèce. Un Bien-Pensant, mais qui le savait et avait une façon ironique d'assumer ses préjugés que ne comprenait pas l'abbé Flohic, et qui le gênait, le désarmait.

Il regretterait sa petite église et son clocher de granit rose, son presbytère, son figuier, et il regretterait ce village de pêcheurs, ses promenades en barque quand un marin voulait bien l'emmener en mer.

L'abbé sentit des larmes dans ses yeux, comme il en avait eu quand l'évêque lui avait dit, à la fin de l'entretien : « Prions. Nous ne prions pas assez ! » et qu'il s'était agenouillé pour recevoir la bénédiction de celui qui tenait sa vie entre ses mains.

Comme il se relevait, il eut la surprise de voir l'évêque tirer de la poche de sa soutane une tabatière en argent et, la tendant vers lui, lui offrir une prise.

— Je ne prise pas, avait dit l'abbé Flohic.

L'évêque parut surpris.

Il prit de ses doigts tremblants une pincée de tabac et l'introduisit délicatement dans ses narines, puis, d'un revers de main, chassa de son rabat les grains de tabac qui s'y trouvaient.

— Vous ne savez pas de quoi vous vous privez ! dit l'évêque. Je me suis longuement interrogé à votre sujet, continua-t-il en empochant sa tabatière. Ne croyez pas à un caprice de ma part. J'ai de l'estime pour vous, je vous aime comme j'aime tous mes prêtres. Je vous crois mieux fait pour une paroisse comme celle où je vous nomme et où vous vous rendrez dès que j'aurai pourvu à votre remplacement.

Saint-Pierre-du-Pilier-Rouge, à Brest. Un quartier ouvrier. Une paroisse de mission.

... Mais c'était la victoire des Bien-Pensants qu'il ne pouvait accepter.

La route descendait en droite ligne vers une crique dont l'abbé devinait la forme, au bas de la pente. Il la perdit de vue puis se trouva devant la mer, séparé d'elle par quelques mètres de galets et de sable, il la vit furieuse, hérissée de moutons, il vit la vague se former, se fracasser sur la grève, se retirer en entraînant des galets qui roulaient les uns sur les autres, aspirés par le gouffre et soudain, porté au sommet d'une vague nouvelle, un petit bateau blanc, à sec de toile, désemparé, qui allait se fracasser sur les rochers bordant la crique.

L'abbé arrêta sa voiture. Le bateau roulait, son mât battait la mesure comme un métronome. Il était à moitié coulé, semblait-il, c'était sans doute un voilier qui avait rompu ses amarres et dérivait depuis longtemps, on ne voyait personne à bord. Mais l'abbé vit une forme qui se dressait, si ! il y avait quelqu'un à bord qui cherchait à diriger le voilier droit sur la plage de galets.

L'abbé descendit de voiture, fit un pas vers la grève.

Tout fut alors très rapide.

Le voilier oscilla au sommet de la vague, disparut un instant, reparut, tournoyant comme une toupie, mais au lieu d'aller droit sur la plage, il avançait de biais, comme un crabe, vers les rochers, il allait s'y fracasser, pour sûr, mais le pilote put redresser son bateau et la vague déferlante le chargea sur son dos et l'entraîna irrésistiblement vers le rivage.

L'abbé perdit de vue le barreur.

Quand il le vit de nouveau, un instant plus tard, l'homme était dans l'eau jusqu'à la taille, il avait saisi l'haussière et s'efforçait de retenir le bateau que le ressac emportait.

Si fort était le ressac que le bateau, attiré par la mer, entraînait le pilote qui ne voulait pas lâcher prise et avait de l'eau jusqu'au cou. Une vague se reformant projeta de nouveau le bateau vers la rive et l'abbé crut qu'il avait heurté la tête de l'homme. Mais non ! Il le vit de nouveau debout dans l'eau, tirant sur l'haussière, s'efforçant de haler le navire emporté par le ressac.

L'homme ne veut pas abandonner son bateau, il veut le sauver au risque de recevoir la coque sur le crâne et de se noyer.

L'abbé n'hésita pas. Il se précipita vers la mer, entra dans l'eau sans avoir pris le temps d'ôter ses grosses chaussures, ni sa soutane, se porta vers l'homme que son bateau entraînait et dont la tête disparut dans l'eau bouillonnante. L'abbé eut tout de suite de l'eau jusque sous les bras. Quand l'homme reparut, ramené par la vague, le bateau fonçant sur lui, l'abbé le saisit à bras-le-corps, l'homme tourna la tête, cria quelque chose que l'abbé ne put comprendre et lui passa l'haussière à laquelle il se cramponnait et c'est alors que le recteur de Lesguivy reconnut Ronan Le Cormier.

Ils étaient deux maintenant à haler le bateau qui continuait à tourner sur lui-même et à se remplir d'eau.

Ronan cria de nouveau et ses paroles se perdirent dans le vacarme du vent et du ressac, il fit signe à l'abbé de tirer de biais pour éloigner le bateau des rochers vers lesquels chaque nouvelle vague le poussait. Ils sont deux à lutter pour arracher à la mer ces quelques planches de bois assemblées, calfatées, ils sont dans l'eau jusqu'aux épaules, submergés par la vague, battus, fouettés, couchés dans l'eau qui les aveugle, leur entre dans la bouche, dans les bronches, colle sur eux leurs vêtements, et dès qu'ils reprennent pied sur les galets qui roulent, ils sont aspirés par le ressac et la force de la mer est telle qu'à peine croient-ils avoir gagné un mètre ou deux qu'ils les reperdent.

Ils luttèrent ainsi trois minutes, peut-être plus, tirant, tirés, engloutis, le bateau fonçant sur eux à une vitesse effrayante, les dépassant pour revenir sur eux. Ils tombaient, giflés par la vague, disparaissaient aux yeux l'un de l'autre, se relevaient, s'arc-boutaient, se raidissaient, leurs mains glissaient sur l'haussière et l'ancre, qui raclait le fond et que le jeune Ronan avait essayé de ficher dans le sol, risquait de les blesser. C'était une petite ancre, trop faible pour retenir le bateau et qui dérapait à chaque ressac.

L'abbé Flohic eut l'impression que le garçon, devant lui, perdait ses forces, il tombait plus souvent, restait sous l'eau un instant de plus, résistait moins bien à l'entraînement de la barque et l'abbé était sur le point de lui crier d'abandonner la lutte, quand ce qu'il redoutait arriva et le *Coantik*, soulevé par une vague plus forte que les autres, fut porté sur un caillou où il resta encastré.

Le garçon se tourna vers l'abbé, et celui-ci vit dans son regard une détresse, une supplication qui le remplirent de pitié.

Ronan lâcha le bout. Il fit un geste d'impuissance, se détourna de son bateau, fit un pas vers la grève, tomba, se releva, tomba une deuxième, puis une troisième fois, ses jambes ne le portaient plus, ses mains et ses pieds étaient en sang. L'abbé l'aida à se relever, le porta à demi jusqu'au sec où ils s'affalèrent tous les deux, presque l'un sur l'autre, et restèrent ainsi à reprendre souffle tandis que l'eau qui montait leur inondait les jambes, les couvrant de goémons.

L'abbé se releva, passa un bras sous les bras de Ronan, le souleva, le tira pour le soustraire à la glu du varech dont l'amoncellement formait une soupe jaunâtre, une panade verte et mordorée dans laquelle ils pataugeaient. Enfin ils furent sur les galets, puis sur l'étroite bande de sable gris où poussaient des chardons et une herbe pelée et ils tombèrent de nouveau, la tête en avant, rompus, ruisselants. C'est alors que l'abbé vit les blessures aux chevilles et aux mains que s'était faites le garçon au cours de la lutte, et ses minces chaussures de toile, déchirées et crevées, tachées de sang. Ils restèrent ainsi plusieurs minutes, respirant avec peine, crachant l'eau dont leurs bronches étaient pleines.

Mais une épreuve plus pénible encore que celle qu'ils venaient de subir les attendait.

Quand ils jetèrent un regard vers le bateau, ils virent que l'eau avait délogé celui-ci du rocher où il s'était échoué et l'en avait éloigné.

Cette fois-ci, l'ancre avait dû s'accrocher solidement, car l'haussière, se raidissant, empêchait le *Coantik* de dériver au large, une nouvelle vague le ramenait, le cognait dur contre le rocher, puis la mer le reprenait pour le cogner de nouveau comme si elle avait voulu le fracasser, l'achever, il y avait dans l'acharnement qu'elle montrait à accomplir cette horrible besogne quelque chose de forcené, d'odieux, c'était à une exécution que les deux hommes assistaient, impuissants, grelottants dans leurs vêtements trempés, c'était à un meurtre ignoble, le *Coantik* s'ouvrit, des bordés s'en détachèrent comme des membres sous la roue du bourreau, et le mât qui tenait bon et oscillait sans arrêt était comme un bras dressé, appelant à l'aide. Sans arrêt, la mer recommençait, drossait le bateau sur le caillou, jusqu'au moment où, poussé plus loin et plus fort, le malheureux franchit deux ou trois mètres de rochers et se trouva couché sur le flanc, crevé, vidé de son sang, son mât cassé, suspendu au-dessus de l'abîme entre deux caillous géants qui le serraient entre eux pour l'étouffer.

L'agonie du *Coantik* ne dura que quelques minutes, mais il sembla à l'abbé Flohic et à Ronan qu'elle avait duré des heures. L'abbé se tourna vers son compagnon et vit qu'il pleurait.

— Il faut quitter vos vêtements, dit-il.

Le ciré jaune que portait le garçon, déchiré du haut en bas, ne l'avait pas protégé et l'eau imbibait le gros chandail de laine qu'il portait dessous.

Sous le chandail, il n'avait rien et son torse apparut. L'abbé chercha dans la voiture un cache-nez de laine que lui avait tricoté Herveline, et il s'en servit pour bouchonner le garçon, puis il lui mit sur les épaules sa lourde pèlerine noire, qui était à peu près sèche.

Il ôta alors sa soutane trempée et apparut en culotte bouffante de tissu gris, serrée sous les genoux, qui avait quelque chose d'une culotte de golf et dont la vue étonna Ronan.

Ronan semblait prostré. Il claquait des dents et son visage, sa poitrine sous la pèlerine entrouverte étaient verdâtres. L'abbé l'aida à gagner la voiture et à s'asseoir sur le siège avant.

Au moment où il mit en marche et lança la voiture sur la route, l'abbé Flohic se dit que pas un instant, au cours de la lutte contre la mer, il n'avait eu la pensée d'une prière. « Il y a un temps pour parler et un temps pour se taire », se dit-il.

Il se récita dans la tête le *Salve Regina.*

Il fallait remonter plus haut dans les terres pour trouver une ferme où Ronan pourrait se sécher. Le garçon semblait indifférent à tout, sa tête, penchée sur la poitrine, ballottait aux tressautements du véhicule, il gardait les yeux fermés.

— Eh ! dit l'abbé, ça va ? Vous ne vous sentez pas mal ? Eh ! dit-il et, lâchant le volant d'une main, il la posa sur l'épaule de Ronan et le secoua. On va trouver une ferme par ici, et l'on se séchera.

Le garçon demeurait prostré.

L'abbé se rappela soudain l'évangile du Bon Samaritain et les commentaires du chanoine Kerzampar, « Quel dommage, que je n'aie pas de vin pour en verser sur ses plaies ! » se dit-il.

« Et dans son gosier. »

Il avait froid lui aussi, dans sa chemise trempée, il pensa qu'il aurait dû l'enlever ; il n'avait pas osé le faire devant le garçon : son torse était couvert de poils noirs, des épaules jusqu'au ventre, et il en avait honte.

Il pleuvait toujours.

Des ravines s'étaient creusées dans les chemins qu'empruntait la voiture et celle-ci avançait avec peine.

La nuit tombait.

Enfin, par-dessus un talus, l'abbé vit un toit.

« Dieu soit loué ! » se dit-il.

Et il corna.

7

Guillaume Le Cormier est entré avec les pêcheurs qui l'avaient accompagné sur le môle, chez Tomasine.

Les coups de téléphone aux ports de la côte n'ont donné aucun résultat. Le *Coantik* n'a été vu dans aucun port. Ni en mer.

Les hommes boivent.

De temps en temps, l'un des consommateurs dit une phrase, qui se perd dans le silence.

Un nouveau venu entre, qui n'est pas au courant de ce qui se passe et s'étonne de l'atmosphère du débit et de l'angoisse qui pèse sur la salle.

On lui explique à mi-voix le drame qui se joue sur la mer. De la tête, on lui montre Guillaume Le Cormier qui fume sans arrêt.

Julienne se tient près de Guillaume, la face gonflée, l'œil chassieux, le sourire hébété qu'elle a toujours sur le visage ne l'a pas quittée. Elle boit son rhum, regarde Guillaume (elle a à peu près le même âge : n'ont-ils pas été ensemble à la pêche ?) comme si elle voulait lui dire quelque chose, mais elle en est incapable, elle est pleine de rhum, comme un baril.

La porte s'ouvre de nouveau, comme sous le coup d'une bourrasque qui pénètre dans la salle enfumée et la fille de salle de l'hôtel d'Armor paraît sur le seuil.

— M. Le Cormier ? dit-elle.

— Il est là, dit quelqu'un.

— Il est retrouvé ! dit la fille de salle.

Guillaume s'est retourné.

Des exclamations jaillissent de tous les coins de la salle. Ils sont une dizaine qui se soulèvent l'un vers l'autre, échangent des commentaires.

Guillaume s'est approché de la fille de salle. Ils se tiennent l'un devant l'autre, les yeux dans les yeux, au centre du groupe, comme deux danseurs prêts à se lancer dans un *jabadao.*

— Qu'est-ce que vous savez... ? Qui a prévenu ?

— On a reçu à l'hôtel un coup de téléphone. M. le recteur, qui a dit d'aller tout de suite vous prévenir que M. Ronan était avec lui, qu'il l'avait trouvé.

— Le recteur l'a trouvé ? dit Guillaume. Mais où ? dit-il d'une voix plus forte.

— Il n'a pas dit.

— D'où téléphonait-il ?

— De Plouvarneiz, dit la fille de salle. Il a dit de ne pas s'inquiéter. Qu'il ramenait M. Ronan dans sa voiture.

L'intrusion du recteur dans l'aventure laisse Guillaume perplexe, vaguement gêné.

— J'ai d'abord été au Vieux Moulin, dit la fille de salle. Mais Joëlle m'a dit que vous deviez être au port. Joëlle était inquiète, elle aussi. Elle est allée prévenir Herveline.

— Merci, dit Guillaume. Je passerai à l'hôtel tout à l'heure... Merci.

La conversation, maintenant, est générale. Chacun y va de son commentaire.

— J'ai toujours pensé que celui-là s'en tirerait, dit Tityve.

— Il a dû s'échouer sur une plage, près de Trébeurden, dit quelqu'un.

— Ou sur la côte, au nord de Saint-Michel, dit un troisième.

— Alors il s'est foutu au plein, dit Tityve.

Guillaume a fait un signe de la main à Tomasine et celle-ci remplit les verres.

Vin rouge, muscadet, vermouth Cinzano, rhum Négrita.

On tend les verres vides vers Tomasine. On allume pipes et cigarettes. Deux vieux marins prennent leur chique sous leur casquette et se la collent dans la joue. On a vu la tache du jus de tabac sur le crâne de l'un d'entre eux, quand il a ôté sa casquette.

Julienne tend son verre que Tomasine remplit de rhum. Elle se tient toujours aussi droite, mais on voit à son œil qu'elle a compris, et, toujours souriante, hoche la tête, ferme les yeux dont les paupières se collent, boit une gorgée de rhum.

— Moi, j'ai bien cru..., dit un homme à voix basse à son voisin.

Il ne termine pas sa phrase.

— Dame ! dit l'autre.

Guillaume pense qu'il a failli prendre le train pour Paris, ce jour même, et rejoindre Grace qui y passe deux jours avant de s'embarquer.

Puis il pense : « Élise m'aurait tenu pour responsable... Elle ne me l'aurait pas pardonné. »

C'est à ce moment qu'il comprend quelle a été son angoisse.

« Mon petit garçon... », se dit-il.

Il penche la tête pour qu'on ne voie pas les larmes qui lui montent aux yeux.

— Il sera rentré à Paimpol, dit une voix. Il n'aura pas pu doubler Fréhel.

Guillaume comprend que l'on parle de Xavier Lenfant et de l'*Églantine.*

La fille de salle est bien belle.

8

Le lendemain, la tempête s'étant calmée, on apprit à Lesguivy, vers quatre heures de l'après-midi, que l'épave de l'*Églantine* avait été trouvée dématée, sur des rochers à l'embouchure de la Rance.

Le même jour, dans la soirée, on apprit que le corps de Xavier avait été rejeté par la mer et trouvé à marée basse sur une plage, au nord de Binic.

Le naufrage, on se le rappelle peut-être, eut un retentissement dans les milieux politiques et de nombreux articles sur Xavier Lenfant et son mouvement parurent alors dans les journaux.

Peu d'entre eux tentent d'expliquer l'ascendant que Lenfant avait pris sur ses troupes. Que fût-il advenu de lui, eût-il vécu ? Je ne peux m'empêcher de croire que cette mort romantique était celle qui lui convenait et qu'elle a servi sa mémoire.

Le corps de Marcel Helgoat demeura introuvable.

Dès qu'il apprit le naufrage de l'*Églantine,* le recteur de Lesguivy fit sonner le glas.

SIXIÈME PARTIE

1

Voici la fin de septembre, le mois de la « paille blanche ». Il y aura encore de beaux jours, mais les arbres perdent leurs feuilles. A sept heures, il fait nuit. Le village, débarrassé de ses touristes et des « congés payés » a retrouvé sa pureté originelle. La plupart des hôtels sont fermés. Des voiliers désarmés sont remontés sur le banc de galets, au fond du port, pour y passer l'hiver. Seuls, quelques propriétaires de villas, vieux habitués de Lesguivy, sont encore là. Mais le groupe des Estivants de Marque ne se retrouve plus chaque jour dans le parc de l'hôtel d'Armor.

Le soleil d'arrière-saison chauffe les os des retraités de la marine, sur le mur du port. Ils donnent un coup de main pour remonter une barque qui glisse sur des troncs d'arbres, puis vont boire un verre chez Tomasine. Les chrysanthèmes sont en fleurs et les buissons de roses-églantines donnent une dernière floraison.

C'est l'époque où l'ancien recteur, qui est resté à Lesguivy plus de dix ans et a laissé tant de regrets, faisait porter à Mme Le Cormier, par Herveline, un plat de figues mûres.

Les Anglais sont partis.

Le comte de R. et la comtesse, qui n'est pas son épouse et qui n'est pas comtesse, ont regagné Paris. Ils ont loué pour l'an prochain la villa où ils viennent chaque année, mais le comte est si vieux que l'on peut se demander s'il sera encore en vie.

Le Casino est fermé. Mais le maestro Lorféon et sa femme sont toujours là et jouissent d'un reste de vacances.

Nico, vêtu d'un costume de chasseur époustouflant, traverse le port avec ses deux chiens, le fusil en bandoulière, allant tirer la poule d'eau dans le Douron.

« La saison est de plus en plus courte », disent l'épicière et la bouchère. « Dès le 15 septembre, il n'y a plus personne... » Des gens du village que l'on avait un peu perdus de vue au milieu du flot des vacanciers, on les rencontre de nouveau, on s'arrête pour leur parler, demander des nouvelles de leurs familles. C'est une autre humanité que l'on retrouve avec ses problèmes, ses scandales, ses drames. D'anciennes histoires du bourg remontent à la surface. On apprend que Victor bat toujours sa femme et qu'ils se couchent le soir, à huit heures, dans leur lit clos, avec deux litres de vin rouge et boivent jusqu'à ce que le sommeil s'ensuive.

Le père Le Dunff a perdu sa femme pendant l'été (cette mort est passée inaperçue) et il est désespéré. Il a tenté de se tuer et l'on craint qu'il ne recommence.

La fille Troguer a été hospitalisée à Lannion ; le fils de Cécile, la lingère, a été reçu à Saint-Cyr ; Louis Scanff, lui, n'a rien fait et Mlle Trébabu, qui a payé ses études et s'était tant attachée à ce garçon, est très triste. Elle se console, on sait comment ! N'en parlons pas. Mais hier encore, on l'a trouvée « pompette » (comme disait Mam).

Une humble chronique prend naissance chez les commerçants du bourg, dans les débits de boisson, chez Tomasine, sur le port, alimentée par les indiscrétions et les commérages, elle fait le tour du village, supplante l'autre chronique, celle des vacanciers et des Estivants de Marque dont un nouveau chapitre ne s'ouvrira que l'été prochain.

Et moi, chroniqueur de ces joies et de ces peines, de ces amours et de ces drames du temps des vacances, je songe qu'il me faudra bientôt terminer cette histoire d'un des derniers étés de l'avant-guerre. Les problèmes qui se posaient alors annonçaient ceux d'aujourd'hui. Les pères et les fils s'affrontaient comme ils l'ont toujours fait. L'Occident commençait une crise dont il n'est pas sorti. L'Église était travaillée par les forces qui la transforment sous nos yeux. La génération de Ronan n'est pas passée sans que ces choses ne s'accomplissent. S'il se rappelle sa jeunesse, il peut se dire que les changements dont le monde est la proie, il les a vus naître alors, et que les hommes, eux, ne changent pas.

Pendant quelques jours encore je vais suivre mes personnages — ceux du moins qui n'ont pas quitté Lesguivy et jouissent des douceurs de l'arrière-saison ; rapporter ce qu'ils ont fait, ce qu'ils ont pensé et ce qu'ils ont dit, puis je les abandonnerai à leur destin et aux hasards de l'Histoire. Celle-ci, qui s'annonce tragique, n'a pas encore emporté le flot de mes histoires. Je peux encore m'interroger avec Guillaume Le Cormier sur l'avenir de son fils ; je peux rêver avec Ronan, écouter les dernières prédictions de Jules Bataillard, souffrir avec les demoiselles Vidal, avec l'abbé Flohic, je peux m'enchanter du paysage de la baie, avec ses côtes vierges qui s'estompent derrière la brume du soir, entrer dans l'église pleine de fraîcheur, traverser le cimetière tel qu'il existait alors, avec ses tombes fleuries de roses et de perles, errer dans les allées du Vieux Moulin, entendre le carillon des cloches à l'heure de l'Angélus, je peux m'attarder en ce début d'automne dans cette belle Bretagne, avant de la quitter, peut-être pour toujours.

Voici Guillaume Le Cormier qui, chaque matin, se rend, le cœur battant, à la grille du jardin du Vieux Moulin. Il ouvre la boîte aux lettres dans l'espoir d'y trouver une lettre de Grace. Mais, jour après jour, c'est une déception qui l'attend. Il suit par la pensée le voyage de la jeune femme, l'imagine sur le transatlantique qui la ramène dans son pays, sollicitée par tous les plaisirs du bord. Sans doute le temps manque-t-il pour écrire en voyage. Mais n'aurait-elle pu lui envoyer un signe, pour l'assurer qu'elle n'avait pas perdu le souvenir de ces vacances, de leur équipée de six jours, de la place de Tréguier dans le soleil, à l'heure de midi, de la plus haute tour du château en ruine ?

Il ne comprend pas ce silence, s'en inquiète, en vient à imaginer le pire : un accident ? Qui l'en préviendrait ? Jamais il ne saura ce qu'elle est devenue — à moins qu'il ne l'apprenne par Hélène Parlieu.

Or, un matin, il a trouvé une lettre de celle-ci et il l'a ouverte en tremblant. Mais si Hélène lui écrivait, ce n'était pas pour donner des nouvelles de Grace mais pour parler d'elle-même, évoquer leur entrevue, le jour de son départ, lui faire des reproches où perçaient l'amertume et le regret. Martine, disait-elle, se remettait du drame de l'été. Elle avait repris ses cours et ses cliniques. La médecine la sauverait — puisqu'elle n'était pas malade !

Guillaume déchira la lettre avec rage.

La pensée lui vint alors qu'il s'était peut-être trompé sur Grace ; que celle-ci n'était pas si *bien* que cela ; qu'elle n'avait vu en lui qu'un compagnon agréable pour ses vacances et l'avait déjà oublié. Et songeant à tout ce qu'il y avait eu entre eux, il éprouva un sentiment de dépit qui renforça sa mélancolie naturelle.

Il cessa d'écrire chaque jour à Grace, comme il l'avait fait depuis son départ. Il s'enferma dans son travail. Il passait ses journées dans le kiosque, ne sortant de la propriété que pour une longue marche, après le déjeuner de midi. Il faisait tous les jours le même parcours, allait jusqu'à Toul-ar-Saozon par le fond de la baie, revenait par le sentier à travers les dunes ou par la plage, quand la mer était basse. Tout le long de sa promenade, il reposait sa vue sur les mêmes accidents de terrain, les mêmes arbres, le même paysage de champs et de mer, trouvant dans cette monotonie un élément de paix qui permettait à sa rêverie de prendre son essor. C'était en elle qu'il trouvait son recours et sa plus grande joie, comme toujours tout au long de sa vie.

Le souvenir de ses amours avec Grace lui séchait la gorge. Il vivait dans une continence qui lui pesait et, faisant un retour sur sa vie, il se dit qu'il n'avait jamais connu dans l'amour — si ce n'était dans les premiers temps de son mariage — une régularité apaisante, et sans doute lassante. Dans l'accomplissement comme dans la privation, il n'avait connu que des excès. De sorte qu'il ne put s'empêcher de croire qu'il n'avait pas goûté la plénitude, la richesse pour lesquelles il était fait ; qu'il ne s'était pas vraiment accompli, dans ce domaine pas plus que dans d'autres.

Il avait cherché à entraîner Ronan dans sa promenade de l'après-midi. Mais Ronan avait toujours trouvé des motifs pour refuser d'accompagner son père.

Les deux hommes se retrouvaient aux repas, servis par Joëlle. Ils expédiaient leur déjeuner et leur dîner, la façon même dont on les leur servait indiquant que l'on ne souhaitait pas qu'ils s'éternisent. Ils parlaient peu. Ils n'avaient guère parlé du naufrage et de la perte du *Coantik,* ni de celle de l'*Églantine* et de la mort de ses occupants. Xavier Lenfant n'avait plus ses parents. Un vieil oncle avait fait dire un service funèbre à Saint-Yvinec. Ronan l'avait appris à temps et emprunté la voiture de son père pour s'y rendre, seul.

Un jour, Ronan déclara :

— Je n'ai pas vraiment eu peur. Je n'en ai pas eu le temps.

— Ce que je n'ai pas encore compris, dit Guillaume Le Cormier, c'est pourquoi tu as pris la mer, par un temps pareil.

— Je ne le sais pas moi-même, dit Ronan. J'avais besoin de bouger, de faire quelque chose, de me battre contre quelque chose, je suppose... Et puis, dans la baie, la mer n'était pas terrible. Je suis déjà sorti par des temps aussi mauvais. Si l'on écoutait les marins du port, on ne sortirait jamais...

— Nous nous étions dit que, passé Gaouïat, tu ferais demi-tour. Je te voyais rentrer vent arrière en vingt minutes.

— J'ai essayé, par deux fois, de virer de bord.

Les deux hommes se turent, sortirent sur la terrasse où le café était servi.

— J'ai commandé un bateau, dit Guillaume Le Cormier. C'est une surprise que je voulais te faire. Cazeneuve me l'a promis pour l'été prochain. C'est un huit mètres avec un roof, quatre couchettes dont deux dans le poste avant. Quel nom allons-nous lui donner ?

Ronan demeurait silencieux.

— Pourquoi pas le *Coantik II ?* Les voiles seront taillées par Sibiril, à Paimpol.

Ce fut l'annonce de la construction du nouveau *Coantik* qui rompit la glace entre le père et le fils. Ils discutaient l'aménagement du voilier. Le *Coantik II* aurait un tirant d'eau d'un mètre soixante et un lest d'une tonne et demie. Il aurait un foc et une trinquette. Plus tard, on verrait à ajouter un spinaker. A l'entrée du carré, à bâbord, il y aurait un réchaud à gaz, un évier ; à tribord, une table à cartes. Guillaume avait vu le modèle chez Cazeneuve ; il avait été surpris du confort à l'intérieur de la cabine.

Ronan déclara qu'il ferait le tour des côtes de Bretagne : il espérait que son père l'accompagnerait.

Ils étaient allongés dans des transats, sur la terrasse. Le beau temps durait depuis dix jours. Les couleurs, moins vives que celles de l'été, se fondaient dans une harmonie d'un gris bleuté, comme celui de certains paysages au pastel du XVIIIe siècle.

— C'est la saison que je préfère, dit Guillaume Le Cormier. Les vents restent au nord-ouest...

Il se leva, prit sa canne.

— Tu ne m'accompagnes pas, aujourd'hui ?

— Si, papa, dit Ronan. Je vais peindre à Toul-ar-Saozon.

Il alla chercher son attirail.

— Je vais faire l'intérieur de la chapelle Sainte-Barbe, dit Ronan. Il y a une jolie lumière...

— J'ai toujours aimé cette chapelle, dit Guillaume. Je l'ai visitée cet été.

Il fut sur le point d'ajouter : « J'étais avec Grace... » Déjà, il avait eu la tentation de prononcer le nom de la jeune femme devant son fils. Mais Ronan savait à quoi s'en tenir sur les rapports de son père et de Grace. Parler d'elle en affectant l'indifférence aurait paru une hypocrisie. Guillaume se tut.

Comme il ouvrait la grille, il vit, dépassant la fente de la boîte aux lettres, le coin d'une enveloppe bleue ; était-ce la lettre attendue ? Mais l'absence de timbre montrait que la lettre avait été glissée dans la boîte par un porteur. Il lut :

« *Cher ami,*

« *Me ferez-vous le plaisir de venir chez moi, demain soir, mardi, vers neuf heures ? Jules Bataillard, qui était rentré à Paris, est revenu pour quelques jours. Il sera des nôtres. Je compte sur vous. J'ai bien des choses à vous apprendre.*

« *Léontine de Vergerennes-Lambusquier.* »

— Quelle barbe ! dit Guillaume. La mère Vergerennes essaie de m'appâter par des promesses de révélations. Sur quoi, grands dieux ! Je n'irai pas.

Il ferma la grille et les deux hommes partirent d'un bon pas.

2

Mais Guillaume Le Cormier se rendit, le lendemain, à la réception de Léontine de Vergerennes.

Il but deux verres de cognac après dîner pour se donner du courage et, au cours de la cérémonie mondaine, identique à celles dont le lecteur a déjà eu un compte rendu, il but trois fines à l'eau pour noyer son ennui.

C'est alors qu'il apprit le départ du recteur de Lesguivy, qui serait bientôt remplacé.

— Nous avons eu sa peau, dit le commandant Rouzic.

L'expression fit naître une gêne.

La nouvelle surprit Guillaume. Il constata qu'elle ne

lui faisait aucun plaisir. Au fond de lui-même, il n'aimait pas ceux qui avaient obtenu ce départ. Il n'aimait pas leur façon de triompher.

Il n'aimait pas davantage le vaincu.

Mais qui trouvait grâce à ses yeux ?

Guillaume et Jules Bataillard, qui l'a suivi dans sa fuite, referment le portail de « Ker Yseult », la propriété de Léontine de Vergerennes.

La lune est dans son plein. Sa lumière est si forte que l'on distingue tous les détails du paysage, les troènes du jardin et l'eucalyptus, fierté de Léontine.

— Vous faites quelques pas ? dit Jules Bataillard.

Sans répondre, Guillaume s'est mis au pas de l'ambassadeur et les deux hommes, au coude à coude, descendent vers le port.

A un tournant du chemin, ils ont une vue du port et de la baie scintillante sous la lune. Il y a le bleu profond du ciel, le bleu plus sombre de la côte, le bleu argenté de la mer, la bande couleur d'encre de la jetée et, au premier plan, le blanc bleuté des maisons. La paix de cette nuit de la fin de l'été est si belle que l'on éprouve une angoisse, comme si le moment vécu était une rémission avant un hiver de froidure et de pluie.

— Nous nous rappellerons plus tard cette soirée, comme l'une des dernières de l'avant-guerre, dit Jules Bataillard.

— L'avant-guerre ?

— J'en ai la conviction, dit l'ambassadeur. La guerre est pour demain.

Il a dit cela avec un sérieux qui ne lui est pas coutumier.

— Vous comprenez, continue-t-il du ton guilleret que nous lui connaissons, ponctué de petits rires, quand deux voisins, sur le même palier, achètent des armes, revolvers et fusils de chasse, chacun pour se garder de l'autre, et qu'ils ne sont pas en bons termes, il est inévitable que les armes partent toutes seules. Elles partent toutes seules ! L'Allemagne réarme, et nous en faisons autant. Alors !

Guillaume trouve le propos de l'ambassadeur plus ingénieux que convaincant. Il se méfie des raisonnements par analogie. Les nations ne sont pas les individus. Ni leurs problèmes, ni leur honneur ne sont les mêmes. Un individu peut perdre la tête. Dans une démocratie, tous les dirigeants ne perdent pas la tête en même temps...

— Il y aura la guerre. Et nous la perdrons, dit Jules Bataillard. Mais oui ! nous la perdrons.

Cette fois-ci, il exagère, l'ambassadeur ! Son goût du paradoxe lui fait dépasser la mesure. Et sur quel ton il vous lâche ces énormités !

— Un journaliste de ma connaissance, dit Jules Bataillard, décrivait devant moi, au cours d'un dîner chez une amie, Gabrielle de Malicorne, vous la connaissez sans doute ? On rencontre chez elle les gens les plus remarquables de Paris, des hommes politiques, des littérateurs... C'était une grande amie de Berthelot, que j'ai beaucoup connu... Il décrivait la mentalité qui règne en Allemagne, l'excitation perpétuelle à laquelle ce peuple est soumis, le sentiment d'humiliation que lui a infligé le traité de Versailles...

— Mais il n'en reste plus rien, du traité de Versailles ! Toutes ses dispositions ont été abolies, les unes après les autres.

— L'esprit de Versailles existe toujours pour les Allemands, dit l'ambassadeur.

Jules Bataillard décrit les parades de Nuremberg, d'après ce qu'en a dit le « journaliste de sa connaissance », au cours du dîner bien parisien. Cela, dit-il, tient de la revue militaire avec étendards, musiques, et de l'opéra wagnérien. C'est la nuit, à la lueur des torches, qu'ont lieu ces cérémonies, veillées d'armes et sabbat de sorcières...

Les deux hommes sont arrivés au port. Ils s'accoudent au mur qui surplombe la grève où la mer se retire. Couchées sur le flanc, les barques projettent des ombres sur la vasière argentée.

Guillaume n'est pas perdu dans ses rêveries, au point de ne pas avoir vu les nuages qui s'accumulent sur l'Europe. Il chasse de son esprit la vision du monde qui s'annonce, tant l'épouvante l'avenir ouvert devant Ronan. Ronan fera cette guerre qui sera encore plus meurtrière que l'autre, celle que Guillaume n'a pas faite. Pourquoi avoir des fils, si le monde qu'on leur laisse n'est que bruit et fureur ?

Guillaume se rappelle les premières semaines de l'été 1914. Plus de vingt ans ont passé, mais le souvenir en est toujours vivace. Il se trouvait à Lesguivy, comme aujourd'hui, et n'ayant pas fait de service militaire, il n'avait pas été appelé. Il en avait ressenti une humiliation, presque une honte. Tous les jours, il apprenait les morts d'amis ou de parents. Il s'était engagé pour être versé dans l'auxiliaire. Riz-pain-sel : il n'y avait pas de quoi être fier ! Beyle aussi, c'est vrai... Plus tard, il avait été envoyé en mission en Amérique. Et c'est à Washington qu'il avait appris la mort de son frère, tué à Verdun.

Allait-on revoir cela ?

— Je ne peux pas le croire, dit Guillaume. Nos dirigeants sont des crapules ou des imbéciles, mais ils ne peuvent pas laisser faire cela.

— Ils ne peuvent déjà plus s'y opposer, dit Jules Bataillard. L'Histoire se fait sans eux. Ce sont les

Anglais qui décideront. Il y a longtemps que nous n'avons plus de politique étrangère... Et nous ne sommes pas prêts !

— Mais alors, il faut le dire ! Il faut le crier sur les toits !

— Vous ne serez pas entendu.

— Ne me dites pas que c'était Xavier Lenfant qui avait raison !

— Xavier Lenfant était un braillard, qui mélangeait tout. Mais... Enfin, quoi ! c'est la faillite de l'esprit libéral.

Guillaume est accablé. Il sent, au fond de lui-même, que l'ambassadeur a raison. Il songe à la critique que fait Ronan des collèges britanniques et de leur idéal de « haute civilisation »... Classiques grecs et cravates roses... Il nous faut retenir l'exemple de la jeunesse d'au-delà du Rhin, dit Ronan, si nous voulons trouver la force nécessaire pour la combattre.

Alors, quoi ! Ces défilés, ces bruits de bottes, ces étendards, ces torches, qui font horreur à Guillaume ? C'est cela que nous devons singer ?

Qui nous préparera à cet affrontement, puisque « nous ne sommes pas prêts ». Pas les dominicains de *Sept,* qui font campagne contre le service de deux ans. Pas les pacifistes de tout poil ! Pas le recteur, qui pactise avec eux.

Guillaume sent naître en lui une colère violente contre le recteur. Il ira le voir, ce curé de gauche. Il le mettra en face de ses responsabilités, il le sommera de reconnaître les dangers de son action dans la paroisse. Tout se tient. La suppression de la quenouille, c'est un détail, c'est du folklore, mais cela contribue à créer une atmosphère, enfin quoi ! un désarmement moral... C'est aussi votre avis ? Il ira le dire au recteur. Justement, il voulait lui rendre visite. Il lui dira : vous n'avez pas de fils, vous vous en foutez ! Vous rêvez avec vos moines du boulevard Latour-Maubourg. Je les connais, ces moinillons de choc ! Tous des sapeurs. Sapeurs de moral. *Saper le moral,* vous connaissez l'expression ? Est-ce que vous ne comprenez pas qu'il faut au moins donner aux jeunes le courage de se faire *trouer la peau ?* Qu'est-ce que vous deviendrez, s'ils ne se font pas *trouer la peau ?*

Vous êtes d'accord avec moi, cher ambassadeur ? Qu'est-ce qui peut maintenir le moral d'un pays ? C'est la quenouille ! Vous me direz : pour d'autres, ce qui donne le courage de se faire *trouer la peau,* c'est la Révolution !

Alors, il n'y a pas de conciliation possible ? C'est l'écrasement des uns ou des autres, des Bâbordais ou des Tribordais ! Il y a ceux qui sont d'un bord et ceux qui sont d'un autre bord. Et ce n'est pas, remarquez bien, en fonction d'une idéologie que l'on choisit son bord : c'est ce qu'on croit, mais l'on se trompe ! Car, enfin, il est facile d'aligner des arguments. C'est le tempérament, les humeurs, les hasards de la mémoire, les coups de sang qui l'emportent.

Il y a ceux qui se croient du parti du Mouvement, parce qu'ils jouissent des avantages de l'Ordre. Il y a ceux qui ne s'aiment pas, et veulent leur mort : intellectuels qui ne croient plus à la culture, curés qui ne croient plus à l'Église. Ils veulent leur mort, mais aussi celle des autres ! C'est la mort de l'Occident. Les valeurs de l'Occident n'ont plus cours, voilà le vrai. Elles sont démodées, démonétisées, bafouées. Comme la quenouille de lin.

En Amérique, Guillaume les a vues ces valeurs, proclamées à tout bout de champ, avec citations de la Bible, évocation des grands ancêtres, exaltation de la patrie, etc. Eh bien, il ne les a pas reconnues ! Il n'en a vu que les caricatures. Ce que les « chevaliers de Colomb » sont aux ordres militaires du Moyen Age.

Alors où, dans l'Occident, ces valeurs sont-elles reconnues ? En Angleterre ? En Angleterre, c'est vrai, il y a encore des formes extérieures, il y a des hiérarchies, des uniformes, des cortèges, des perruques, des couronnes, on se lève encore, au théâtre, au *God save the king.* Pour combien de temps ? Il y a des croix, des médailles, des couleurs, des cravates, *Salmon and cucumber...* C'est encore le temps où l'on allait à la chasse aux baleines,

> *Si loin qu' ça f'sait mat'lot pleurer nos belles... !*

Mais, je le répète, tout cela pour combien de temps ? Et tout cela a-t-il encore un sens ?

Nous autres Français, il y a longtemps que nous ne marchons plus, depuis la Révolution française, nous ne marchons plus. Nous sommes les petits malins de l'Europe, nous avons supprimé tout cela. Plus d'uniformes, plus de Sainte Vierge, plus de croix, plus de médailles.

> *Y a la République et puis le Président*
> *Et y a plus d' baleines !*

Plus rien ! *Nada.* C'est pour ce Rien qu'on se bat en Espagne. Ce sera bientôt ici qu'on se battra.

Tels sont les propos que tiennent les deux hommes, appuyés au mur du port. Je ne suis pas sûr de les avoir rapportés exactement. Mais Guillaume a bu trois fines à l'eau chez la mère Vergerennes, ce qui explique le décousu de la chose. Ils sont enchantés d'eux-mêmes, font des citations, se gargarisent de leurs connaissances historiques, jouissent d'être d'accord sur tout. Ils savent que l'on ne peut discuter qu'avec ceux avec qui l'on est d'accord.

Les deux coups de l'horloge de l'église résonnent dans la nuit.

— Je vous raccompagne à votre hôtel, dit Guillaume Le Cormier.

Et les deux hommes retraversent le port désert, reprennent le chemin de la vieille côte, s'arrêtent tous les trois pas, ravis des perspectives horrifiques qu'ils ont tracées pour l'Europe et sa civilisation.

Les promeneurs sont en vue de l'hôtel.

Jules Bataillard prend le bras de son compagnon et lui imprime un mouvement tournant.

— Au Quai, on est pessimiste, dit-il. (Voilà une phrase qui fait de l'effet. Guillaume en est baba.) Alexis Léger est pessimiste. On ne sait pas que faire de moi, on ne sait pas où me mettre, où me caser... Alors, je suis revenu ici. Pour faire ce que j'ai à faire, j'y suis aussi bien qu'ailleurs ! Mais, dit l'ambassadeur de son ton de plaisanterie, cela a été un avertissement : il est évident que je n'ai plus ma place dans ce monde, tel qu'il s'annonce. Je ne veux pas le voir, ce monde. Je vais le quitter sur la pointe des pieds.

Guillaume ne prête pas à ces propos grande attention. C'est plus tard qu'il s'en souviendra. Et il se souviendra de l'étrange question que lui pose soudain l'ambassadeur :

— Vous croyez à la médecine, vous ? Les médecins sont des charlatans qui vous disent n'importe quoi. Ils veulent toujours vous enlever quelque chose... On peut très bien éviter cela.

Les deux hommes repartent en direction du port, qu'ils retraversent du même pas lent, ils passent devant le chevet de l'église, prennent le chemin de la pointe. Arrivés devant la grille du Vieux Moulin, ils font demi-tour, d'un commun accord.

Ils vont ainsi se raccompagner l'un l'autre, pendant une partie de la nuit.

3

On a trouvé Jules Bataillard mort dans sa chambre de l'hôtel du Port.

Le bruit court qu'il s'est suicidé.

Mais Roger, le patron de l'hôtel, qui aimait beaucoup l'ambassadeur et a une peine visible, n'a voulu donner aucun détail sur cette mort subite.

Guillaume, de son côté, s'est gardé de rapporter les étranges propos que lui a tenus son compagnon de la nuit.

Huit jours plus tard, et ce n'est pas le moins surprenant de cette disparition qui a mis Lesguivy en émoi, une lettre d'un notaire de Paris est arrivée à l'adresse de Marcel Helgoat.

Naturellement, c'est son père, Fiacre, qui l'a ouverte.

Dans son testament, Jules Bataillard laissait à Marcel une somme d'argent.

Il n'avait pas songé, après la mort du jeune homme, à modifier les dispositions prises.

Quel est le montant de cette somme ? On l'ignore. Des chiffres extravagants ont été mentionnés.

Et qu'adviendra-t-il de cette petite fortune ?

On ne le sait pas davantage.

4

Le temps, soudain, s'est altéré. Les vents se sont remis au sud-ouest. Des nuages noirs accourent de l'horizon, fondent sur nous, une pluie violente frappe les vitres, presque à l'horizontale.

La température a baissé de 5 degrés. Va-t-il falloir chauffer déjà ?

Antoinette Vidal est assise à la fenêtre qui donne sur le large et regarde l'eau s'écouler le long de la vitre, formant d'étranges poches tremblotantes qui s'alourdissent avant de crever.

— L'été a été si beau ! dit-elle.

Le grain est passé. Un pan de ciel bleu se voit à travers les lourds nuages chargés de pluie.

— Et dire qu'il va falloir vivre ici tout l'hiver ! dit Mlle Antoinette.

Depuis six ans, les demoiselles Vidal ont vendu leur appartement parisien de la rue Campagne-Première. Garder ce logis inoccupé pendant plusieurs mois de l'année, c'est un luxe qu'elles ne peuvent plus s'offrir. Des essais de location ne leur ont apporté que des déboires. Elles ont eu alors l'intention d'écourter ce séjour parisien et de descendre dans un petit hôtel de la rive gauche. Cela même est devenu impossible et elles doivent vivre toute l'année à Lesguivy, coupées du monde. Leurs rapports avec les gens du village n'ont jamais été très bons. Les deux femmes s'accusent mutuellement d'en être responsables.

Elles voient avec effroi venir ces mois d'hiver où, partis les Estivants de Marque, elles seront seules jusqu'à l'été suivant.

Mlle Antoinette tient à la main une carte postale représentant les gratte-ciel de New York. Elle rêve devant ces cubes dressés dans le ciel bleu, terminés par des flèches, des bulbes, des campaniles. Portant le regard à l'horizon, elle croit voir s'élever sur la mer ces temples incas, ces cathédrales, ces tours de Babel qui découpent sur le ciel une frise en dents de scie. L'illusion est si forte qu'elle pourrait croire à un mirage.

Seule l'étendue de l'océan la sépare de cette ville et elle se dit que, franchie la courbe de l'horizon contemplée tant de fois, elle verrait, au ras de l'eau, l'île mystérieuse où s'échafaudent ces prodigieuses géométries.

— Elle était charmante, dit Antoinette, regardant la carte postale.

— D'autres la trouvaient charmante, dit Mlle Andrée. Et ils ont su le lui montrer.

— Taisez-vous, idiote ! dit Mlle Antoinette d'un ton d'une violence soudaine qui jure avec la douceur de son visage fané, sa chevelure vaporeuse, ses yeux bleus embués de larmes.

Mlle Andrée hausse les épaules et quitte la pièce comme un animal chassé.

La carte postale porte quelques lignes banales de souvenirs. Elle est signée Grace.

5

Ce même matin pluvieux, en se rendant à la grille d'entrée pour y chercher son courrier (il est maintenant distribué plus tôt qu'au plein de l'été), Guillaume Le Cormier a trouvé trois lettres de Grace.

Deux d'entre elles, écrites sur le bateau, sont dans des enveloppes à en-tête de l'*Ile-de-France.*

La troisième est datée de New York, où elle a été postée comme les deux autres.

Guillaume emporte les lettres dans son kiosque, s'installe pour les lire.

« *Cher Guillaume.* »

Bon. Elle a pris ses distances. S'il avait espéré un nom plus tendre, il est déçu.

Mais ce qui suit est plein de détails charmants. Ce sont de bonnes lettres, Guillaume s'en persuade sans peine. Il retrouve sa compagne de l'été, sa disponibilité, sa gentillesse, ses élans modestes.

Même, la mention d'une rencontre sur le bateau, celle d'un écrivain français en route pour Hollywood où il allait écrire le scénario d'un film (le nom ne dit rien à Guillaume) et qui n'a pas quitté d'une semelle la passagère, pendant les cinq jours de mer *(« Il a été moins exigeant que vous, mais tout aussi empressé »)* ne le trouble pas. Il ne sent en lui aucune jalousie, comparable à celle que lui inspirait Chris. Il se réjouit de cette rencontre qui a agrémenté la traversée, comme il l'aurait été pour... sa fille ? Pour la petite Perrine qui n'a pas vécu ? Mais Grace n'était-elle pas un peu sa fille, sa sœur, sa maîtresse ? C'est cela une vraie femme. Elle était une vraie femme aimante, dans la plénitude de sa jeunesse et de sa force. Et une nageuse au corps souple et délié. Et une amante.

Et il suffit à Guillaume de quelques phrases pour le jeter en pleine rêverie heureuse et lui faire entrevoir un avenir de félicités, tant son imagination est vive — et tant la vie lui a appris à ne pas trop exiger des êtres.

« ... *je suis allée dans le bar que vous connaissez, au*

coin de Madison et de la 75ᵉ Rue et j'ai pensé que nous irons ensemble y prendre un verre, quand vous viendrez à New York, en février prochain. »

Et encore :

« Je vais avoir un appartement près de East River, avec une petite terrasse que je remplirai de fleurs. J'espère qu'il vous plaira. »

Et enfin :

« Je vous vois nouer la cravate de votre club anglais, dont j'ai fini par aimer les couleurs extravagantes : " Salmon and cucumber ". N'oubliez pas de l'emporter, quand vous viendrez... »

Guillaume sourit à la perspective de ce revoir (quatre mois, ce n'est pas bien long : ils passeront plus vite que les quatre semaines de l'été où il attendait l'heure de l'enlèvement !).

Il est si gai qu'il ne peut rester enfermé dans son kiosque. Il lui faut se remuer, voir du monde. Il sort sa voiture et décide d'aller déjeuner à Saint-Yvinec.

6

Debout devant son chevalet, la palette à la main (et le poids de celle-ci lui scie le pouce gauche), Ronan peint l'intérieur de la chapelle Sainte-Barbe.

Il s'est placé dans une aile latérale d'où il voit l'autel de côté. La statue de la sainte, accrochée au mur, est au second plan. La table de communion qui fait le tour de l'autel, avec ses piliers renflés, dans le style baroque du XVIIᵉ siècle — elle est en bois sombre, du chêne sans doute — au premier plan. La lumière qui tombe du vitrail aux verres blancs et jaunes, sertis de plomb, forme une flaque dorée sur la table dont l'ombre s'allonge sur les dalles verdâtres du sol.

Ronan travaille depuis deux heures. Il ne sent pas le temps qui passe — et c'est l'une des joies que lui apporte la peinture, que d'abolir le temps.

La sainte, patronne des artificiers, porte sur la main une tour immense, beaucoup trop lourde pour elle, la pauvre, terminée par un toit pointu. Elle est en partie cachée par une autre statue d'un saint inconnu. En robe rouge et manteau bleu, à la main un bâton, sans doute restes d'une croix brandie, il domine un dragon vert, sorte de crocodile aux pattes griffues, à la gueule ouverte où pointe une langue fourchue, reptile immonde qui sert de socle au pieux personnage dont les pieds sont sagement posés dessus, et Ronan reproduit amoureusement cette image du Prince de ce monde dont le corps d'un beau vert forme une tache harmonieuse sur le jaune des murs bosselés, renflés, dorés par les rayons du soleil qui pénètrent par le vitrail, on dirait la pâte d'une brioche, on en mangerait et, au-dessus, serti par des poutres noires, un coin du plafond peint en bleu ciel clouté d'étoiles. Au ciel, au ciel, j'irai la voir un jour... ! Naïveté charmante des artistes obscurs de ce vieux pays, de ces saints joufflus aux yeux ronds, étonnés de ce qui leur arrive, avec des flèches plantées dans tout le corps, dans les mains des tours, des épées, des grils, des chaînes sur les épaules et aux chevilles, des reptiles à leurs pieds, saints bretons faiseurs de miracles, barbouillés de rouge et de bleu, Quirec, Harent, Efflam, priez pour nous, exaucez-nous, Ronan se recule pour juger de l'effet, il cligne de l'œil, il jouit de cette touche de laque carminée dont il embellit la nappe d'autel, c'est une couleur qu'il a découverte depuis peu, elle lui donne autant de plaisir que le bleu de cobalt quand il s'en est servi pour la première fois, il lui faut tout découvrir par lui-même, il n'a jamais pris de leçons, il ne connaît pas le pouvoir des couleurs, il n'en est pas revenu quand Nico lui a dit de mettre du vert émeraude dans l'ombre d'un visage, il se contentait de la terre de Sienne, du rouge de Venise, ce qui faisait de ses portraits des camaïeux brun-rouge... Il songe qu'il aimerait faire le portrait de son père, il lui demandera de poser pour lui, devant les panoplies d'armes du kiosque.

Martine n'a jamais cru en son talent. Elle ne l'a jamais poussé à peindre, tout au contraire : « Tu ne vas pas passer la journée à gribouiller une toile, disait-elle. Il fait trop beau, sortons en mer... » Il lui donnait raison. Il n'avait aucune chance de devenir un grand peintre : à quoi rimaient ces gribouillages ? Pouvait-elle comprendre le plaisir qu'ils lui donnaient ? Mais c'était plus qu'un plaisir : c'était un devoir envers soi-même, le devoir de *faire quelque chose.* On ne peut pas se contenter de jouir d'un paysage, d'une fleur, avec passivité, il faut les appréhender, les connaître plus intimement, les reproduire, les fixer sur la toile, pour toujours. Toujours ? Le frère de Guillaume, Yves, tué à la guerre, avait laissé peintures et dessins, ils ornaient les murs du Vieux Moulin et Ronan s'émouvait à la pensée que cet oncle qu'il n'avait pas connu continuait à vivre par ces œuvres contemplées tant de fois. D'où il était, s'il était quelque part, pouvait-il assister à l'humble survie de ses dessins ? Y puisait-il un réconfort ? S'estimait-il justifié ?

Ronan sent toutes ces choses, qu'il ne se formule pas encore. Il sent le besoin de transformer en une conscience durable ce qui n'a été qu'une émotion fugitive. Une vocation, est-ce cela ? Et est-ce par la peinture qu'il donnera forme à ce besoin de créer ? Je n'en sais rien et, à vrai dire, j'en doute. Le talent est un don qui flotte, épars, dans le jeune âge, et ne sait où se fixer. Comme beaucoup d'enfants doués, Ronan joue du piano aussi bien qu'il dessine, il a joué la comédie, écrit des contes, imitations de ceux qu'il lit dans des magazines pour la jeunesse. Ce talent dont il est plein se fixera-t-il un jour dans une forme quelconque ? Espérons qu'il ne se trompera pas, qu'il ne s'entêtera pas — car il est têtu et courageux — dans une forme d'expression qui n'est pas la sienne, passant à côté de celle où il aurait triomphé. Guillaume semble avoir compris que son fils attend une aide. Saura-t-il la lui apporter ?

Ronan s'est assis sur une chaise de paille, face à la toile qu'il contemple et qu'il aime. Le bonheur qu'il goûte, seul dans la petite chapelle où la lumière baisse lentement — il lui faudra revenir terminer son tableau, l'ombre a envahi le sanctuaire et les couleurs des saints de bois ont perdu leur éclat — n'est comparable à aucun autre. Il sait que la tristesse et l'amertume lui sauteront dessus, à l'improviste : c'est le soir, quand il partait avec Martine pour une promenade sur les dunes, impatient de jouir d'elle, de ses lèvres, de son corps (et le dépit d'avoir été maladroit l'humilie encore), qu'il souffre de l'absence, de la trahison.

Le feu du travail lui est monté à la tête ; il est énervé et joyeux, la fatigue de la longue station debout se fait sentir, la légère brûlure que le poids de la palette a laissée à la base du pouce s'apaise. Ronan se lève, sort sous le porche. De ses doigts maculés de peinture, il allume en tremblant une cigarette, aspire avidement la première bouffée, il s'assied sur le banc de pierre, pose une main sur le tronc serti de fer. Il ne pense à rien. Il est heureux.

7

Samedi est le jour du marché à Saint-Yvinec, la petite ville de douze mille habitants, sous-préfecture du département, distante de trente kilomètres de Lesguivy.

Les places de la ville sont envahies par les éventaires des marchands forains. Une foire aux animaux se tient à l'une des portes et l'on voit les paysans qui s'y rendent traverser les rues en charrettes à chevaux ou bien pousser du fouet les bêtes qui mugissent, hennissent ou grognent.

Des bouses de vaches, des tas de crottin fumant maculent les pavés.

Des chanteurs ambulants, montés sur des estrades et accompagnés de l'accordéon poussent la romance aux carrefours et vendent les derniers succès de Lucienne Boyer et de Tino Rossi.

Il y a des marchands de bonbons au miel des Alpes, des vendeurs d'orviétans, d'ouvre-boîtes miracles, d'instruments pour peler les pommes de terre. Ils s'époumonent pour attirer les badauds. Des marins en bérets à pompon rouge et des filles en coiffe et châle brodé aux vives couleurs s'agglutinent autour des chanteurs. L'on pourrait se croire au XIXe siècle quand des colporteurs vendaient la *Complainte de Fualdès* et celle du *Fratricide ou Gilles de Bretagne* :

Au Guildo, riant domaine
Aujourd'hui nid de hiboux
Vivait avec son époux
La célèbre châtelaine...

L'on vient au marché de Saint-Yvinec des châteaux et des manoirs de la région. Des hobereaux en leggins et vestes à carreaux conduisent encore un boghei, une charrette anglaise. La plupart viennent en voitures automobiles, qu'ils ont du mal à parquer entre deux charrettes, sur la place du Marc'hallar.

Tanguy de Porzmellec ne manque pas le marché de Saint-Yvinec, chaque samedi. On le voit descendre de sa Ford haute sur roue, un nœud papillon bleu à pois blancs au col, sur la tête un chapeau qu'il enfonce droit sur le nez, et des gants de pécari jaune. On ne voit qu'eux tant ce jaune attire l'œil. Certains disent qu'il arrive à Tanguy de Porzmellec de coincer un monocle dans son orbite droite, mais seulement dans les grandes occasions.

Le vicomte — le titre est authentique et se trouve dans la famille depuis le XIVe siècle — se rend d'abord au Cercle de la Chasse, qui rassemble les notabilités de la ville et de la région ; il y échange les livres qu'il a pris quinze jours plus tôt contre de nouvelles lectures.

Il se rend ensuite au café de l'Univers pour y prendre un apéritif ou un demi. Il y retrouve d'autres vicomtes (« *Quand un vicomte rencontre un autre vicomte...* ») quelques barons, un marquis, tous cousins, beaux-frères ou alliés, venus comme lui prendre l'air de la ville et faire des emplettes.

Ce jour-là, ce n'est pas un membre de la *gentry* locale que Tanguy de Porzmellec aperçoit, dès qu'il a abordé la terrasse du café de l'Univers, mais Guillaume Le Cormier.

Les deux hommes sont amis, bien qu'ils ne se voient guère qu'une ou deux fois l'an, pendant les vacances (ils ne se sont pas vus depuis la crêperie de Trébeurden). Le manoir de Porzmellec n'est qu'à dix kilomètres de Lesguivy et il arrive au vicomte de venir déjeuner à l'hôtel d'Armor, ou prendre le thé au Casino, en galante compagnie (il est célibataire). Son élégance citadine — le nœud papillon, les gants de pécari — est toujours remarquée par les touristes qui s'interrogent sur ce gentleman qui paraît d'une essence différente de celle des habitants du lieu, voire des Estivants de Marque.

Avant la guerre, Porzmellec et Guillaume ont navigué ensemble, et ils gardent tous deux le souvenir d'une tempête, au large du Cotentin, qui les avait forcés à chercher un abri dans un bassin du Havre. Ils aiment à évoquer cette navigation et quelques autres qu'ils ont faites, le long des côtes de Bretagne et de Normandie. Le plaisir qu'ils éprouvent à se revoir, tandis que l'air de la petite ville retentit de chansons à la mode clamées par des dames à fortes poitrines et à accroche-cœurs, juchées sur des caisses ; des cris d'animaux ; des klaxons des autocars qui déversent paysans et bonnes sœurs venus des bourgs voisins ; des cris des forains vendant leur camelote, est visible aux yeux des consommateurs assis à la terrasse du café et qui voient les deux amis se serrer la main (après que Porzmellec a ôté, non sans peine, ses gants de pécari jaune, neufs de toute évidence) et se frapper sur l'épaule.

— Il paraît que ton fils s'est mis au plein ? dit Porzmellec en s'asseyant à la table de Guillaume. Et ce pauvre Xavier Lenfant !

Guillaume raconte la fin du *Coantik*. Les deux hommes épiloguent sur le naufrage de l'*Églantine*, qui ne s'explique guère — si ce n'est par l'absence de visibilité au cours de cette tempête, qui a arraché des ardoises au toit de Porzmellec. Le yacht de Lenfant a heurté un caillou dans la région des Héauts.

— Sale coin, commence Porzmellec. En fait, c'est un

raz, presque aussi mauvais que celui de Sein et qui est très mal balisé.

— Ronan et Lenfant étaient amis, dit Guillaume Le Cormier. Cet été, ils ont été à Jersey et à Guernesey. Cette mort a beaucoup affecté mon fils.

Silencieux, les deux hommes semblent chercher, au fond de leurs demis de bière, une phrase en guise d'oraison funèbre du chef du Front patriotique et ne la trouvent pas. (C'est vrai qu'autrefois ils pouvaient rester des après-midi entiers sans échanger plus de trois paroles.)

Ils parlent ensuite du recteur de Lesguivy, qui s'est fait *fendre le crâne :* Porzmellec, toujours inscrit à l' « Action française », ne le pleurera pas. Il renouvelle à Guillaume ses condoléances pour la mort de sa mère, qu'il lui a déjà fait parvenir dans une lettre : il n'a pu se rendre à l'enterrement, car il mariait une petite nièce à Angers.

— J'ai failli te rendre visite au mois d'août, dit Guillaume. Je voulais faire connaître ton manoir à une jeune Américaine.

— Ah ! dit Tanguy, la jeune femme de la crêperie ? Elle était très belle.

C'est vrai que Guillaume avait songé à cette visite avec Grace. D'évoquer le souvenir de la jeune femme devant son ami, qui l'a rencontrée, procure à Guillaume un vif plaisir, comme s'il le mettait dans la confidence de ses amours.

— J'ai fait d'importants travaux dans ma maison, dit Tanguy. J'aimerais te les montrer. Pourquoi pas maintenant ? Je n'ai plus rien à faire en ville... Viens, j'ai un excellent cidre bouché.

Et voici les deux hommes au volant de leur voiture respective, l'un suivant l'autre sur la route de Lannion, se dirigeant vers le manoir.

C'est plus qu'un manoir, un petit château, qui apparaît au bout d'une allée plantée d'ormes magnifiques. Il y a deux tours, cela va de soi : il faut des tours en Bretagne. L'une, ronde, terminée par un toit pointu, est ce qui reste, avec un corps de bâtiment attenant, de la construction médiévale. Au XVIIe siècle, un second bâtiment, dans le style Renaissance, a été ajouté au premier et une tour carrée le flanque. Composite, l'ensemble a toutefois grande allure. Deux marches demi-circulaires donnent accès à la porte en ogive, qui ouvre dans la construction féodale du XIVe siècle. Un écusson sculpté dans la pierre le domine, où l'on devine, rongés par le temps et les pluies, les poissons et la tour des Porzmellec.

Le vicomte, qui précédait Guillaume de quelques minutes, se tient sur le seuil de sa demeure, pour l'accueillir.

— Tu vois cette pierre, dit-il, désignant un bloc rectangulaire de granit rose, de la hauteur d'un banc, adossé au mur. Je me suis demandé longtemps qui l'avait mise là et à quoi elle avait bien pu servir... Eh bien, je viens de l'apprendre ! Un archiviste de Saint-Brieuc est venu me rendre visite et il m'a renseigné.

— Un « érudit local », dit Guillaume Le Cormier.

Les deux amis s'esclaffent, car l'expression appartient à leur langage d'autrefois, quand ils trompaient les longues heures de navigation en échangeant histoires et plaisanteries.

— C'est le banc de la duchesse Anne, m'a affirmé l' « érudit local », poursuit Porzmellec. Il a trouvé cela dans une vieille chronique, mais je m'étonne que l'anecdote n'ait pas été conservée dans les traditions de la famille. De sorte que je fais « *toutes réserves* »...

— ... « *Toutes réserves sur l'authenticité* », dit Guillaume.

Ils rient de nouveau.

— La duchesse Anne se serait assise pour s'y reposer au cours de sa visite à l'un de mes ancêtres. Moi, je m'étonne qu'elle ait choisi cette pierre si dure.

— Elle a peut-être eu un malaise ? Ou elle a voulu renouer un lacet de sa chaussure.

— Je croyais qu'elle ne portait que des sabots ?

— Ce jour-là, elle portait des chaussures et l'un des gentilshommes de sa suite, ou plutôt ton ancêtre, a mis un genou en terre pour nouer le lacet défait.

— Ou l'une de ses dames d'honneur, dit Tanguy.

— Ce point d'histoire ne sera jamais éclairci, dit Guillaume.

Le maître de céans précède son ami dans le hall d'où part l'escalier en spirale de la tour. Une grande table à dessus de marbre porte des vases florentins.

Les deux hommes traversent deux salons en enfilade, décorés de tapisseries. Il y a des coffres, des armoires de bois sculptées, des fauteuils Louis XIII recouverts de cuir. Tout est poussiéreux, les fauteuils doivent être bancals, le bois des coffres et des armoires mangé des vers, mais l'ensemble ne manque pas de grandeur, ni de charme.

— On est venu me demander d'ouvrir ma maison aux touristes, pendant l'été, dit Tanguy. Il paraît que cela se fait. J'ai refusé. Tu me vois avec des péquenots envahissant ma demeure... ! Je tiens trop à ma tranquillité.

Ils sont passés dans la construction plus récente, ouvrant directement sur le jardin. Les peintures ont été refaites, les fauteuils et le canapé recouverts : voilà les travaux dont le maître de céans est si fier.

Une jeune femme blonde, vêtue d'un tailleur de tweed pénètre dans le salon, portant un plateau sur lequel se trouvent une bouteille de cidre et deux verres.

Tanguy s'affaire, saisit le plateau des mains de l'inconnue, le pose sur une table. Tourné vers Guillaume, il déclare d'un ton où perce une gêne imperceptible :

— Ma cousine Maryvonne.

Ah ! Tanguy et ses « cousines » ! Guillaume en a connu quelques-unes, au cours des ans. Le plus curieux, c'est qu'elles sont peut-être d'authentiques « cousines » ? L'âge venant, Tanguy devrait les transformer en « nièces ».

Le vicomte est connu pour ses fredaines dans la région. « Cousines » de familles nobles, bourgeoises, paysannes, toutes les classes y sont passées. Même, Tanguy a eu deux ou trois « histoires » ennuyeuses : filles engrossées, maris cocufiés... Il a sûrement, par « droit de cuissage », des bâtards dans la région.

La jeune femme saisit le verre de cidre qu'a rempli le châtelain et vient l'offrir à Guillaume.

— Je dois sortir, dit-elle. J'attendais votre retour pour prendre la voiture : je vais à Toul-ar-Saozon.

— Il n'y a plus beaucoup d'essence, dit le « cousin ».

— J'en mettrai.

Elle salue Guillaume d'un signe de tête et disparaît.

— Elle passe ici quelques jours de vacances, dit Tanguy. Elle habite Paris.

Guillaume se garde de tout commentaire. Il se borne à dire, élevant son verre de cidre :

— *Mad eo !*

— C'est tout de même malheureux que nous ne sachions pas le breton, ni l'un ni l'autre... Sauf quelques mots. J'arrive pourtant à comprendre mes paysans.

Tanguy de Porzmellec se tient dans son salon, le dos au parc, sur lequel ouvre la porte-fenêtre, avec sa grande pelouse, des vases en pierre posés sur des socles et, fermant l'horizon, de grands arbres à peine roussis par l'automne.

Il jette à Guillaume un regard plein de modestie et de malice, qui semble dire : « Eh bien, voilà ! C'est ici que je vis ; ici que je suis né, que j'ai aimé ; ici que je mourrai. »

Comme s'il avait entendu le message muet du châtelain, Guillaume déclare :

— Comme tu es bien dans ce château ! Comme je t'envie d'y habiter !

— Je n'ai pas fait grand-chose, dit Tanguy. En réalité, je n'ai rien fait. Parfois je songe à ma vie : elle s'est déroulée tout entière dans cette demeure, que j'ai rarement quittée. Ce n'est pas comme toi !

Il n'y a pas d'amertume, ni de regret dans ce bilan désabusé. Tanguy constate qu'il n'a rien fait de sa vie, mais c'est qu'il ne sait pas ce qu'il aurait pu en faire. C'est spontanément qu'il admire ce que Guillaume a fait de la sienne, ses travaux, ses succès... Lui-même n'aurait pu être professeur : il n'est pas impossible qu'il trouve cet état quelque peu subalterne. Se faire imprimer tout vif ? Cela non plus, il ne l'imagine pas — sous un pseudonyme, à la rigueur ! Il n'a passé aucun examen. Mais n'est-ce pas vulgaire de solliciter un diplôme ? Le vicomte est heureux du sort où la fortune l'a placé et d'où il n'aurait pu que déchoir, s'il avait voulu le modifier.

Et Guillaume le voyant ainsi dans son château, le nœud papillon bien étarqué et vivant noblement, ne peut se défendre de l'envier.

Dans la voiture qui le ramène à Lesguivy (Porzmellec a insisté pour le retenir à dîner, mais Guillaume a décliné l'invitation : il veut passer la soirée avec son fils), Guillaume pense à sa vie, qu'il compare à celle de son ami le vicomte. Difficile d'imaginer deux existences plus dissemblables ! Guillaume se rappelle l'enthousiasme avec lequel il a entrepris ses études, chacun de ses livres. Les échecs ne le rebutaient pas. Ni les insuccès. Il croyait en la nécessité de produire, d'avancer, d'accumuler les preuves de son talent : la récompense, si elle tardait à venir, serait au bout. Quelle puissance d'illusion ! Il se demandait parfois si Ronan montrerait le même acharnement : l'exemple de son père n'allait-il pas le décourager ? Ne trouverait-il pas (ce que lui-même s'était dit, songeant aux espoirs déçus, aux efforts inutiles) que le jeu n'en valait pas la chandelle ? Ou bien le sang parlerait-il plus haut et Ronan, à son tour, découvrirait-il la loi du travail, le bienfait et la nécessité des œuvres ?

Mais en serait-il plus heureux ?

Qu'avait fait Tanguy de Porzmellec pendant ce temps des travaux et des espoirs ? Il n'avait rien fait. C'était là le surprenant, l'admirable. Certes, il avait administré ses biens : quelques hectares de terres confiées à deux ou trois fermiers ; un petit bois où il avait pratiqué des coupes : ces activités ne lui avaient pas pris beaucoup de temps. Les mariages et les deuils familiaux, d'un bout à l'autre de la Bretagne, avaient constitué les grands événements de sa vie. Ses visites à ses voisins, châtelains des environs, la chasse, les bridges, les courses de chevaux (il avait fait courir, autrefois, et était lui-même monté en course), les régates de Lesguivy, la lecture quotidienne de *L'Action française* et des nouveautés trouvées au Cercle de la Chasse et chez les libraires de Saint-Yvinec et de Lannion (car Tanguy lisait et l'on pouvait même dire qu'il était cultivé) : tout cela avait meublé une vie oisive qui se résumait toutefois assez bien — il avait lui-même admis la chose — dans le mot « rien ».

Ce Rien fascinait Guillaume.

Sans doute, se dit-il en ouvrant la grille du Vieux Moulin qui ferme la grande allée, pour y engager sa voiture, il y a les tapisseries de Porzmellec. Elles sont célèbres. Et le manoir est ravissant, plein de souvenirs (le banc de la duchesse Anne, toutefois, lui paraît douteux) : peut-on consacrer une vie à l'entretien d'une demeure, remplie de belles choses ?

Encore faut-il qu'elles soient vôtres !

Et la pensée qui est venue à Guillaume, au lendemain de la mort de sa mère, l'effleure de nouveau : s'installer au Vieux Moulin, si médiocre que soit la maison comparée à celle de son ami, après avoir racheté à sa sœur la part qui lui revient. Divorcer — maintenant que sa mère n'est plus là, que Ronan n'a plus besoin de ses parents. Et, pourquoi pas ! se remarier. Épouser une jeunesse aimante et douce comme Grace, comme la « cousine » entrevue à Porzmellec, et qui viendra réchauffer sa couche, telle Abisag la couche du roi David. Voilà un beau programme pour une fin de vie. Il ira, avec Tanguy, chasser la poule d'eau dans le Douron. Il va avoir un beau bateau... Son imagination s'enflamme à ces délices. Il est temps qu'il renonce à ces travaux dérisoires dans lesquels il a cherché une justification de sa vie ; qu'il brûle ses paperasses, ses notes, ses brouillons, accumulés depuis plus de trente ans ! S'il a cru dans les œuvres, c'est parce qu'il ne croyait pas en lui-même ! Tanguy avait foi en lui parce qu'il avait foi en son nom. Les œuvres, c'est bon pour ceux qui n'ont pas de nom. Voilà ce qu'aujourd'hui ce vicomte dormant lui a fait comprendre.

Mais Guillaume sait, au fond de lui-même, qu'il ne fera rien de tout cela.

Sa voiture rangée, il va dans son kiosque. Il fait nuit. Il allume la lampe à pétrole (car il n'y a pas d'électricité dans le kiosque) et, sortant les lettres de Grace de la cachette où il les a rangées, derrière une *Histoire de Bretagne* de Durtelle de Saint-Sauveur, il les relit, et le souvenir de ses amours fait battre son cœur plus vite :

« ... je suis allée dans le bar que vous connaissez, au coin de Madison et de la 75e Rue, et j'ai pensé que nous irons ensemble... »

8

C'est dimanche.

En vacances, on ne sait plus quel jour l'on est. On ne sait plus la marche du temps. On se croit encore en août et l'on est en septembre. On se croit jeune et l'on est au bord de la vieillesse. On se croit le samedi et l'on est le dimanche.

Le carillon annonçant la messe de dix heures et demie a sonné. Guillaume Le Cormier se hâte vers l'église. Il voit des fidèles, en retard comme lui, qui se pressent sur la route, enjambent la pierre qui ferme l'enclos, pénètrent dans le cimetière ; ils marquent un temps d'arrêt devant la porte latérale qui donne accès à l'un des bas-côtés de l'église, soulèvent le loquet de la porte... Il faut descendre une marche, le bénitier, à gauche, est en pierre rose, l'assistance est assise et Guillaume empoigne une chaise, la plupart sont inoccupées, ce n'est pas comme au plein des vacances où il n'y a pas une place de libre, où il faut rester debout pendant l'office.

Guillaume est allé à la messe par routine, non par dévotion, et parce qu'il a entendu le carillon qu'il aime, et parce qu'il n'a rien à faire. Il est arrivé après la lecture de l'évangile et voit le recteur qui, après s'être dépouillé de la chasuble et de l'étole, se tourne vers l'assistance, en aube blanche.

« Mes bien chers frères,

Mes chers paroissiens », commence-t-il.

Il y a dans l'assistance une qualité de silence inhabituelle. C'est que l'attaque du sermon a été différente. D'ordinaire, le recteur se contente du « Mes bien chers frères... ». Sans doute a-t-il ses raisons pour préciser qu'il s'adresse aussi à ses paroissiens. Il pourrait dire : « mes chères ouailles » ou « mes brebis », « mes petits agneaux... » : ce serait, en somme, plus évangélique... Lui, Guillaume, quand il commence ses cours, dit « Mesdemoiselles, messieurs... » Mais, s'il fait une conférence, il dit : « Mesdames, mesdemoiselles, messieurs » : il espère, par ce début un peu recherché, se concilier l'élément féminin le plus jeune, le plus charmant, de l'auditoire...

Que dit le recteur à ses paroissiens ? Il commente l'évangile que Guillaume n'a pas entendu, dont il n'a nul souvenir, mais soudain son esprit est alerté et, jetant un regard autour de lui, il voit les visages tendus par l'attention et il se dit que quelque chose d'important se prépare, que les mots qu'il écoutait distraitement dans sa rêverie ont un sens autre que leur sens ordinaire. De quelle « haine » parle le recteur ? Celle des pharisiens pour Jésus, celle du « monde » pour ses disciples... « Si vous étiez du monde, dit le Christ à ses disciples, le monde aimerait ce qui serait à lui ; mais, parce que vous n'êtes pas du monde, et que je vous ai choisis du milieu du monde, à cause de cela, le monde vous hait... » « S'il m'ont persécuté, dit-il encore, ils vous persécuteront aussi. »

Guillaume tend le cou pour apercevoir, au premier rang des fidèles, le dernier carré des Estivants de

Marque, Mlle Trébabu, Mme de Vergerennes... Elles gardent le nez baissé. Dans le banc d'œuvre, le commandant Rouzic, lui aussi, baisse le nez sur son missel... « Si je n'avais pas fait parmi eux des œuvres qu'aucun autre n'a faites, dit encore le Christ cité par le recteur, ils n'auraient pas de péché... Mais maintenant ils ont vu et ils ont haï et moi et mon père... Ils m'ont haï sans sujet. »

— Tel est, mes frères, le sort du disciple du Christ, commente l'abbé Flohic. Ce disciple, aujourd'hui, c'est le prêtre. Vous le savez, il y a des lieux, des époques, où le prêtre a été haï au point d'être martyrisé. Mais il y a plusieurs formes de haine. On peut la voir à l'œuvre, cette haine, dans des sociétés qui professent le christianisme et prétendent honorer le prêtre... A condition que celui-ci réponde à l'image conformiste que l'on s'en fait. Et ceux qui haïssent le prêtre sont, le plus souvent, ceux qui prétendent le respecter et l'aimer... Ça, on peut le voir tous les jours... Il y a de nombreuses formes de persécution, je peux vous le dire... (Le ton se hausse, en même temps que la parole du recteur se fait embarrassée. Comme si la passion qui le soulève lui faisait perdre le contrôle des mots. Et Guillaume se demande jusqu'où cette passion l'entraînera et si, perdant toute mesure, il va désigner nommément ceux qui, comme ils le disent eux-mêmes, ont « eu sa peau ».) On peut pousser au désespoir un serviteur du Christ, continue l'abbé... On peut... Mais il sait, quand il reçoit l'ordination, quelle haine sera peut-être son lot... Il est préparé... Et il doit tendre l'autre joue.

Le recteur s'arrête, comme suffoqué par son indignation. Le commandant Rouzic a levé le nez et regarde le prédicant d'un air courroucé. Singulière homélie ! Quoi encore ? Que va-t-il encore nous sortir ?

Les fidèles sont comme des élèves que le maître admoneste. Ils attendent une retenue.

— Eh bien, mes chers paroissiens, vous le savez, dit l'abbé — et un sourire triste se voit sur son visage — vous le savez car ces choses-là se savent vite, je vais vous quitter. Je le regrette. Je m'étais attaché à vous, à cette belle église, à ce port, aux beaux paysages marins que l'on a de partout... Monseigneur m'appelle dans un autre ministère. Je lui obéis. C'est le vœu que j'ai fait en recevant la prêtrise. J'ignore le nom de mon remplaçant. Recevez-le aussi bien que vous m'avez reçu, il y a bientôt deux années. Deux années que je n'oublierai jamais... Priez pour moi, je prierai pour vous.

L'émotion de l'abbé est visible. Va-t-il ajouter d'autres paroles ? On peut le croire par le mouvement du corps qui le porte en avant. Mais il se contente de lever le bras très haut et de bénir l'assistance.

Les fidèles se signent.

Les quêteuses et les quêteurs se lèvent et, après s'être agenouillés devant l'autel, entrent dans l'assistance, la sébile d'argent à la main.

9

A quatre heures de l'après-midi, après Vêpres, ce même dimanche, Guillaume Le Cormier sonne à la porte du presbytère.

L'idée de cette visite lui est venue ce matin, en écoutant le sermon du recteur. Il veut remercier celui-ci, mieux qu'il ne l'a fait au lendemain du naufrage, de l'assistance qu'il a portée à son fils ; il veut aussi se désolidariser de la « cabale des Bien-Pensants » et dire à l'abbé qu'en dépit de ce qui les sépare, il regrette son départ ; il veut enfin lui parler d'un projet qu'il a formé, lui demander ce qu'il en pense et, au besoin, de l'aider à le réaliser.

Guillaume attend un long moment avant qu'on vienne lui ouvrir et il est sur le point de s'en retourner quand la porte grince sur ses gonds.

Les branches du vieux figuier passent par-dessus le mur. Les massifs de roses-églantines font des taches vives sur le gris de la pierre.

— Puis-je vous demander un entretien ? dit Guillaume au recteur, venu lui-même ouvrir la porte.

— Y a-t-il quelque chose de grave ? demande l'abbé Flohic.

Guillaume s'empresse de rassurer le recteur.

Il est introduit dans la grande pièce que nous connaissons, qui sert de salon et de salle à manger. De chaque côté de la cheminée deux fenêtres ouvrent sur le jardin et ces deux rectangles verdoyants et feuillus, seules décorations de la pièce, rappellent à Guillaume les tapisseries de Porzmellec.

Guillaume a pris la chaise qu'on lui tendait. L'abbé s'est assis à une grande distance de son visiteur. Les deux hommes s'observent.

— Vous le savez, monsieur le recteur, commence Guillaume que l'attitude réservée, presque méfiante du prêtre, intimide, je n'ai pas approuvé plusieurs de vos initiatives, mais je tiens à vous dire que je ne suis pour rien...

— Je sais, je sais..., dit le recteur. Je sais qui m'a desservi auprès de Monseigneur... Eh bien, dit-il d'un ton de défi, ceux-là, ils ne l'emporteront pas en Paradis !

Guillaume est surpris par la violence du ton ; le

ricanement qui a accompagné le propos le choque et cet homme pour qui il avait de la sympathie, voici qu'il s'en détache.

— D'ailleurs, continue l'abbé du même ton, il ne faut pas croire qu'ils vont continuer longtemps à faire la loi dans l'Église. Ça je peux vous le dire ! Quoi ! Ils ne représentent rien ; ils seront balayés... On va voir ça ! L'Église va se transformer, c'est inévitable. Tous les jeunes prêtres pensent comme moi.

— Je crois, en effet, dit Guillaume conciliant, que des transformations...

— C'est une révolution qu'il nous faut, dit le recteur. Il faut tout changer. Tout !

— Il me semble que vous avez commencé vous-même...

— Ah ! mais ce n'est qu'un début ! Vous pensez à la quenouille... ! C'est la religion, cela ? Et le pardon, la bénédiction des yachts, c'est la religion ? Est-ce que l'Église doit donner sa bénédiction à l'argent ?

— Il s'agit de bateaux.

— C'est la même chose, non ?

Les deux hommes n'ont pas bougé, assis inconfortablement sur leur chaise, à quatre mètres l'un de l'autre. Dérouté par la violence que l'abbé a mise dans sa diatribe, Guillaume se tait. Le recteur continue pendant quelques minutes. Il s'en prend maintenant à ceux qui protestent parce que le cimetière va être transféré en dehors du village. Le maire a raison : il faut agrandir la route et faire de la place pour les autos. Tant pis pour les beaux tamaris qui bordent le mur ; et tant pis pour le folklore !

— Le folklore ! s'écrie Guillaume. Mais il s'agit d'une très ancienne tradition celtique. Partout, en Bretagne...

— Ces traditions sont païennes ! dit le recteur. C'est

commes les Rogations. Je les ai supprimées au printemps dernier. Personne n'a protesté. D'ailleurs, il n'y avait plus personne pour suivre la procession.

— Eh bien, dit Guillaume d'une voix douce, je vois mieux en quoi nos positions sont inconciliables. Je crois en la tradition. Vous voulez tout changer... J'espère, dit-il en riant, que nous n'irons pas jusqu'à nous faire la guerre.

— Une guerre ne me fait pas peur, dit l'abbé. C'est très bon pour l'Église, des crises graves, de temps en temps !

Guillaume s'est levé, imité par le recteur. Il comprend l'inutilité de cette discussion. Il regrette d'être venu. Il s'approche de la fenêtre, contemple le jardin. La conversation a pris un tour qu'il n'avait pas prévu, et qui ne lui plaît pas. Mais il ne veut pas se retirer sans avoir parlé du projet qui lui tient à cœur.

— Vous connaissez la chapelle Sainte-Barbe, à Toul-ar-Saozon ? dit-il. Elle tombe en ruine, les murs s'effritent, le toit a perdu plusieurs de ses ardoises, les statues qui ornent la chapelle ont perdu, elles, bras et jambes...

Guillaume guette un encouragement de la part de son interlocuteur, mais celui-ci garde le visage fermé.

— Il faut agir, dit Guillaume. Attirer l'attention du maire... On ne peut pas laisser ainsi se détériorer un sanctuaire... Je veux faire quelque chose. Je prendrai à ma charge une partie de la réfection. Je peux m'engager pour trois mille francs. Pouvez-vous m'aider ?

— Ça, dit le recteur après un silence, quelle drôle d'idée !

— Vous ne croyez pas qu'il soit bon de faire de telles choses ?

— Eh bien, n'est-ce pas... Quand il y a tant de misères à soulager ! Et pourquoi faites-vous cela ?

ajoute l'abbé d'un ton de moquerie. Pour racheter vos péchés ?

— Peut-être, dit Guillaume.

— Parce que vous croyez... ?

— Écoutez, dit Guillaume avec impatience : pouvez-vous faire admettre ma proposition au maire ? En parler à l'évêque ?

— Oh ! l'évêque, parlez-lui-en vous-même.

Le soir tombe sur le jardin. Guillaume regrette sa démarche. Comment aurait-il pu se faire entendre de ce curé qui ne songe qu'à la politique et rêve de révolution !

Il fait un pas vers la porte.

— Si l'on voulait remettre en état tous les sanctuaires détériorés de Bretagne, on n'en finirait pas, dit le prêtre. Cette chapelle ne vaut pas la peine qu'on s'y intéresse. D'abord, elle n'est plus fréquentée. Je crois qu'il y a eu un pèlerinage à la Vierge noire, autrefois : il y a longtemps qu'il a été supprimé. Et puis, c'est un lieu païen ! Ces Vierges noires, c'étaient des déesses païennes que le catholicisme s'est appropriées, comme ça, sans demander rien à personne.

— Eh ! ce n'est pas pour me déplaire !

Sur le seuil, Guillaume s'est retourné vers son hôte.

— Pendant le naufrage de mon fils, dit-il, quand je craignais pour sa vie, j'ai promis de faire un don, une offrande, appelez cela comme vous voudrez, s'il en réchappait. Je n'avais pas alors en tête la chapelle Sainte-Barbe, mais ce que j'avais en tête, c'était bien quelque chose comme ce dont je vous ai parlé. Une offrande en espèces... Enfin, une somme d'argent à une œuvre pieuse, un sanctuaire... Qu'y a-t-il de ridicule à cela ?

Ils sont dans le vestibule qui est vide, sauf la présence d'un portemanteau immense, incongru, comme ceux des bistrots, auquel est accrochée la pèlerine noire du recteur.

— Mais enfin ! dit celui-ci, ce n'est pas cela la religion !

— C'est quoi ?

— C'est d'approfondir sa relation avec le Christ ; penser sa foi ; réfléchir sur les Évangiles.

— Mais c'est le meilleur moyen de la perdre, sa foi ! Pour moi, du moins. Non, non : ce sont les œuvres, les cérémonies, les prières et les chants, enfin les signes extérieurs qui comptent. L'Église avait compris cela au Moyen Age. « Régler le dedans par le dehors », voilà une belle pensée. Les fondations pieuses, l'érection d'une église : c'était cela la religion. La foi venait après.

— Vous appelez cela la foi ?

— Je ne donne pas cher du catholicisme s'il s'engage dans une mise en question incessante et critique des articles de la foi. Elle n'y résistera pas. J'en suis persuadé : l'important, c'est la tradition, la liturgie, les pèlerinages, enfin quoi ! les œuvres. Il s'agit de mettre les fidèles en condition. Pascal l'avait bien vu : « Prenez de l'eau bénite. » Et il y a un mot d'Alain, le philosophe, qui va loin. Je le cite mal, mais c'est à peu près ceci : « L'Église catholique, en grande psychologue, veut sauver les gens avec les moyens du bord. »

— Les « moyens du bord » ? dit le recteur. Qu'est-ce qu'il veut dire ?

— Ma foi, je pense qu'il veut parler des œuvres, justement : les œuvres qui sont à notre portée, les œuvres pieuses.

— Les kermesses paroissiales ?

— Tous les moyens sont bons.

— Et votre Alain, il était croyant ?

— Non, je ne pense pas... Mais il a sûrement été sauvé. C'est cela qui importe, non ?

— Ce n'est pas certain, dit le recteur. Chut, dit-il sur le seuil de son presbytère.

Il a ouvert la porte sur le jardin. Le beau figuier dresse devant eux ses branches tordues, chargées de fruits, si lourdes que l'arbre a cherché un appui sur le mur de clôture, sur un appentis construit dans le jardin et que ses branches se sont enkystées dans la pierre, dans le toit. Ah ! ce n'est pas un figuier stérile.

Le recteur a mis un doigt sur sa bouche et, laissant Guillaume, il est rentré dans la maison. Guillaume le voit ouvrir une soupente, sous l'escalier, y saisir quelque chose : une carabine. L'abbé enfouit le bras dans une poche de sa soutane, il en ramène une cartouche, place celle-ci dans le pontet, manœuvre le chien, et se rapproche de Guillaume, qui n'a pas bougé. Il s'affermit sur ses jambes, lève lentement son arme, épaule, la tête inclinée sur la crosse.

Suivant des yeux l'axe du canon, Guillaume voit, dissimulé sous les feuilles et le bec engagé dans un fruit, un gros oiseau noir et luisant.

Le coup part. Plus vite que Guillaume ne s'y attendait et la détonation le surprend. La chute de l'oiseau à travers les branches crée un bruit de feuilles froissées, suivi d'un choc mou.

L'abbé fait trois pas, saisit la bête par les pattes, revient vers Guillaume.

— Celui-là fera mon dîner ce soir, dit le recteur en mettant l'oiseau sous le nez de son visiteur. Ces sales bêtes, elles viennent bouffer mes figues..., ajoute-t-il. Attendez, je reviens.

Il disparaît par une porte donnant sur la cuisine, au fond du vestibule.

Guillaume hésite une seconde. Soudain, sans attendre le retour du recteur, et sans l'avoir salué, il se rue sur la porte du jardin et, contournant le mur du presbytère, s'enfuit en toute hâte.

« Aux petits des oiseaux...! » se dit-il sur le chemin du Vieux Moulin. Le vers revient dans sa tête avec une insistance ironique : « Aux petits des oiseaux... »

« Mais quoi ! se dit-il, le pauvre en est réduit à manger des merles. » « Faute de grives... » « Faute de grives... »

Il repasse dans son esprit sa conversation avec l'abbé et revoit cette chapelle Sainte-Barbe, qu'il avait visitée avec Grace (est-ce parce qu'elle a été un lieu de délices qu'il veut la sauver ?) et il se dit qu'il y a un lien entre les idées qui ont gouverné sa vie, ses travaux, et ce projet d'offrande que l'abbé n'a pas compris. C'est bien toujours le désir de « faire des choses » qui l'a étreint dès ses années de jeunesse, le besoin de laisser une trace de son passage, de conquérir un territoire, d'oublier par le travail et par les œuvres les interrogations vaines qui laissent le cœur déçu et vide.

C'est le besoin de faire un signe à ceux qui viendront après lui. Qu'ils l'interprètent comme ils pourront !

« Il faut régler le dedans par le dehors. »

Mais il se dit aussi que cette idée d'un don en espèces pour la réfection de la chapelle, puisqu'on n'a pas l'air d'y tenir, il va sans doute l'abandonner.

Même, il se demande s'il n'a pas été un peu ridicule.

10

Deux jours plus tard, Guillaume faisait sa promenade par le fond de la baie.

Il avait déjeuné, seul, Joëlle lui ayant dit que M. Ronan était allé peindre à Toul-ar-Saozon.

Guillaume évita le couvent de nonnes qui défigurait le joli château de sir Alfred Rose (l'argent donné pour ce couvent infâme ne serait pas compté pour le salut des donateurs !), il traversa le Douron sur le pont nouvellement construit qui, lui aussi, abîmait le paysage, et se trouva sur l'autre rive.

Il aimait ce petit port avec ses anciens entrepôts à blé, aujourd'hui abandonnés, sa jetée où n'accostait plus aucun navire, ses vieilles maisons dont la plupart dataient du XVIIe siècle, avec leurs toits immenses. Le port avait connu une activité importante. De grands vaisseaux venaient y mouiller, chargeant du blé ou déversant bois et épices... Le port s'était ensablé au cours des deux derniers siècles et était devenu inutilisable. Seuls les bateaux de plaisance de petit tonnage pouvaient remonter la rivière à marée basse et venir s'échouer sur la vasière, près du môle dont la longueur et la largeur témoignaient du commerce d'autrefois.

Guillaume longea le quai devenu désert et se dirigea vers la chapelle qui était cachée sous les arbres.

Sur le terre-plein, devant l'édifice, il vit sa voiture. Ronan était donc à l'intérieur, en train d'achever la toile qu'il avait commencée l'autre jour.

Guillaume entra dans la chapelle.

D'abord, il ne vit personne, car Ronan se tenait dans un bas-côté et était dissimulé à sa vue. Mais au bruit que fit son père en pénétrant dans le sanctuaire, Ronan se montra, la palette à la main.

Guillaume salua de loin son fils, d'un signe de la main, puis s'arrêta devant l'autel et contempla la statue de la Vierge.

— Elle n'est pas vraiment noire, dit-il. Bronzée, tout au plus. L'artiste s'est peut-être dit qu'une femme qui vivait en Palestine devait être bronzée par le soleil.

Guillaume demanda à son fils la permission de voir son tableau et s'absorba dans la contemplation de celui-ci.

— J'ai toujours aimé cette chapelle, dit Guillaume. Enfant, j'y venais avec ta grand-mère et Marie du Bilou. C'était un lieu de promenade... J'aime beaucoup ton tableau. Tu me le donnes ?

Ronan parut surpris par la demande de son père.

— Je sais que tu as du mal à te défaire d'une toile que tu viens d'achever, dit vivement celui-ci. Mais songes-y : cela me ferait plaisir. Je peux te l'acheter... Viens fumer une cigarette dehors.

Ronan posa sa palette sur une chaise et suivit son père sur le parvis.

— Quelle jolie vue on a d'ici, dit Guillaume.

Il parla alors à son fils du projet qu'il avait formé d'un don en nature pour la réfection de la chapelle. Il lui raconta sa visite au recteur et comment celui-ci l'avait presque dissuadé. Il ne savait plus à qui s'adresser, quelle autorité toucher, quels fonctionnaires il lui fallait convaincre. Et d'abord qui se chargerait des travaux ?

Toutes ces questions demeureraient sans doute sans réponse.

— Il faudra apposer une plaque de marbre, près de la porte, sous l'auvent, dit Ronan :

CETTE CHAPELLE A ÉTÉ RESTAURÉE
PAR LES SOINS DE GUILLAUME LE CORMIER

« On pourra aussi mettre ta statue, le bras plié, une maquette de la chapelle dans la main, comme sainte Barbe avec sa tour.

— J'aimerais mieux un tableau représentant la Vierge noire, avec mon portrait agenouillé dans un coin, en donateur.

— Qui mettra-t-on, de l'autre côté ? dit Ronan.

Guillaume regarda son fils, qui le regardait d'un air ironique et grave. Il attendit un moment, puis il dit :

— Personne.

— Je pourrais peindre le tableau, dit Ronan. En attendant, je vais finir celui que j'ai en train. Rentres-tu avec moi ?

— Non, dit Guillaume. Je vais rentrer à pied par les dunes. J'aime cette promenade. Et j'aime marcher.

Ils étaient assis sur les bancs de pierre, et se faisaient face, de part et d'autre de la porte et du tronc cerclé de fer.

— Je suis heureux que tu aies prolongé ton séjour, dit Guillaume.

— Moi aussi, dit Ronan, je suis content d'être resté. Je me sens bien ici. En accord avec les choses, le paysage... Même, je ne déteste pas le mauvais temps. J'aime ce pays.

— C'est bien naturel, dit Guillaume. C'est ton pays. Il faut en avoir un. J'ai beaucoup médit de ce pays. J'ai voulu le fuir. Je le trouvais trop petit pour mes ambitions. Et puis, tu vois, j'y reviens toujours et quelque chose me dit que j'y finirai mes jours.

Les deux hommes bavardèrent encore un moment, puis Guillaume se leva.

— Tu seras rentré avant moi, dit-il à son fils. Prépare le thé. Notre *carabassen* a son jour de sortie.

Ils rirent tous deux, puis se tournant le dos, allèrent chacun de son côté.

Guillaume s'engagea sur la plage. La mer, à marée basse, était une étroite bande émeraude sous le ciel immense. De gros nuages voguaient dans le ciel immense. Ils écrasaient la mer, le port et les maisons blanches de Lesguivy que l'on voyait au loin, le môle qui prolongeait la presqu'île d'une ligne sombre, séparant la grève de la mer. Couchées sur le flanc, des barques qui n'avaient pas encore été désarmées mettaient des taches de couleurs vives sur le sable gris.

Guillaume s'arrêta un instant près de la balise noire, élevée sur un caillou à l'entrée du Douron.

« Voilà ton pays. Le pays où tu es né, où tu as passé ton enfance », se répétait-il, en écho aux paroles qu'il avait prononcées devant Ronan. « C'est ici que tu passeras ta vieillesse. Pourquoi ici ? Pourquoi ne peux-tu te déprendre de ce lieu ? »

Il en avait eu la tentation. Bien d'autres lieux, d'autres paysages l'avaient séduit et il s'était dit plus d'une fois dans sa vie, en France et à l'étranger, en Italie, dans les bois du Connecticut à l'automne : ici, j'aimerais finir ma vie. Mais il était toujours revenu dans ce coin de l'Armorique, si familier qu'il ne le voyait plus et il eut la certitude qu'il ne s'en détacherait jamais.

Il pensa à sa vie. Pourquoi la guerre l'avait-elle épargné ? Pourquoi s'était-il marié, et pourquoi à Élise ? Pourquoi était-il allé en Amérique et pourquoi ce pays et l'Angleterre avaient-ils pris tant de place dans ses amitiés et ses travaux ? Le hasard y avait eu plus de part que sa volonté. Sans doute, comme la plupart de ceux de sa race, comme le petit garçon de

Combourg, puis le jeune homme qui, dans le port de Brest, avait voulu embarquer sur un vaisseau du roi, comme le voyageur qui s'était élancé sur l'océan pour trouver le passage Nord du continent américain, l'émigré de Londres, sans doute avait-il été attiré irrésistiblement vers l'ouest. Tous ceux de sa race tournaient leurs regards vers l'ouest. C'était cet horizon marin, au septentrion, qu'il avait voulu franchir, comme l'avait franchi l'écrivain tant admiré, le plus grand peut-être, le plus aimé, et qui ne serait jamais égalé. Et qui pouvait égaler l'Enchanteur ? Lui aussi, après sa vie aventureuse, avait voulu que ses os reposent en terre bretonne, au bord de cette mer qu'il avait chérie. Ses os à lui, Guillaume Le Cormier, reposeraient en terre bretonne comme y reposaient ceux de ses parents. Et ceux de son fils après lui.

Son fils. L'Enchanteur n'avait pas eu de fils. Guillaume se rappela les sentiments qu'il avait éprouvés à la naissance de Ronan et comment le monde, pour lui, avait basculé, toute chose, toute préoccupation, tout devoir et tout bonheur ayant pris un autre sens, parce qu'il serait continué dans ce fils. L'avait-il bien aimé ? L'avait-il aidé dans son jeune âge ? L'avait-il compris ?

Guillaume pensa aux années passées loin de son fils, comme si Ronan n'avait pas existé pour lui, bien que sa pensée ne l'eût jamais quitté et il se réjouit de l'avoir enfin trouvé, à la fin de ces vacances. Enfin leurs cœurs et leurs esprits s'étaient joints, il en avait eu l'assurance dans la chapelle Sainte-Barbe. Et ce fils était sans doute promis à la mort. La guerre était pour demain. Guillaume n'avait pas eu besoin des prophéties de Jules Bataillard pour savoir, d'une façon sûre, que la guerre était pour demain. A moins d'un miracle, Ronan n'en reviendrait pas.

Une émotion étreignit Guillaume, si forte qu'il dut

s'arrêter. Le paysage se brouilla devant ses yeux. Il crut voir son fils couché sur cette grève mal défendue.

La marche malaisée dans le sable avait fatigué Guillaume. Il remonta sur les dunes qui bordaient la plage et emprunta le sentier qui serpentait entre des monticules couverts de joncs et de chardons. Dans les trous de sable fin, il voyait des coquilles vides de perce-oreilles et de berniques, une poussière de coquilles de moules et, çà et là, des conques d'ormeaux aux teintes nacrées. Parfois, le sentier sinuait dans une tranchée coupée dans une dune qui s'élevait de part et d'autre, cachant le paysage. Parfois, les parois de sable et d'herbe s'abaissant, le marcheur avait une vue d'ensemble de la baie et du village. Il lui faudrait contourner la baie, s'élever par des sentiers bordés de prunelles et de mûres jusqu'au sommet d'une falaise, puis redescendre vers la plage de galets d'où il atteindrait le port.

Guillaume s'arrêta de nouveau pour voir le chemin qui lui restait à parcourir. Il distinguait le port, l'hôtel où ses parents descendaient autrefois, avant de s'être rendus acquéreurs du Vieux Moulin, le mur sur lequel s'asseyaient les marins, et la lieue de grève où la mer montait « à la vitesse d'un cheval au galop... ». Il se rappela comment, quand il était enfant, agenouillé auprès de sa mère et de Marie du Bilou pour la prière du soir, à l'oraison qui recommande à Dieu les voyageurs, les malades et les agonisants, il imaginait un voyageur solitaire traversant la grève, ayant perdu sa route et levant les yeux vers le ciel vide. Il était ce voyageur et, avec un peu d'imagination, il pouvait lui aussi se croire perdu et interrogeant le ciel.

Mais non : une demi-heure à peine le séparait du village et il savait qu'au Vieux Moulin le thé préparé par son fils l'attendait près de la cheminée où flambait un feu de bois devant lequel ronronnait Fridu. Son cœur s'apaisa. La nuit tombait. Le soleil allait se coucher à l'ouest et les maisons blanches se teintaient de rose et de mauve. La mer montait à l'assaut des langues de sable qui étaient progressivement recouvertes. Guillaume Le Cormier respira l'air marin et, d'un pas ferme sur le sentier des dunes, il attaqua la dernière étape.

DU MÊME AUTEUR

ROMANS

La mer, la Bretagne : LE SERVITEUR FIDÈLE (Albin Michel).
LA PRISON MARITIME (N.R.F.).
LES MOYENS DU BORD (N.R.F.).

La guerre : LA CAMPAGNE D'ITALIE (N.R.F.).
LE RÉPIT (Albin Michel).
MON ROYAUME POUR UN CHEVAL (Albin Michel).

L'Amérique : LES NOMADES (Albin Michel).
L'OURS DES ADIRONDACKS (N.R.F.).
DEUX INDIENNES A PARIS (N.R.F.).

ESSAIS

LES INTELLECTUELS DEVANT LA DÉFAITE DE 1870 (Buchet-Chastel).
MONTHERLANT, HOMME LIBRE (N.R.F.).
LE NOUVEAU ROMAN AMÉRICAIN (N.R.F.).

L'AIR DU LARGE (N.R.F.).
MARIN LA MESLÉE, biographie (Pierre Horay).

THÉÂTRE

UN JEU D'ENFER (N.R.F.).

TRADUCTIONS

LE CAVALIER DE LA NUIT, de R. Penn Warren (Stock).
LA MARCHE DE NUIT, de William Styron (N.R.F.).

Cet ouvrage
a été achevé d'imprimer par
l'imprimerie Bussière à Saint-Amand (Cher)
le 15 avril 1982
Dépôt légal : avril 1982
Imprimé en France (2151)

29512